T0153851

CLASSIQUES JAUNES

Littératures francophones

La Tentation de saint Antoine

Réimpression de l'édition de Paris, 1972.

Gustave Flaubert

La Tentation de saint Antoine

Édition critique par Édouard Maynial,
augmentée d'une chronologie par Jacques Suffel

PARIS
CLASSIQUES GARNIER
2018

Édouard Maynial, ancien élève de l'École normale supérieure, enseigna au lycée Henri-IV pendant de longues années. Il fut également président des Amis de Maupassant. Spécialiste de la littérature française du XIXe siècle, il consacra ses principaux essais à Maupassant, Flaubert, Balzac, et dirigea plusieurs éditions critiques de leurs ouvrages.

Jacques Suffel fut conservateur, essayiste et préfacier. Éminent spécialiste de la littérature française du XIXe siècle, il signa des essais exigeants, notamment sur Anatole France (1947) et Flaubert (1959). Il dirigea en outre les éditions scientifiques des œuvres de Flaubert et de Dumas. Il reçut en 1991 le Prix Mottart de l'Académie française pour l'ensemble de ses travaux.

Couverture : estampe de 1519 par Albrecht Dürer, Bibliothèque nationale de France.

ISBN 978-2-8124-1588-3
ISSN 2417-6400

INTRODUCTION

LA TENTATION DE SAINT ANTOINE

DE *tous les livres de Flaubert,* La Tentation de saint Antoine *est celui qui est le plus près de sa nature profonde, celui qui l'exprime le plus complètement. Nulle part il n'a mieux confessé ce renoncement, cet échec, cette faillite de la sensibilité et de l'imagination qui est au fond de toute son œuvre. Ce grand livre, ce beau livre, a accompagné toute sa vie, puisqu'il l'a écrit trois fois, en* 1848-1849, *en* 1856, *et de* 1870 *à* 1872*. *Même bien avant la* Tentation *de* 1849, *il y en avait eu une première ébauche dans* Smarh, *vieux mystère que* Flaubert *écrivit au lycée, à dix-sept ans, sous l'influence de l'*Ahasvérus *d'Edgar Quinet. On peut donc dire que ce sujet a littéralement obsédé, pendant plus de trente ans, la vie de Flaubert. Tout, dans sa jeunesse, était conjuré pour entretenir*

---

* Achevée en juin 1872, la troisième version de *la Tentation de saint Antoine* parut chez Charpentier en avril 1874.

cette obsession : souvenirs d'enfance des représentations de la foire Saint-Romain, à Rouen, où il voyait représenter le vieux mystère de saint Antoine, dans une misérable baraque de toile, rêves de lycéen, exaltations romantiques, lectures de Gœthe et de Byron, de Chateaubriand et de Quinet, tout, jusqu'à la découverte au fond d'un palais de Gênes, au cours d'un voyage en 1845, *du tableau de Breughel,* Les Tentations de saint Antoine, ermite.

Mais, quelle que soit la part des circonstances, des influences extérieures, dans la longue gestation et dans la création successive de cette œuvre, il est certain que le thème même du livre répond à une idée dominante de l'écrivain, à un état essentiel de sa sensibilité : car il ne faudrait pourtant pas voir uniquement dans la Tentation *un grand rêve avorté, dont le réveil décevant aurait rejeté Flaubert vers l'observation ironique et impitoyable de la réalité médiocre. Le saint Antoine de Flaubert, c'est d'abord, pour lui, une image de l'homme tourmenté par le problème de sa nature, de son inquiétude morale, de sa destinée. L'ermite personnifie l'être humain enfermé dans sa solitude entre les deux abîmes des deux infinis, en proie à la tentation des désirs monstrueux qui l'assaillent. Puis, peu à peu, à mesure que l'idée première de son livre se développait en lui, de 1849 à 1872, l'écrivain en est arrivé à s'identifier lui-même avec son personnage, comme il l'avait fait pour Emma Bovary, pour Frédéric Moreau, et même, jusqu'à un certain point, pour Salammbô. Le moine au désert, assailli de visions tentatrices, et discutant, pénétrant la vanité de ces prestiges et de ces illusions, c'est Flaubert lui-même, prêtre de l'art, tourmenté par les rêves et les visions magnifiques, dont son scepticisme perce à jour la chimérique et dérisoire vanité.*

Lorsque la Tentation *de 1856 fut publiée pour la première fois en 1908, M. Louis Bertrand, qui la présentait au public, put prétendre à juste titre qu'il apportait aux lettrés non seulement le moyen de mieux connaître Flaubert, mais encore des raisons nouvelles de l'admirer.*

Aujourd'hui, la comparaison possible des trois versions permet d'étudier la nature, le sens et la portée des suppressions ou des corrections de Flaubert. Si l'esprit et la composition de l'œuvre sont demeurés identiques, il y a pourtant eu autre chose qu'un travail systématique de condensation, d'un manuscrit à l'autre ; il est possible de surprendre dans les efforts émouvants de cette volonté, acharnée à donner la vie à une création deux fois condamnée, de nouveaux et précieux témoignages sur la formation de son génie.

* * *

Si Flaubert a porté si longtemps le souci et la hantise de cette œuvre, ce n'est pas qu'il n'eût préféré décharger plus vite son imagination du fardeau qui l'obsédait. Il n'a pas tenu à lui que la Tentation, *terminée en 1849, ne fût publiée dès cette époque. Supposons qu'au lieu d'être lue à Bouilhet et à Du Camp, qui la condamnèrent sans appel, elle ait trouvé des juges plus indulgents, ou peut-être plus clairvoyants, admettons, par exemple, que l'ami privilégié à la mémoire de qui elle fut justement dédiée, Alfred Le Poittevin, ait pu connaître cette œuvre, dans laquelle il se serait retrouvé tout entier, il est permis de penser qu'elle aurait été imprimée avant* Madame Bovary, *et que plus jamais Flaubert ne serait revenu sur cette première création.*

En réalité, la Tentation *est déjà en 1849, non pas certes ce qu'elle sera en 1874, mais ce que Flaubert a voulu la faire ; elle est même, beaucoup plus que la version définitive, l'expression de son tempérament, de ses rêves et de ses idées.*

La date même à laquelle fut commencé le premier manuscrit est significative : le mercredi 24 mai 1848, à 3 heures et quart. *Sept semaines plus tôt, le 3 avril, était mort subitement, à la Neuville-Champ-d'Oisel, celui qui avait été pour Flaubert l'ami intellectuel par excellence, le compagnon et le guide de sa jeunesse, Alfred Le Poittevin. Cette disparition est pour lui une rupture véritable ; elle brise quelque chose dans sa vie ; elle ferme la porte derrière lui aux élans les plus spontanés de son imagination ; et il sent que jamais plus il ne retrouvera dans ceux qui l'entourent cet écho sonore et ce fidèle reflet par lesquels les âmes d'artiste aiment à éprouver la réalité de leurs songes. Alors, avant de s'aventurer tout seul sur la route obscure, doutant de lui-même, persuadé qu'il a déjà vécu le meilleur de sa destinée, il se recueille, il s'enferme dans la méditation du passé, il veut exprimer sous une forme vivante tout cet éclatant lyrisme de sa vie antérieure, qu'il cultivait avec l'Ami au jardin secret de leur commune rêverie.*

Commencée le 24 *mai* 1848, *la première* Tentation *fut achevée le* 12 *septembre* 1849, « *à* 3 *heures de l'après-midi, par un temps de soleil et de vent* » ;

un peu moins de seize mois avaient suffi à Flaubert pour terminer ce livre colossal, dont le manuscrit comprend 541 *grands feuillets, et le texte imprimé* 291 *pages de caractères très fins.*

Il faut insister sur cette question de date, car elle donne son vrai sens à la Tentation, *commencée au lendemain même de la mort de celui qui l'a inspirée et à qui elle est restée dédiée.*

Mais le souvenir de Le Poittevin n'est pas le seul lien par lequel La Tentation de saint Antoine *se rattache à la jeunesse de Flaubert. Il faut remonter jusqu'aux plus lointaines années de son enfance, rappeler les scénarios improvisés par le gamin de dix ans sur le billard paternel, les drames inspirés par les représentations de la foire Saint-Romain, la barque du* père Saint-Antoine, *où le vieux mystère de l'ermite tenté par le diable a diverti des générations d'enfants. Pendant toute sa vie, Flaubert avait conservé pour ce spectacle familier à sa petite enfance une prédilection particulière ; il y retournait presque tous les ans, il y conduisait les amis qui le visitaient à Croisset, Tourguéniev et George Sand entre autres. L'influence du spectacle populaire sur cette imagination d'artiste fut d'autant plus profonde que l'affabulation en était plus naïve, plus respectueuse du vieux Mystère dont il était* *inspiré ; c'est en ce sens, on l'a dit avec raison, que la* Tentation, *comme le* Faust *de Gœthe, est sortie directement du drame médiéval* *.

D'un rapprochement qui s'impose entre ces deux rêves mystiques du moyen âge, nous pourrons tirer une autre indication sur les sources psychologiques du Saint Antoine. *Les lectures de Flaubert, jusqu'à vingt ans, comme ses admirations littéraires, étaient celles de la génération romantique. Parmi les écrivains qu'il lut avec le plus de passion, dans son enfance et dans sa jeunesse, Gœthe rencontre inévitablement Byron ; ses premiers écrits sont tout imprégnés des souvenirs de* Faust *comme de* Childe Harold. *Il avait à peine sept ans quand parut la traduction de* Faust *par Gérard de Nerval, qui contribua beaucoup à la popularité de cette œuvre en France. Un soir d'avril, veille de congé, il emporta la précieuse traduction au bord de la Seine, sous les grands arbres du Cours-la-Reine, et, assis sur la berge, au son des cloches de Pâques, il connut l'admirable poésie de Gœthe. Il lisait : « Christ est ressuscité, paix et joie entière ! Annoncez-vous déjà, cloches profondes, la première heure du jour de Pâques ? ... cantiques célestes, puissants et doux, pourquoi me*

* Louis Bertrand, *Gustave Flaubert*, p. 99.

cherchez-vous dans la poussière ? » *Sa tête tournait, et il rentra chez lui comme éperdu, ne sentant plus la terre* *.

Il est certain que l'influence de Gœthe, et particulièrement du Second Faust, *et plus particulièrement encore de la* Nuit de Walpurgis classique, *a été, comme on l'a remarqué, très profonde et très durable sur l'esprit de Flaubert.* « *En son état primitif et légendaire,* La Tentation de saint Antoine *n'est pas autre chose qu'un saint tenté* dans sa chair *par le diable, avec tous les artifices dont le diable peut disposer* **. » *Il y avait dans cette situation tous les éléments d'un drame* édifiant, *dont l'imagination populaire s'est emparée de très bonne heure, et qui rejoint, à travers le temps, l'humble scénario des marionnettes de la Forêt Noire. L'analogie a été précisée encore dans cette comparaison d'un critique moderne :* « *Le sujet de Gœthe, c'est l'homme qui vend son âme au diable ; celui de Flaubert, c'est l'homme qui ne veut pas la vendre, non plus, comme au moyen âge, parce que c'est un péché, mais parce que c'est inutile* ***. »

Nous avons une preuve bien curieuse de cette

---

* *Souvenirs intimes* de Caroline COMMANVILLE.

** E. FAGUET, *Gustave Flaubert*, 56.

*** L. BERTRAND, *op. cit.*, 99.

influence de Faust *sur l'auteur de la* Tentation *dans ses œuvres de jeunesse. Saint Antoine, ce Faust ingénu que séduisent toutes les formes possibles de l'illusion universelle, nous le trouvons en germe dans le premier essai littéraire authentique de Flaubert :* Le Voyage en enfer, *qui est comme une première ébauche grossière de la troisième partie de la* Tentation, *celle de* 1849, *intitulée :* Dans les espaces. *Quelques années plus tard, le sujet, qui hante visiblement l'imagination du jeune écrivain, est repris dans un conte fantastique,* Rêve d'enfer (1837), *puis, l'année suivante, dans* Agonies, pensées sceptiques, *dédiées à Le Poittevin, et dans la* Danse des morts. *Enfin, en* 1839, *Flaubert écrit* Smarh, vieux mystère, *où Satan apparaît une dernière fois pour donner à l'esprit inquiet le sens de la création. Les liens qui rattachent cette œuvre à la* Tentation *sont d'autant moins contestables qu'on retrouve certaines phrases de* Smarh *dans la version de* 1849 *et que, dans celle de* 1856, *l'écrivain a fait impitoyablement disparaître ces aveux trop sincères de son exaltation juvénile* *.

Un autre poète chéri des romantiques a laissé

---

* Sur toutes ces œuvres de jeunesse, cf. l'édition Conard, *Œuvres de jeunesse*, I, 3, 162, 401, 419.

lui aussi une trace profonde dans ces œuvres de jeunesse ; c'est Byron. Et l'on a justement signalé la parenté de Caïn, mystère dramatique, *traduit en vers français par Fabre d'Olivet en* 1823, *avec* Smarh *. *En janvier* 1847, *quand il méditait déjà la* Tentation, *Flaubert écrivait à Louise Colet : « Je viens de finir aujourd'hui le* Caïn *de Byron. Quel poète ! »*

* * *

Puisque nous demandons à la jeunesse de Flaubert l'origine et le sens de son œuvre préférée, il serait injuste de se borner aux souvenirs que le culte d'une amitié inoubliable, l'émotion de ses premières lectures et la naïve révélation de l'art dramatique avaient laissés en lui. On a tant de fois répété que La Tentation de saint Antoine *devait son existence à un tableau de Breughel qu'il faut au moins signaler cette influence.*

C'est au mois d'avril 1845, *lors d'un premier voyage qu'il fit en Italie avec toute sa famille, que Flaubert vit à Gênes, dans la galerie du palais*

* E. Estève, *Byron et le Romantisme français*, p. 279, n. 7.

Balbi Senarega *, *ce tableau du maître flamand qui lui donna l'idée, comme il le dit,* « *d'arranger pour le théâtre* » La Tentation de saint Antoine **.

On ne peut guère nier devant le témoignage personnel de l'écrivain les rapports qui unissent son œuvre et celle du peintre. Mais peut-être en a-t-on exagéré la portée. Il faudrait commencer par dire que, si parmi cent autres toiles, l'attention du voyageur se porta tout de suite sur le tableau de Breughel, c'est parce que, depuis longtemps, son imagination était travaillée par ce sujet. Il y rechercha et il y reconnut, presque aussi naïvement exprimé, le drame des marionnettes dont il s'amusait à la foire Saint-Romain ; il y trouva aussi l'interprétation symbolique d'un mystère auquel ses lectures et ses méditations l'avaient accoutumé. Rien d'étonnant alors à ce qu'il notât sur son carnet de route une description assez précise du tableau. Nous citerons un des passages essentiels de ce texte, pour montrer à quel point l'œuvre du vieux maître a

---

* Dans la 2e édit. du *Guide artistique de la ville de Gênes* (1875), ce tableau est encore mentionné comme existant à gauche de la galerie du premier étage; il est ainsi désigné : *Les Tentations de saint Antoine, ermite*, par PETER BREUGHEL D'ENFER.

** *Correspondance de Flaubert*, I, 173, et VI, 385.

pénétré certaines descriptions de la première Tentation.

*Au bas, à gauche, saint Antoine entre trois femmes, et détournant la tête pour éviter leurs caresses ; elles sont nues, blanches, elles sourient et vont l'envelopper de leurs bras. En face du spectateur, tout à fait au bas du tableau, la Gourmandise, nue jusqu'à la ceinture, maigre, la tête ornée d'ornements rouges et verts, figure triste, cou démesurément long et tendu comme celui d'une grue, faisant une courbe vers la nuque, clavicules saillantes, lui présente un plat de mets coloriés *.*

Il y a dans cette description deux détails qui ont manifestement inspiré le Saint Antoine *de* 1849 : *les trois femmes, blanches et nues, qui entourent l'ermite et le sollicitent de leurs caresses, sont devenues l'*Adultère, *la* Fornication, *et l'*Immondicité, *la première blonde, grande et svelte, la seconde pâle comme du marbre et noire de cheveux, la troisième énorme et ricanante ** ; toutes les trois ont disparu dans la version de* 1856. *Quant au portrait de la* Gourmandise, *voici les*

---

* FLAUBERT, *Notes de voyage* (édition Conard), I, p. 36.
** Édition Conard de la *Tentation*, p. 373.

phrases de Flaubert où l'on retrouve une analogie évidente avec le tableau :

1849.	1856.
La GOURMANDISE, *le cou maigre et démesuré, les lèvres violettes, le nez rouge; ses dents pourries retombent sur son menton ; sous sa tunique tachée de graisse et de vin son ventre flasque lui couvre les cuisses* (p. 248).	*La* GOURMANDISE *a le cou maigre, les lèvres violettes, le nez bleu. Ses dents pourries retombent sur son menton, et sa tunique tachée de graisse et de vin laisse déborder son ventre, qui lui couvre les cuisses* (p. 514).

Enfin, lorsque le défilé des péchés capitaux apparaît au saint, la Gourmandise prononce cette phrase tentatrice où nous découvrons encore un souvenir des notes prises sur le tableau. « Dans des plats creux qu'on tient par des anneaux, elle t'apporterait des tranches de viande fumant au milieu d'une sauce épaisse. »

A cela se réduit l'influence directe de cette rencontre de voyage. Elle n'a été, somme toute, qu'un incident secondaire dans la genèse d'une œuvre dont la conception remonte à l'enfance de Flaubert. Il s'est borné à utiliser, pour sa Tentation *de* 1849, *une impression de musée, comme il utilisera ses souvenirs d'Egypte, d'Asie Mineure ou de Grèce, pour celles de* 1856 *ou de* 1874.

* * *

Ce qui distingue essentiellement la Tentation *de* 1856 *de celle de* 1849, *c'est le travail de condensation que l'auteur s'imposa d'une version à l'autre. Quand il avait lu son premier manuscrit à Bouilhet et à Du Camp, les deux amis avaient été frappés par les proportions colossales de cette œuvre exubérante. Assez justement, d'ailleurs, — et c'est à peu près la seule de leurs critiques qui soit encore valable, — ils lui reprochèrent d'avoir procédé* par expansion : *un sujet en entraînant un autre, l'écrivain oubliait son point de départ, et, à plus forte raison, le lecteur ou l'auditeur se perdait sans remède dans ce labyrinthe de descriptions et d'analyses. L'exposé seul des chiffres a ici son éloquence : la première* Tentation *remplit* 541 *grands feuillets manuscrits,* 291 *pages d'impression fine ; ces chiffres se trouvent réduits à* 193 *et* 159 *pour la seconde, à* 134 *et* 201 *pour la troisième ; mais il faut observer, pour expliquer ce dernier chiffre, que les caractères sont beaucoup plus gros pour l'impression du texte définitif.*

Cette arithmétique se passe de commentaire. Toutefois, si la version de 1856 *n'est pas une* *œuvre vraiment différente de la première, celle de* 1874 *présente « un changement profond et conscient dans la conception du sujet et dans la technique de l'art... Elle nous apporte, avec le résultat d'un immense travail d'arrangement et de réorganisation, une forme de pensée toute nouvelle* * ».

C'est en 1870, *pendant la guerre, que Flaubert, accablé de tristesse et de découragement, aussi bien par les malheurs publics que par des deuils personnels, revint à l'œuvre de sa jeunesse, comme à une diversion salutaire. « Pour oublier tout, écrit-il, je me suis jeté en furieux dans saint Antoine, et je suis arrivé à jouir d'une exaltation effrayante. Voilà un mois que mes plus longues nuits ne dépassent pas cinq heures. Jamais je n'ai eu le bourrichon plus monté. C'est la réaction de l'aplatissement où m'avait réduit la défense nationale* **. »

Dans la première Tentation, *en dehors des influences que nous avons signalées, on a reconnu celles de* La Symbolique *de Creuzer, celle de Spinoza et de Montaigne ; c'étaient les lectures habituelles de Flaubert et de son ami Le Poittevin, sous l'inspiration duquel fut écrite cette œuvre de jeunesse.*

---

* A. Lombart, *Flaubert et saint Antoine*, p. 67.

** *Correspondance*, VI, 289; cf. *ibid.*, 226, 234.

La Tentation *de* 1874 « *ne comporte guère qu'une lecture nouvelle importante, celle de Haeckel* * ». *Mais cette lecture décisive suffit à modifier l'orientation du livre :* « *La première* Tentation, *nourrie de psychologie sous forme théologique, est une allégorie de l'intérieur de l'homme, fruit de la solitude lyrique où s'était écoulée la jeunesse de Flaubert. Elle pourrait s'appeler le livre de la solitude et du désir* **. »

Non seulement le livre de 1874 *contient des parties nouvelles, par exemple les scènes des chrétiens dans l'amphithéâtre et dans les catacombes, mais encore le plan est différent, parce que l'orientation du sujet est modifiée. Primitivement, saint Antoine était d'abord en proie aux doutes philosophiques, puis aux tentations matérialistes, l'univers invitant l'ermite à se fondre en lui ; c'est seulement après ces épreuves qu'intervenait le défilé des dieux, conduits par la Mort, Jésus fermant le défilé. En* 1874, *le défilé des dieux précède les tentations de la matière, et entre les deux parties se place le dialogue entre la Luxure et la Mort, qui sert de*

---

* A. THIBAUDET, *Gustave Flaubert* (Gallimard, 1935), p. 166.
** *Ibid.*, p. 167.

transition, en amenant le saint à réfléchir sur le sens de la vie *.

Depuis 1856, Flaubert s'était enthousiasmé pour La Création naturelle *de Haeckel, livre qu'il lisait et relisait sans cesse, qu'il proclamait « plein de faits et d'idées..., une des lectures les plus substantielles que je sache* ** ». *Dans le personnage d'Hilarion, il a visiblement incarné les doutes et les tentations de la science et de l'esprit rationaliste à la manière de Haeckel. Cette retouche essentielle lui a permis de supprimer toutes les personnifications abstraites de son premier livre, Péchés, Logique, Science... et jusqu'au Cochon, qui n'avait rien d'abstrait, mais qui est avantageusement remplacé par la pensée même du saint qui exprime ses sentiments, ses aspirations, ses regrets, dans le monologue du début. Déjà, dans le déroulement de ses pensées, s'insinuent le péché et la tentation, et les lectures de la Bible, qui succèdent à sa méditation, préparent notamment les visions qui vont l'assaillir.*

Chacun peut, au gré de ses tendances ou de ses goûts, approuver ou déplorer tout ce que la Tentation *de 1874 a laissé perdre de la jeunesse roman-*

* A. Lombart, *Flaubert et saint Antoine*, p. 67.
** *Correspondance*, VI, 289; cf. *ibid.*, 226, 234.

tique de Flaubert. Mais on ne peut être insensible à ce que ce remaniement suprême a fait gagner d'intérêt dramatique à l'ensemble du livre. En ramenant le surnaturel à la vie psychologique du saint, Flaubert a rendu son personnage plus humain et son œuvre plus vivante. Il a supprimé les allégories, de manière à présenter les tentations non plus comme des forces extérieures à la conscience de l'ermite, mais comme les souvenirs, les regrets ou les désirs qui sortent de son inconscient.

Par là, cette œuvre où Flaubert a mis tant de lui-même n'apparaît plus comme un jeu stérile, comme une vision éblouissante, mais vaine. L'évolution qui l'a conduit à la Tentation *de* 1874 *nous permet de répéter ce que nous disions au début de cette étude : il y a une identité absolue, constante entre l'écrivain et la création de son esprit ; Flaubert a vu dans saint Antoine « l'être de solitude et de désir qu'il figurait lui-même » ; s'il s'est attaché durant toute sa vie à ce sujet, c'est à cause de « l'identité qui lui paraissait exister entre sa vie et celle d'un prêtre ou d'un moine, d'un prêtre de l'art et d'un moine hanté de rêves et de visions* * ».

* A. Thibaudet, *Gustave Flaubert* (Gallimard, 1935), p. 166.

* * *

Flaubert a passé ainsi le tiers de sa vie à lutter, avec courage, avec obstination, contre la plus belle et la plus riche création de son imagination. Son livre fait invinciblement songer à la symbolique rencontre du Sphinx et de la Chimère : tandis que l'imagination, légère et joyeuse, emportait l'artiste éperdu à travers les régions sublimes du rêve, la raison, pesamment accroupie sur le sable, méditant et calculant, écoutait avec tristesse le frémissement des ailes dans le vent ou regardait les étoiles se lever dans les vasques de porphyre. Que d'énergie se consuma en cette stérile contemplation !... Deux voix ne cessaient de se répondre dans le silence de son cœur. L'une criait avec le Sphinx : « Caprice indomptable, qui passes et tourbillonnes, Fantaisie ! Fantaisie ! emporte-moi sur tes ailes pour désennuyer ma tristesse ! » Et l'autre, avec la Chimère, gémissait : « Sphinx hypocrite, ne m'appelle plus ! ne m'appelle plus ! puisque tu restes toujours muet et immobile... » Quand le Sphinx voulut chevaucher la Chimère, il l'écrasa de son poids et roula lourdement sur le sol, dans un grand tumulte d'ailes froissées.

Edouard MAYNIAL.

BIBLIOGRAPHIE

PRINCIPAUX OUVRAGES A CONSULTER

L'édition Conard de *La Tentation de saint Antoine* (1910), qui contient une abondante documentation et les versions de 1849 et de 1856.

Les *Œuvres de jeunesse* de FLAUBERT, dans l'édition Conard, notamment *Smarh* dans le tome II.

P. BOURGET, *Essais de psychologie contemporaine*, 1883.

LOUIS BERTRAND, *Gustave Flaubert*, 1912. (Chap. IV. *La première Tentation de saint Antoine.*)

RENÉ DESCHARMES, *Flaubert avant* 1857. (1909.)

EDOUARD MAYNIAL, *La Jeunesse de Flaubert.* (1913.)

RENÉ DUMESNIL, *Gustave Flaubert, L'Homme et l'Œuvre.* (1932.)

ALBERT THIBAUDET, *Gustave Flaubert.* (1935.)

D.-L. DEMOREST, *L'Expression figurée et symbolique dans l'œuvre de Gustave Flaubert.* (1931.)

ALFRED LOMBARD, *La Tentation de saint Antoine.* (1934.)

LÉON DEGOUMOIS, *Flaubert à l'école de Gœthe.* (1925.)

E.-W. FISCHER, *Études sur Flaubert inédit. La Tentation de saint Antoine.* (1908.)

HENRI GRAPPIN, *Le Mysticisme et l'Imagination de* Flaubert. (Revue de Paris, 1er et 15 décembre 1912.)

LOUIS HOURTICQ, *Ce que la littérature doit à la peinture.* (Séance de l'Institut, 25 octobre 1927.)

HENRI MAZEL, *Les trois Tentations de saint Antoine.* (Mercure de France, 15 décembre 1921.)

PIAGET SHANKS, *Flaubert's Youth.* (1927.)

J. MADELEINE, *Les différents états de la Tentation de saint Antoine.* (Revue d'histoire littéraire de la France, 1908.)

THEODOR REIK, *Flaubert und seine Versuchung des Heiligen Antonius.* (1912.)

Sur l'état de l'Église chrétienne au IIIe siècle, sur l'Église d'Alexandrie, et sur les différentes hérésies, crise gnostique, marcionisme, montanisme, etc., qui tiennent une si grande place dans *La Tentation de saint Antoine*, on consultera :

A. FLICHE et V. MARTIN, *Histoire de l'Église.* — Tome II, *De la fin du IIe siècle à la Paix constantinienne*, par J. LEBRETON et J. ZEILLER. (1936.)

CHRONOLOGIE

1784. 14 NOVEMBRE : naissance à Maizières-la-Grande-Paroisse (Aube) d'Achille-Cléophas Flaubert, père de l'écrivain. Famille de vétérinaires champenois.

1812. 10 FÉVRIER : A.-C. Flaubert, médecin-chirurgien à l'Hôtel-Dieu de Rouen (il deviendra chirurgien-chef en 1815), épouse Justine-Caroline Fleuriot, née à Pont-l'Évêque, le 7 septembre 1793, issue d'une famille de médecins et d'armateurs normands.

1813. 9 FÉVRIER : naissance d'Achille Flaubert, futur chirurgien, frère aîné de l'écrivain.

1821. 27 MAI : naissance de Louis Bouilhet. — 12 décembre : **naissance de Gustave Flaubert**, à l'Hôtel-Dieu de Rouen.

1822. 13 JANVIER : baptême de Gustave. — 8 février : naissance à Paris de Maxime Du Camp.

1824. 15 JUILLET : naissance de Caroline Flaubert, sœur cadette de l'écrivain.

1830-32. Gustave lit *Don Quichotte* et rêve de composer des pièces et des romans. Avec sa sœur et ses camarades, Alfred Le Poittevin et Ernest Chevalier, il joue la comédie dans la salle de billard de son père. — Février 1832 : il entre en 8e, au Collège Royal (Lycée de Rouen), où il fera ses études, d'abord comme interne, puis (à partir d'octobre 1838) comme externe.

1833. AOUT : premier voyage à Paris. Gustave visite le Jardin des Plantes, Versailles, Fontainebleau.

1834. Séjour d'été à Trouville et Pont-l'Évêque. — Octobre : Gustave rencontre Bouilhet en 5e.

1835. Gustave rédige un petit journal littéraire : *Art et Progrès*. Il compose des récits historiques et ses premiers contes : *Chevrin et le roi de Prusse*, *Le Moine des Chartreux*, *La Fiancée et la tombe*. — Lecture de Shakespeare. — Séjours d'été à Paris et à Nogent-sur-Seine, chez l'oncle Parain.

1836. Premiers contes (suite) : *Un parfum à sentir*, *La Peste à Florence*, *Rage et Impuissance*. — À Trouville, pendant les vacances, Gustave rencontre la femme de l'éditeur de musique Maurice Schlésinger (Elisa Foucault) et subit le ravage d'une passion sans espoir.

1837. Il compose : *Rêve d'enfer*, *Quidquid volveris*, *Passion et vertu* (nouvelle qui contient certains épisodes repris dans *Madame Bovary*), *Lutte du Sacerdoce et de l'Empire au moyen-âge*. — Collaboration au *Colibri*, journal rouennais. — Avec Chevalier et d'autres camarades, il imagine le personnage du *Garçon*, prototype de Homais.

1838. Il compose *Loys XI*, drame; *Agonies, pensées sceptiques*; *La Danse des morts*; *Mémoires d'un fou* (date de composition incertaine, remaniements ultérieurs possibles).

1839. Il compose : *Les Arts et le commerce*; *Smahr* (reprise de *Rêve d'enfer*, première esquisse de *La Tentation de saint Antoine*); *Funérailles du Docteur Mathurin*; *Rabelais*. — En juin, mariage d'Achille. — A la fin de l'année Gustave quitte le collège et prépare son baccalauréat chez lui.

1840. JUIN : à Rouen, Flaubert va voir jouer Rachel. — 23 août : il est reçu bachelier. — Fin août-octobre : voyage en compagnie du Dr Jules Cloquet (Pyrénées et Corse). A Marseille, Gustave Flaubert rencontre Eulalie Foucaud de Langlade. — Au retour il rédige ses souvenirs de voyage.

1841. Séjours d'été à Nogent-sur-Seine et à Trouville. — 10 novembre : Gustave Flaubert s'inscrit à la Faculté de Droit à Paris et regagne Rouen.

1842. Il néglige le droit et compose *Novembre* (achevé le 25 octobre). — 2 mars : par tirage au sort il est exempté du service militaire. — Juillet-août : à Paris (logé 35, rue de l'Odéon chez son ami Chevalier, étudiant en droit comme lui), il suit les cours de la Faculté. — Septembre : vacances à Trouville. Gustave se lie d'une tendre amitié avec deux jeunes Anglaises, Gertrude et Harriet Collier. — Novembre : il s'installe à Paris, 19, rue de l'Est, « dans ses meubles » ; il fréquente les familles Collier, Pradier, Schlésinger. — Le 28 décembre, il est reçu à l'examen de première année.

1843. A Paris, Flaubert poursuit ses études de droit et commence en février *L'Éducation sentimentale* (première version). — Mars : il se lie d'amitié avec Maxime Du Camp. — Mai : la ligne de chemin de fer Paris-Rouen est mise en service. — 21 août : Flaubert échoue à l'examen de deuxième année et part pour Rouen, découragé. — Vacances à Nogent. — Novembre : il reprend les cours de droit à Paris. — 31 décembre : il est à Vernon, chez Mme Schlésinger.

1844. JANVIER : au cours d'un voyage à Pont-l'Évêque avec son frère Achille, Flaubert tombe, comme frappé d'apoplexie, dans le cabriolet qu'il conduisait. Ramené à Rouen, un régime sévère lui est imposé. Il renonce à poursuivre l'étude du droit. Brûlure accidentelle à la main. — Avril-mai : le Dr Flaubert vend sa maison de Deville et achète celle de Croisset (90.000 F.).

1845. 7 JANVIER : Gustave achève *L'Éducation sentimentale* (première version). — 3 mars : mariage de Caroline avec Émile Hamard. La famille Flaubert accompagne les jeunes époux dans leur voyage de noces en Italie. — Mai : à Gênes, Gustave remarque un tableau de Breughel représentant *Saint Antoine.* Retour par Milan, Genève, Besançon. — Juin : Croisset. Gustave analyse le théâtre de Voltaire. — Novembre : maladie du Dr Flaubert (phlegmon).

1846. 15 JANVIER : mort du Dr Flaubert. Achille succède à son père à l'Hôtel-Dieu, mais devra partager la direction des services avec le Dr Leudet. — 21 février : naissance de Désirée-Caroline Hamard. — 23 mars : la sœur de Flaubert meurt d'une fièvre puerpérale. — Avril : Flaubert se retire à Croisset avec sa mère, la petite Caroline sa nièce, et Julie la servante. — Mai : il compose une comédie en vers en collaboration avec Bouilhet et Du Camp : *Jenner ou le*

Triomphe de la médecine. — 6 juillet : mariage d'Alfred Le Poittevin avec Louise de Maupassant, et de Laure Le Poittevin avec Gustave de Maupassant. — Le 29, à Paris, liaison de Flaubert avec Louise Colet, rencontrée chez Pradier. — 4 août : première lettre à « la Muse » (Louise Colet). La correspondance se poursuit, avec des interruptions, jusqu'en 1855. — 9-10 septembre : premier rendez-vous de Flaubert et Louise Colet à Mantes, hôtel du Grand-Cerf. — Pradier exécute les bustes du Dr Flaubert et de Caroline.

1847. MAI-JUILLET : Flaubert et Du Camp entreprennent un voyage de trois mois en Touraine et en Bretagne (relaté dans *Par les champs et par les grèves*, œuvre que les auteurs renoncèrent à publier). — Septembre : Flaubert a une nouvelle crise nerveuse.

1848. 22 FÉVRIER : Flaubert et Bouilhet partent pour Paris, afin d'assister aux manifestations annoncées par les journaux. Le 24, la révolution éclate sous leurs yeux. — Mars : de Croisset, Flaubert adresse à Louise Colet une lettre de rupture. — 3 avril : mort d'Alfred Le Poittevin. Peu après, Flaubert est mobilisé dans la Garde nationale. — 24 mai : il commence *La Tentation de saint Antoine* (première version). — Juin : Hamard, beau-frère de Flaubert, donne des signes de dérangement cérébral; Mme Flaubert se réfugie secrètement à Forges-les-Eaux, avec son fils et sa petite-fille. — A Paris, Du Camp est blessé pendant les jours d'émeute. Il sera décoré par Cavaignac.

1849. AVRIL : Flaubert consulte à Paris le Dr Cloquet qui préconise un voyage dans les pays chauds. Du Camp propose à son ami de l'accompagner au Moyen-Orient. — Pendant l'été, Flaubert prépare ce voyage tout en écrivant *La Tentation de saint Antoine,* qui est terminée le 12 septembre. Il convoque Bouilhet et Du Camp pour leur lire son œuvre. Ceux-ci la déclarent manquée. — Octobre : à Paris, le 27, Flaubert prend congé de quelques amis, notamment de Louise Pradier. Dîner d'adieux, le 28, avec Bouilhet, Cormenin et Théophile Gautier. — 4 novembre : Flaubert et Du Camp s'embarquent à Marseille ; ils atteignent

Alexandrie le 15. Audience de Soliman pacha. Le 28, arrivée au Caire ; séjour dans un hôtel tenu par Bouvaret. — Décembre : excursions (les Pyramides, Memphis).

1850. 6 FÉVRIER : départ du Caire à bord d'une cange. Sur le Nil, à travers la Haute-Égypte (Philae, Louqsor, Antinoé). — Le 6 mars, les deux amis passent la nuit chez la courtisane Kutchiuk-Hânem. — 26 juin : retour au Caire. — Juillet : Alexandrie. Départ le 17, à destination de Beyrouth, où ils rencontrent Camille Rogier. Ils renoncent à se rendre en Perse. — Août : Tyr, Saint-Jean-d'Acre, Jaffa, Jérusalem (du 8 au 23), Nazareth, Cana. Le 5, en Normandie, naissance de Guy de Maupassant. Mort de Balzac, le 18. — 1er septembre : Flaubert et Du Camp sont à Damas. Le 14, Baalbek. Retour à Beyrouth, par Tripoli. — 1er octobre : départ de Beyrouth. Rhodes. Le 27, arrêt à Smyrne, en raison du déplorable état de santé des voyageurs. — 8 novembre : à bord de l'*Asia,* vers Constantinople, où ils débarquent le 13; séjour d'un mois (visites au général Aupick, excursion à Belgrade). — 18 décembre : Athènes. Le 25, excursion à cheval (Éleusis et Marathon).

1851. JANVIER : Parthénon, Delphes, Thermopyles. Rencontre avec Canaris. Du 24 au 29 : le Péloponnèse. — 10 février : de Patras, embarquement pour Brindisi, d'où ils gagnent Naples en. diligence (Vésuve, Pompéi). — 28 mars : arrivée à Rome par la route. Flaubert y séjourne jusqu'au 6 mai; puis il visite Florence et Venise, en compagnie de sa mère, venue à sa rencontre, tandis que Du Camp a regagné Paris. — Juin : après un détour par Cologne et Bruxelles, Flaubert rentre à Croisset, apparemment bien portant. — Juillet : il renoue avec Louise Colet. — 19 septembre : il commence *Madame Bovary*. Le 25, il part pour Londres avec sa mère. Durant ce séjour, il revoit Harriet Collier. Choix d'une gouvernante pour Caroline. — Novembre : il entreprend l'instruction de sa nièce. Arrivée à Croisset de la gouvernante, Isabelle Hutton. Du Camp, devenu, depuis septembre, l'amant de Mme Delessert et codirecteur de la *Revue de Paris,* publie dans ce périodique *Meloenis,* de Bouilhet. — Décembre : Flaubert est à Paris, 6, rue du

Dauphin ; le 2, il assiste au coup d'État et manque d'être assommé.

1852. JANVIER : Du Camp est promu officier de la Légion d'honneur. Flaubert travaille à « *la Bovary* » s'accordant, tous les deux ou trois mois, une escapade avec Louise Colet, soit à Paris (9-15 mars, 3-12 août), soit à Mantes (3-5 juin, 9-13 novembre). — 5 juin : mort de Pradier. Vers le 20, Flaubert et Du Camp se querellent par correspondance ; refroidissement des relations. — 18 juillet : Flaubert se rend à Grand-Couronne, pour assister à un Comice agricole. — Août : la première partie de *Madame Bovary* est terminée. — Septembre-décembre : deuxième partie (chap. I-III).

1853. Rédaction de *Madame Bovary* (2e partie, chap. IV-VIII). — Correspondance occulte avec Victor Hugo (surnommé par Flaubert « *le crocodile* »). — Rencontres trimestrielles avec Louise Colet, à Paris (5-15 février, 25 juillet-7 août, 10-22 novembre) ou à Mantes (9-14 mai). — Juillet : Miss Hutton est congédiée, Juliet Herbert la remplacera. — 9 septembre : mort de l'oncle Parain. — Novembre : Flaubert écrit à Schlésinger qui a quitté la France et vit à Bade avec les siens. Bouilhet s'installe à Paris.

1854. Rédaction de *Madame Bovary* (2e partie, chap. IX-XIII). — Séjours à Paris (en février, puis vers mai-juin). Liaison avec Béatrix Person. — Août : Flaubert est malade; il se plaint de salivation mercurielle et songe à consulter Ricord. Le 18, il se croit guéri. — Octobre : rupture avec Louise Colet. — 1er novembre : à Paris, rue de Londres.

1855. Rédaction de *Madame Bovary* (2e partie, chap. XIII-XV ; 3e partie, chap. I-VIII). — Mars : à Paris, hôtel du Helder. Le 6, dernière lettre à Louise Colet. — Août : mariage de Harriet Collier. — 9-12 septembre : voyage d'affaires à Trouville. — Octobre : ayant presque terminé son roman, Flaubert part pour Paris où il passera l'hiver. Il s'installera 42, Bd. du Temple, au 4e étage (loyer : 1 000 F).

1856. Achèvement de *Madame Bovary*, établissement d'une copie. — Avril : Du Camp achète l'œuvre 2 000 F, pour la *Revue de Paris*. — Mai : de retour à Croisset, Flaubert fait des corrections et des coupures et, le 31, expédie à Du Camp la copie retouchée. — Juin : il remanie *La Tentation de saint Antoine*. — 14 juillet : Du Camp propose de supprimer certaines « longueurs » de *Madame Bovary;* Flaubert refuse. — 1er octobre : l'œuvre commence à paraître dans la *Revue de Paris;* la publication s'échelonne dans six numéros. Certains passages ayant été supprimés contre sa volonté, l'auteur écrit à Laurent Pichat, codirecteur de la revue, et fait insérer une note de protestation dans le numéro du 15 décembre. Le 24, il signe avec Michel Lévy le contrat d'édition et cède *Madame Bovary* pour cinq ans moyennant 800 F. Les 21 et 28, *L'Artiste* publie des fragments de *Saint Antoine*. — Flaubert, qui est à Paris depuis le 16 octobre, a assisté, le 6 novembre, à la création de *Madame de Montarcy,* de Bouilhet, à l'Odéon.

1857. JANVIER : autres fragments de *Saint Antoine* publiés, dans *L'Artiste*. Flaubert est convoqué chez le juge d'instruction, à propos de « *la Bovary* ». Démarches pour essayer d'arrêter les poursuites. Le 15, Sénard annonce que l'affaire est renvoyée en correctionnelle. Le 25, Flaubert voit Lamartine. Le procès est plaidé le 29 (6e chambre). — 7 février : acquittement. — Mars : Flaubert ajourne la publication de *La Tentation de saint Antoine* et annonce que son prochain roman aura pour sujet *Carthage*. — Avril : *Madame Bovary* paraît chez Lévy (2 vol. in-12 à 1 F, tirage 6 600 + 150 exempl. sur vélin). Succès éclatant. — Mai : Flaubert rentre à Croisset (où il reçoit l'article de Sainte-Beuve, paru le 4 dans *Le Moniteur*) et travaille à *Carthage*. Bouilhet s'installe à Mantes. — Juin : 2e tirage de *Madame Bovary;* l'auteur reçoit de Michel Lévy une prime de 500 F. Le 25, Baudelaire publie *Les Fleurs du mal* (les juges de la 6e chambre correctionnelle le condamneront en août à 300 F d'amende). — Septembre-novembre : Flaubert rédige le chap. 1er de *Salammbô* (titre définitif de *Carthage*). — Décembre : vers le 20, il est à Paris. Sur le conseil de Bouilhet, il refuse de laisser adapter *Madame Bovary* au théâtre.

1858. Il fréquente Sainte-Beuve, Gautier, Renan, Baudelaire, Feydeau, les Goncourt et quelques « lionnes » (Jeanne de Tourbey, Aglaé Sabatier, Arnould-Plessy). Au printemps, il se décide à visiter les ruines de Carthage et s'embarque à Marseille, le 16 avril, à destination de Philippeville. Constantine, Bône, Tunis (séjour de quatre semaines). — 3-12 mai : excursions à Carthage et à Bizerte. Le 21, Flaubert quitte Tunis, traverse la région du Keff et, par Souk-Ahras et Guelma, regagne Constantine le 28. — 2 juin : il s'embarque à Philippeville. Retour à Croisset le 12. Ernest Feydeau publie *Fanny*. — Juillet-août : Flaubert remanie tout son travail. — Septembre-décembre : rédaction des chap. II et III de *Salammbô*.

1859. Rédaction de *Salammbô* (chap. IV-VII). — 19 février-10 juin : Flaubert est à Paris; il sort peu, rencontre pourtant les actrices Lagier et Guimont. — 15 août : Achille Flaubert et Bouilhet sont décorés. — Septembre : Hugo publie *La Légende des siècles* et Louise Colet *Lui*, roman à clef. Flaubert est malade, période de dépression jusqu'en novembre. Il se lie d'amitié avec Amélie Bosquet, femme de lettres rouennaise. — 20 décembre : il s'installe à Paris pour l'hiver, reçoit les amis le dimanche, dîne souvent chez « la Présidente », (Mme Sabatier).

1860. Rédaction de *Salammbô* (chap. VII-X). — 17 avril : mariage d'une nièce de Flaubert, Juliette, avec Adolphe Roquigny. — Août : court séjour à Paris, recherches à la Bibliothèque impériale. — 6 décembre : échec de la pièce de Bouilhet, *L'Oncle Million*. — Flaubert passe l'hiver à Croisset; les relations avec Du Camp sont redevenues bonnes; mais ce dernier, qui a rompu avec Mme Delessert, est parti pour l'Italie et s'est enrôlé dans l'armée de Garibaldi.

1861. Rédaction de *Salammbô* (chap. X-XIV). Flaubert, qui « s'oursifie » de plus en plus, ne séjourne à Paris qu'en mai. — En juin, il fait le serment de ne plus quitter Croisset avant la fin de son livre. — Décembre : « la Présidente » vend son mobilier.

1862. JANVIER : Flaubert apprend la maladie de Mme Schlésinger, internée en Allemagne. — 15 février : départ pour Paris, où il achèvera *Salammbô*. — Avril : il fait copier le manuscrit. Hugo publie *Les Misérables.* — Mai : avant de rentrer à Croisset, Flaubert charge Ernest Duplan de négocier la publication de *Salammbô.* — Juillet : il confie le manuscrit à Du Camp. — 9 août : il se rend à Vichy avec sa mère, pour un séjour d'un mois. — 11 septembre : signature à Paris du nouveau traité avec Lévy (Flaubert cède *Salammbô* et *Madame Bovary* pour dix ans, moyennant 10 000 F, et prend l'engagement de réserver son prochain roman au même éditeur). — Le 22, échec d'un drame de Bouilhet *(Dolorès).* — Octobre : Flaubert corrige les épreuves de *Salammbô;* il est mal portant (furonculose). — 24 novembre : *Salammbô* paraît en librairie (1 vol. in-8°, daté de 1863). — 6 décembre : réception Bd du Temple. Les 23 et 24, Flaubert rédige une réponse aux critiques de Sainte-Beuve.

1863. JANVIER : période mondaine. Le 21, Flaubert dîne chez la princesse Mathilde. — Le 24, il publie sa réponse à Frœhner. Début de sa correspondance avec George Sand. Visite à Taine. — 23 février : au dîner Magny, récemment créé, il rencontre Tourgueniev. — Mars : il rentre à Croisset, hésitant sur le sujet de son futur roman. — Juin-juillet : saison à Vichy avec sa mère et sa nièce. — Août-octobre : Croisset. Il compose une féerie *(Le Château des cœurs)* en collaboration avec Bouilhet et d'Osmoy; elle ne sera jamais représentée. — 29 octobre-3 novembre : il reçoit les Goncourt à Croisset, puis s'installe à Paris pour l'hiver. — Dîners chez le prince Napoléon, chez la princesse Mathilde (22 novembre), au Magny (23), chez Jeanne de Tourbey (4 décembre), chez Taine (5).

1864. JANVIER : Croisset. Fiançailles de Caroline avec Ernest-Octave-Philippe, dit Commanville (né en 1834). — Janvier-mars : séjour à Paris. Réceptions chez le prince Napoléon, la princesse Mathilde, Jeanne de Tourbey; dîners Magny; bal de l'Opéra; théâtres (*Faustine,* de Bouilhet, Porte-Saint-Martin, 20 février; *Le Marquis de Villemer,* de George Sand, Odéon, 29 février). — 6 avril : mariage de Caroline avec Commanville. — Mai : Flaubert établit le plan de *L'Éducation sentimentale* (lectures d'anciens journaux à la

Bibliothèque impériale). — Juin : séjours à Nogent-sur-Seine, Trouville, Étretat. — Août : voyages documentaires (Villeneuve-Saint-Georges, Melun, Montereau, Sens). — 1er septembre : Flaubert commence *L'Éducation*. — 12-16 novembre : il est invité à Compiègne chez l'Empereur.

1865. Rédaction de *L'Éducation sentimentale* (1ere partie). — Janvier-10 mai : séjour à Paris. Réceptions chez le prince Napoléon et chez la princesse Mathilde; dîners chez Magny, chez Gautier, chez Du Camp (avec l'amie de ce dernier, Adèle Husson); Opéra (gala de *L'Africaine*, 26 avril). Flaubert demande à sa mère de lui donner 7 000 F. — Juillet : voyage à Londres, puis à Bade, où Flaubert retrouve Du Camp et voit peut-être Élisa Schlésinger. — Août : suicide d'Adolphe Roquigny.

1866. Rédaction de *L'Éducation sentimentale* (2e partie, chap. I-IV). — 24 janvier-fin mai : séjour à Paris. Réceptions du prince Napoléon et de la princesse Mathilde; dîners Magny (le 12 février, Flaubert y introduit George Sand). Le 17 avril, à Neuilly, il assiste, comme témoin, au mariage de Catulle Mendès avec Judith Gautier. — 16-30 juillet : voyage à Londres, Flaubert voit Juliet Herbert. — Août : premier séjour à Saint-Gratien, chez la princesse Mathilde. Le 15, il est nommé chevalier de la Légion d'honneur. Du 28 au 30, il reçoit George Sand à Croisset. — Septembre : il cherche à faire un emprunt. — 29 octobre : à l'Odéon, création de *La Conjuration d'Amboise*, de Bouilhet. — 3-10 novembre : 2e séjour de George Sand à Croisset. — Décembre : Du Camp publie *Les Forces perdues*.

1867. Rédaction de *L'Éducation sentimentale* (2e partie, chap. IV-V). — Janvier : Michel Lévy prête 5 000 F à Flaubert. Mme Flaubert vend sa ferme de Courtavant (Aube). La part du romancier se monte à 15 566 F. — 19 février-20 mai : à Paris. Réceptions chez la princesse Mathilde, dîners Magny. En mars, Flaubert revoit Mme Schlésinger (à Mantes ou à Paris). — Le 2 mai, Bouilhet est nommé bibliothécaire à Rouen. — 10 juin : Flaubert assiste au bal des Tuileries, organisé pendant l'Exposition pour la visite des souverains étrangers. — 31 août : mort de Baudelaire. — Décembre : le loyer du Bd. du Temple est porté à 1 500 F. Flaubert songe à déménager.

1868. Rédaction de *L'Éducation sentimentale* (3e partie, chap. I-III). — Janvier : mort de Juliette Roquigny (3 ans), petite-nièce de Flaubert. Bouilhet est malade. — 10 février-19 mai : à Paris. Flaubert commence à négliger les Magny, mais dîne tous les mercredis « chez la princesse ». Le mardi-gras, au bal d'Arsène Houssaye. — 24-26 mai : à Croisset, 3e séjour de George Sand. — Juillet : Mme Flaubert, qui vieillit, veut vendre sa ferme de L'Isle (Aube), évaluée 70 000 F. — 30 juillet-6 août : Flaubert est à Saint-Gratien. — 7 août : il visite Fontainebleau et rencontre Octave Feuillet. Le 11, retour à Croisset. — Sauf de brefs déplacements (en octobre, pour voir *Cadio,* de George Sand; en décembre, pour visiter le cimetière du Père-Lachaise), il travaille dans la solitude jusqu'au printemps. Le dimanche, il dîne chez sa mère, qui s'est fixée à Rouen, quai du Havre. — Le 22 novembre, visite de Tourgueniev.

1869. JANVIER-MARS : il achève *L'Éducation sentimentale.* — 27 mars-7 juin : à Paris. Flaubert va régulièrement chez la princesse Mathilde. En mai, il lui lit son roman. Il le lit aussi à George Sand. Contacts avec Michel Lévy pour l'édition. Le 30, il loue un appartement 4, rue Murillo, 4e étage (loyer 1 500 F.) et donne congé Bd du Temple. — La copie de *L'Éducation* est confiée à Mme Husson; Du Camp fait des remarques. — Juin : rentré à Croisset, Flaubert entreprend un nouveau remaniement de *La Tentation de saint Antoine.* Les Commanville sont en Scandinavie. — 18 juillet : Bouilhet meurt à Mantes. On crée un Comité pour un monument; Flaubert en est président. — Août : à Paris. Le 14, Flaubert remet à Michel Lévy le manuscrit de *L'Éducation sentimentale;* il hasarde des démarches pour faire jouer la dernière pièce de Bouilhet *(Mademoiselle Aïssé).* — Septembre : il corrige ses épreuves et emménage rue Murillo. Quelques jours à Saint-Gratien. Il a maigri. — 13 octobre : mort de Sainte-Beuve. — Novembre : Les Commanville sont en Russie. Le 5, représentation *Bouilhet* à l'Odéon (avec la Patti et Sarah

Bernhardt). Le 17, publication de *L'Éducation sentimentale* (2 vol. in-8°, datés de 1870). Lévy paie l'ouvrage 16 000 F., pour dix ans. — Décembre : presse mauvaise. Flaubert se brouille avec Amélie Bosquet. — 22-27 : à Nohant, chez George Sand.

1870. JANVIER-AVRIL : à Paris. Flaubert est mal portant (eczéma, furoncles). — Le 1er mars, mort de Jules Duplan. Flaubert travaille à la Bibliothèque impériale. — 29 avril : Michel Lévy offre à Flaubert de lui prêter 4 000 F. et demande une promesse pour le futur roman; Flaubert refuse. — Mai : il rentre à Croisset et prépare sa notice sur Bouilhet. Maux de tête, découragement. — 20 juin : mort de Jules de Goncourt. — Juillet : Flaubert remanie *Le Sexe faible,* comédie de Bouilhet. — Août : il travaille à *Saint Antoine* dans une inquiétude grandissante; le 15, il va se renseigner à Paris sur les événements. Les parents de Nogent se réfugient à Croisset. — Septembre : il est infirmier à Rouen, puis est nommé lieutenant dans la Garde nationale. — Novembre : les Prussiens logent à Croisset. Flaubert et sa mère sont réfugiés à Rouen, quai du Havre, n° 7. — Hiver glacial.

1871. 25 JANVIER : le grand-duc de Mecklembourg entre dans Rouen à la tête de l'armée prussienne. Le 28, armistice. Flaubert retire son ruban de la Légion d'honneur. — Février : Caroline, qui s'était réfugiée en Angleterre, rentre à Dieppe. Flaubert s'installe chez elle. — 16 mars : il se rend à Bruxelles avec Dumas fils pour saluer la princesse Mathilde en exil. De Belgique, il part pour Londres et regagne Dieppe le 27. — Avril : il rentre à Croisset demeuré intact. — Mai : mort de Maurice Schlésinger. — 6 juin : Flaubert visite Paris, après les destructions de la Commune. — 10-15 août : séjour à Saint-Gratien (la princesse est revenue d'exil). — Autre séjour en octobre. — 8 novembre : visite de Mme Schlésinger à Croisset. Le 12, Flaubert achève la 5e partie de *Saint Antoine* et, le 22, s'installe à Paris. Il voit souvent Léonie Brainne dont il est très épris. — 8 décembre : le Conseil municipal de Rouen rejette le projet du monument Bouilhet. Commanville révèle ses ennuis, Flaubert cherche à emprunter 50 000 F.

1872. 6 JANVIER : Odéon, création de *Mademoiselle Aïssé*. Le 17, Flaubert adresse une *Lettre au Conseil municipal de Rouen,* publiée le 26 dans *Le Temps*. — Février : *Dernières chansons,* de Bouilhet (préface de Flaubert) paraît chez Lévy. Le 19, à la reprise de *Ruy Blas,* Flaubert rencontre Victor Hugo qui l'invite à dîner. — Mars : le 20, brouille avec Lévy, à propos des frais d'édition des *Dernières chansons*. Flaubert assiste à un bal chez la princesse Mathilde et rentre à Croisset le 30. — 6 avril : mort de sa mère. La maison de Croisset est léguée à Caroline ; Flaubert hérite de la ferme de Deauville. — Juin : à Paris, il voit George Sand le 12, assiste au mariage du fils d'Élisa Schlésinger et, le 16, se rend à Saint-Gratien. — 1er juillet : *La Tentation de saint Antoine* (troisième version) est terminée. Le 4, inventaire des biens de Mme Flaubert (partage de l'argenterie). Le 7, Flaubert part avec sa nièce pour Bagnères-de-Luchon ; il est accablé de tristesse. Séjour d'un mois. — Août-septembre : il fait copier *Saint Antoine*. Il rencontre l'éditeur Charpentier, à qui il cédera ses œuvres, à l'expiration des traités Lévy. Ernest Duplan donne à Flaubert un lévrier nommé Julio. — 23 octobre : Flaubert apprend la mort de Théophile Gautier. Lectures pour *Bouvard*.

1873. JANVIER : à Paris. Le 6, création des *Erinnyes* de Leconte de Lisle. Le 20, Flaubert règle les frais d'impression des *Dernières chansons* (2 100 F). Les liens amicaux avec Maupassant, commis au ministère de la Marine, se resserrent. — Février : quelques jours à Saint-Gratien. — 20 mars : Flaubert conduit Léonie Brainne au bal d'Arsène Houssaye. — 12-20 avril : 2e séjour à Nohant, chez George Sand. — 6 mai : à Villenauxe, chez Edma Roger des Genettes. Le 10, traité avec Lemerre pour l'édition elzévirienne de *Madame Bovary* (3 000 F de droits, pour 1 500 exemplaires). Flaubert rentre à Croisset peu après et écrit *Le Sexe faible*. — 20 juin : accord avec Charpentier pour *Madame Bovary* et *Salammbô*. — Juillet : il lit *Le Sexe faible* à Carvalho et corrige les épreuves des éditions Charpentier et Lemerre de la *Bovary*. — Septembre : il écrit *Le Candidat,* comédie en quatre actes. — 29 octobre : mort de Feydeau. — Novembre : les Commanville sont en Allemagne. Carvalho reçoit *Le Candidat* au Vaudeville. — Décembre : accord avec Charpentier pour *Saint Antoine*.

1874. JANVIER-MAI : à Paris. Le 11 mars, création du *Candidat*. Flaubert retire sa pièce à la 4e représentation. — Avril : Charpentier publie *La Tentation de saint Antoine* (1 volume in-8o). — 12 mai : traité Charpentier (*Saint Antoine*, édition in-8o tirée à 2 500, comporte un droit d'auteur de 1 F 50 par exemplaire; les éditions suivantes, format ordinaire, donnent un droit de 0 F 60, ramené à 0 F 50 pour *Bovary* et *Salammbô*). — Juin : à Croisset. Flaubert prépare *Bouvard et Pécuchet*. Voyage en Normandie, fin des lectures commencées depuis deux ans. Les Commanville sont en Suède. *Le Sexe faible*, refusé à l'Odéon, ne sera jamais joué. — Juillet : avec son ami Edmond Laporte, Flaubert fait un séjour en Suisse (Kaltbad-Righi). Il s'y ennuie, rêve d'un livre intitulé *Sous Napoléon III*. — 1er août : à Croisset, il commence *Bouvard et Pécuchet*. — Septembre-novembre : la solitude lui pèse, fréquents voyages à Paris. Manque d'argent, réclamations à Commanville qui gère ses revenus. — Décembre : rencontres avec Hugo, « homme adorable ».

1875. JANVIER-MAI : à Paris. Flaubert travaille sans goût. Sa tristesse et son inquiétude croissent. La situation de Commanville devient alarmante. — Le 9 avril, Flaubert assiste à la représentation privée de la pièce de Maupassant : *A la feuille de rose*. Quelques jours plus tard, il donne congé de son logement rue Murillo et décide d'aller habiter dans la même maison que les Commanville, 240, fg. Saint-Honoré (5e étage). — 9 mai : il rentre à Croisset plein d'angoisse. *Bouvard* est laissé de côté. — Juillet : le déficit de Commanville atteint 1 500 000 F. — Août : pour empêcher la faillite, Flaubert vend sa ferme de Deauville (200 000 F). Caroline s'engage à payer aux banquiers Faucon et Pécuchet une créance de 50 000 F en dix annuités (accord que Raoul-Duval et Laporte garantissent). Flaubert annonce sa ruine à ses intimes. — Vers le 15 septembre, il se rend à Concarneau chez son ami Georges Pouchet, directeur du Laboratoire de zoologie marine. Au bord de la mer il commence un court récit : *La Légende de saint Julien l'Hospitalier*. — 1er octobre :

l'entreprise de Commanville est mise en liquidation judiciaire. — 1er novembre : Flaubert rentre à Paris, reçoit le dimanche, fg. Saint-Honoré, et dîne chez la princesse Mathilde le mercredi. Il voit très souvent Maupassant.

1876. Janvier-février : il achève *Saint Julien* et médite le plan d'un autre conte. — 8 mars : mort de Louise Colet. Flaubert commence *Un cœur simple*. — Avril : il souffre d'un zona et songe à un 3e conte : *Hérodias*. — Mai : Renan publie ses *Dialogues philosophiques* (Flaubert est nommé dans la préface). — 5 juin : Flaubert et Renan sont à Saint-Gratien. Le 8, mort de George Sand, Flaubert assiste aux obsèques. Il rentre à Croisset le 12, après une absence de neuf mois. — Juillet : le Museum de Rouen lui prête un perroquet empaillé. — 16 août : *Un cœur simple* est terminé. — 2-18 septembre : à Paris et à Saint-Gratien. Visites nombreuses. Par l'intermédiaire de Tourgueniev, Flaubert vend deux contes au *Messager d'Europe* (revue russe), pour 600 roubles, soit environ 1 800 F. — Novembre : il commence *Hérodias*.

1877. JANVIER : Flaubert, en bonne santé, mais sans argent, termine *Hérodias*. Le 16, Commanville l'avise que son liquidateur va vendre l'usine. — Le 3 février, Flaubert part pour Paris et, dès le lendemain dimanche, a une réception d'amis. Visites multiples durant ce séjour, dîners chez Victor Hugo, rapports assidus avec Maupassant. — 1er mars : mort d'Émile Hamard, père de Caroline. Flaubert et Du Camp décident de détruire les lettres de jeunesse qu'ils se sont adressées (ils en conservent cependant chacun un certain nombre). Flaubert vend au *Moniteur* le droit de publier deux de ses contes (1 000 F. pièce); le 3e, *Saint Julien*, est vendu au *Bien public*. A la fin du mois, Charpentier envoie les épreuves des *Trois contes*. — 1er avril : Flaubert fait présent à Laporte d'un manuscrit des *Trois contes*. Après sa publication dans la presse, l'ouvrage paraît le 24 (1 vol. in-18 jés.). — Vers le 20 mai, Flaubert rend visite à Mme Pelouze, au château de Chenonceaux. — Juin : il regagne Croisset de bonne humeur et se remet à *Bouvard et Pécuchet*. Il songe aussi à un autre livre : *La Bataille des Thermopyles*. Commanville essaie de renflouer son affaire (la tentative échouera). — 25-31 août : Flaubert est à Saint-Gratien. — Le 11 septembre, il assiste aux obsèques de Thiers. Le 18, il entreprend avec Laporte un voyage en Normandie, pour *Bouvard*. — Octobre-décembre : rédaction de *Bouvard* (chap. III et IV). Flaubert se porte bien. Le 27 décembre, il part pour Paris où il passera l'hiver.

1878. Rédaction de *Bouvard* (chap. IV-VII). — Janvier-mai : à Paris, réceptions des dimanches; mercredis chez la princesse; visites à Hugo. Charpentier réunit à dîner Flaubert et Gambetta. Flaubert recommande Maupassant à son ami Bardoux, ministre de l'Instruction publique. — Le 4 mai, au Palais-Royal, création du *Bouton de rose,* de Zola. Du 20 au 25, chez Mme Pelouze à Chenonceaux. Retour à Croisset le 29. — Juin-août : Maux d'yeux, manque d'argent. — Septembre : Flaubert visite l'Exposition à Paris; quelques jours à Saint-Gratien. — 10-13 octobre : à Étretat, chez Laure de Maupassant. — Novembre : *Le Moniteur* refuse de publier *Le Château des cœurs.* Le 24, traité avec Lemerre pour l'édition elzévirienne de *Salammbô* (1 000 F pour 1 000 exemplaires). — Décembre : Flaubert a la jaunisse. Dans la solitude il travaille avec régularité. Il renonce, faute d'argent, à passer l'hiver à Paris.

1879. Rédaction de *Bouvard* (chap. VIII-IX). — Janvier : le 4, Maupassant est détaché au ministère de l'Instruction publique. Le 15, Caroline transporte son mobilier dans le logement de son oncle, fg. Saint-Honoré. Le Dr Achille Flaubert, malade, part pour Nice. Le 25, Flaubert se fracture le péroné; il est soigné par le Dr Fortin. — Février : le 3, visite de Tourgueniev qui parle d'un poste de conservateur à la Bibliothèque Mazarine. Flaubert donne son acceptation. Le 15, article du *Figaro,* révélant sa gêne. Le 16, Charpentier envoie 1 000 F (réimpression de *Madame Bovary*). Frédéric Baudry est nommé conservateur de la Mazarine, le 17. — Mars : la scierie et les terrains de Commanville sont vendus, mais le produit est absorbé par les créances privilégiées. Le 15, Flaubert fait quelques pas dans son jardin. — 24 avril : fête de saint Polycarpe; il se fait transporter en voiture chez ses amis les Lapierre. — Mai : le 4, visite de Tourgueniev. Le 13, Flaubert rencontre à Paris son frère Achille qui promet de lui verser une rente de 3 000 F. Peu après, le ministre Jules Ferry lui accorde un poste hors cadre de 3 000 F (à partir du 1er juillet). — Juin : le 10, Flaubert est reçu par Ferry et regagne Croisset, le 25, réconforté par de multiples témoignages d'amitié, songeant à son futur livre : *La Bataille des Thermopyles.* — Juillet : il corrige les épreuves de *Salammbô* (Lemerre) et de *L'Éducation sentimentale* (Charpentier). — Il se trouve de nouveau à Paris le 28 août. — 9 septembre : il autorise Du Locle à écrire le livret d'opéra de *Salammbô* (vieux projet retardé à plusieurs reprises). Le 15, il séjourne à Saint-Gratien pour la dernière fois et, le 22, rentre à Croisset qu'il ne quittera plus. — Octobre : Laporte oppose un refus à une nouvelle demande de Commanville, d'où rupture avec Flaubert. *Salammbô* paraît chez Lemerre. — Novembre : *L'Éducation sentimentale* paraît chez Charpentier. — Décembre : hiver glacial, Flaubert finit l'année dans la solitude.

1880. JANVIER : il commence le chap. X (et dernier) de *Bouvard* et lit *La Guerre et la Paix* de Tolstoï. *Le Château des cœurs* paraît par fragments dans *La Vie moderne.* — 1er février : Flaubert reçoit les épreuves de *Boule-de-Suif,* conte de Maupassant. Ce dernier vient passer trois jours à Croisset (il est poursuivi pour un poème licencieux). Assignation de Laporte qui réclame 13 000 F. Le 11, Flaubert reçoit la visite de Jules Lemaitre. Sa lettre à Maupassant paraît dans *Le Gaulois,* le 21. Le 26, Du Camp est élu à l'Académie française. — Mars : Commanville monte une nouvelle affaire; mais le papier timbré continue d'affluer à Croisset, Flaubert n'y comprend rien. A Pâques (28 mars), Flaubert réunit chez lui Zola, Daudet, Goncourt, Maupassant et Charpentier. — Avril : il reçoit *Les Soirées de Médan* et le livre de Maupassant *(Des vers)* qui lui est dédié. Le 27, réception chez Lapierre pour la Saint-Polycarpe. — Flaubert se prépare à partir pour Paris, mais il meurt, le 8 mai, terrassé par une hémorragie cérébrale. Inhumation le 11, au Cimetière monumental de Rouen. — Le 15 décembre, *La Nouvelle Revue* commence la publication de *Bouvard et Pécuchet.*

1881. MARS : *Bouvard et Pécuchet,* œuvre posthume (inachevée) paraît chez Lemerre. — Mai : Caroline Commanville vend la maison de Croisset, qui sera démolie (à l'exception du pavillon d'entrée). — Les *Souvenirs littéraires* de Maxime Du Camp commencent à paraître dans la *Revue des Deux Mondes.*

1882. JANVIER : mort à Nice d'Achille Flaubert. — Août : inauguration du monument de Bouilhet, à Rouen.

1883. Mort de la servante Julie. — Mort de Mme Achille Flaubert.

1884. Publication des *Lettres de Flaubert à George Sand.*

1885. Mort de Louise Pradier.

1886. Publication de *Par les champs et par les grèves.*

1887. Publication du premier tome de la *Correspondance* (qui comprendra 4 vol. dans cette première édition).

1888. Mort d'Élisa Schlésinger.

1890. 3 JANVIER : mort d'Aglaé Sabatier (la « Présidente »). — 10 février : création à Bruxelles (Théâtre de la Monnaie) de *Salammbô,* opéra de Reyer. — 7 mars : mort à Paris d'Ernest Commanville.

1891. Mort d'Edma Roger des Genettes.

1893. Mort de Maupassant. — Caroline Commanville se retire à Antibes.

1894. Morts de Maxime Du Camp et de Valentine Delessert.

1900. Caroline Commanville se remarie avec le Dr Franklin-Grout.

1904. Mort de la princesse Mathilde.

1906. Inauguration du musée Flaubert dans le pavillon de Croisset. — Création à Rouen de *Madame Bovary,* drame de William Busnach.

1908. Mort de la comtesse de Loynes (Jeanne de Tourbey).

1931. 2 FÉVRIER : mort à Antibes de Caroline Franklin-Grout.

A LA MÉMOIRE DE MON AMI

ALFRED LEPOITTEVIN

DÉCÉDÉ

A LA NEUVILLE-CHANT-D'OISEL

le 3 Avril 1848

LA TENTATION
DE
SAINT ANTOINE

I

C'EST dans la Thébaïde, au haut d'une montagne, sur une plate-forme arrondie en demi-lune, et qu'enferment de grosses pierres.

La cabane de l'Ermite [1] occupe le fond. Elle est faite de boue et de roseaux, à toit plat, sans porte. On distingue dans l'intérieur une cruche avec un pain noir; au milieu, sur une stèle de bois, un gros livre; par terre, çà et là, des filaments de sparterie, deux ou trois nattes, une corbeille, un couteau.

A dix pas de la cabane, il y a une longue croix plantée dans le sol; et, à l'autre bout de la plate-forme, un vieux palmier tordu se penche sur l'abîme, car la montagne est taillée à pic, et le Nil semble faire un lac au bas de la falaise.

La vue est bornée à droite et à gauche par l'enceinte des roches. Mais du côté du désert, comme des plages qui se succéderaient, d'immenses ondulations parallèles d'un blond cendré s'étirent les unes derrière les autres, en montant toujours; — puis au delà des sables, tout au loin, la chaîne libyque forme un mur couleur de craie, estompé légèrement par des vapeurs violettes. En face, le soleil s'abaisse. Le ciel, dans le nord, est d'une teinte gris-perle [2], tandis qu'au zénith des nuages de pourpre, disposés comme les flocons d'une crinière gigantesque, s'allongent sur la voûte bleue. Ces rais [3] de flamme se rembrunissent, les parties d'azur prennent une pâleur nacrée; les buissons, les cailloux, la terre, tout maintenant paraît dur [4] comme du bronze; et dans l'espace flotte une poudre d'or tellement menue qu'elle se confond avec la vibration de la lumière.

SAINT ANTOINE

qui a une longue barbe, de longs cheveux, et une tunique de peau de chèvre, est assis, jambes croisées, en train de faire des nattes. Dès que le soleil disparaît, il pousse un grand soupir, et regardant l'horizon :

Encore un jour ! un jour de passé [5] !

Autrefois pourtant, je n'étais pas si misérable ! Avant la fin de la nuit, je commençais mes oraisons; puis, je descendais vers le fleuve chercher de l'eau, et je remontais par le sentier rude avec l'outre sur mon épaule, en chantant des hymnes. Ensuite, je m'amusais à ranger tout dans ma cabane. Je prenais mes outils; je tâchais que les nattes fussent bien égales et les corbeilles légères; car mes moindres actions me semblaient alors des devoirs qui n'avaient rien de pénible.

A des heures réglées je quittais mon ouvrage; et priant les deux bras étendus je sentais comme une fontaine de miséricorde qui s'épanchait du haut du ciel dans mon cœur. Elle est tarie, maintenant. Pourquoi ?...

Il marche dans l'enceinte des roches, lentement.

Tous me blâmaient lorsque j'ai quitté la maison [6]. Ma mère s'affaissa mourante; ma sœur, de loin, me faisait des signes pour revenir; et l'autre pleurait, Ammonaria, cette enfant que je rencontrais chaque soir au bord de la citerne, quand elle amenait ses buffles. Elle a couru après moi. Les anneaux de ses pieds brillaient dans la poussière, et sa tunique ouverte sur les hanches flottait au vent. Le vieil ascète qui m'emmenait lui a crié des injures. Nos deux chameaux galopaient toujours; et je n'ai plus revu personne.

D'abord, j'ai choisi pour demeure le tombeau d'un Pharaon. Mais un enchantement circule dans ces palais souterrains, où les ténèbres ont l'air épaissies par l'ancienne fumée des aromates.

Du fond des sarcophages j'ai entendu s'élever une voix dolente qui m'appelait; ou bien je voyais vivre, tout à coup, les choses abominables peintes sur les murs; et j'ai fui jusqu'au bord de la mer Rouge dans une citadelle en ruines. Là, j'avais pour compagnie des scorpions se traînant parmi les pierres, et au-dessus de ma tête continuellement des aigles qui tournoyaient sur le ciel bleu. La nuit, j'étais déchiré par des griffes, mordu par des becs, frôlé par des ailes molles; et d'épouvantables démons, hurlant dans mes oreilles, me renversaient par terre. Une fois même, les gens d'une caravane qui s'en allait vers Alexandrie m'ont secouru, puis emmené avec eux.

Alors, j'ai voulu m'instruire près du bon vieillard Didyme [7]. Bien qu'il fût aveugle, aucun ne l'égalait dans la connaissance des Écritures. Quand la leçon était finie, il réclamait mon bras pour se promener. Je le conduisais sur le Paneum [8], d'où l'on découvre le Phare et la haute mer. Nous revenions ensuite par le port, en coudoyant des hommes de toutes les nations, jusqu'à des Cimmériens [9], vêtus de peaux d'ours, et des Gymnosophistes du Gange [10] frottés de bouse de vache. Mais sans cesse, il y avait quelque bataille dans les rues, à cause des Juifs refusant de payer l'impôt, ou des séditieux qui voulaient chasser les Romains. D'ailleurs la ville est pleine d'hérétiques, des sectateurs de Manès, de Valentin, de Basilide, d'Arius [11], — tous vous accaparant pour discuter et vous convaincre.

Leurs discours me reviennent quelquefois dans la mémoire [12]. On a beau n'y pas faire attention, cela trouble.

Je me suis réfugié à Colzim [13]; et ma pénitence fut si haute que je n'avais plus peur de Dieu. Quelques-uns s'assemblèrent autour de moi pour devenir des anachorètes. Je leur ai imposé une règle pratique, en haine des extravagances de la Gnose [14] et des assertions des philosophes. On m'envoyait de partout des messages. On venait me voir de très loin.

Cependant le peuple torturait les confesseurs, et la soif du martyre m'entraîna dans Alexandrie. La persécution avait cessé depuis trois jours.

Comme je m'en retournais, un flot de monde m'arrêta devant le temple de Sérapis [15]. C'était, me dit-on, un dernier exemple que le gouverneur voulait faire. Au milieu du portique, en plein soleil, une femme nue était attachée contre une colonne, deux soldats la fouettant avec des lanières; à chacun des coups son corps entier se tordait. Elle s'est retournée, la bouche ouverte; — et par-dessus la foule, à travers ses longs cheveux qui lui couvraient la figure, j'ai cru reconnaître Ammonaria...

Cependant... celle-là était plus grande..., et belle..., prodigieusement !

Il se passe les mains sur le front.

Non ! non ! je ne veux pas y penser !

Une autre fois, Athanase[16] m'appela pour le soutenir contre les Ariens. Tout s'est borné à des invectives et à des risées. Mais, depuis lors, il a été calomnié, dépossédé de son siège, mis en fuite. Où est-il, maintenant ? je n'en sais rien ! On s'inquiète si peu de me donner des nouvelles. Tous mes disciples m'ont quitté, Hilarion[17], comme les autres !

Il avait peut-être quinze ans quand il est venu; et son intelligence était si curieuse qu'il m'adressait à chaque instant des questions. Puis, il écoutait d'un air pensif; — et les choses dont j'avais besoin, il me les apportait sans murmure, plus leste qu'un chevreau, gai d'ailleurs à faire rire les patriarches. C'était un fils pour moi !

Le ciel est rouge, la terre complètement noire. Sous les rafales du vent des traînées de sable se lèvent comme de grands linceuls, puis retombent. Dans une éclaircie, tout à coup, passent des oiseaux formant un bataillon triangulaire, pareil à un morceau de métal, et dont les bords seuls frémissent.

Antoine les regarde.

Ah ! que je voudrais les suivre !

Combien de fois, aussi, n'ai-je pas contemplé avec envie les longs bateaux dont les voiles ressemblent à des ailes, et surtout quand ils emmenaient au loin ceux que j'avais reçus chez moi ! Quelles bonnes heures nous avions ! quels épanchements ! Aucun ne m'a plus intéressé qu'Ammon [18]; il me racontait son voyage à Rome, les Catacombes, le Colisée, la piété des femmes illustres, mille choses encore !... et je n'ai pas voulu partir avec lui ! D'où vient mon obstination à continuer une vie pareille ? J'aurais bien fait de rester chez les moines de Nitrie [19] puisqu'ils m'en suppliaient. Ils habitent des cellules à part, et cependant communiquent entre eux. Le dimanche, la trompette les assemble à l'église, où l'on voit accrochés trois martinets qui servent à punir les délinquants, les voleurs et les intrus, car leur discipline est sévère.

Ils ne manquent pas de certaines douceurs, néanmoins. Des fidèles leur apportent des œufs, des fruits, et même des instruments propres à ôter les épines des pieds. Il y a des vignobles autour de Pisperi, ceux de Pabène[20] ont un radeau pour aller chercher les provisions.

Mais j'aurais mieux servi mes frères en étant tout simplement un prêtre. On secourt les pauvres, on distribue les sacrements, on a de l'autorité dans les familles.

D'ailleurs les laïques ne sont pas tous damnés, et il ne tenait qu'à moi d'être... par exemple... grammairien, philosophe. J'aurais dans ma chambre une sphère de roseaux, toujours des tablettes à la main, des jeunes gens autour de moi, et à ma porte, comme enseigne, une couronne de laurier suspendue.

Mais il y a trop d'orgueil à ces triomphes. Soldat valait mieux. J'étais robuste et hardi, — assez pour tendre le câble des machines, traverser les forêts sombres, entrer casque en tête dans les villes fumantes !... Rien ne m'empêchait, non plus, d'acheter avec mon argent une charge de publicain au péage de quelque pont; et les voyageurs m'auraient appris des histoires, en me montrant dans leurs bagages des quantités d'objets curieux...

Les marchands d'Alexandrie naviguent les jours de fête sur la rivière de Canope[21], et boivent du vin dans des calices de lotus, au bruit des tambourins qui font trembler les tavernes le long du bord ! Au delà, les arbres[22] taillés en cône protègent contre le vent du sud les fermes tranquilles. Le toit de la haute maison s'appuie sur de minces colonnettes, rapprochées comme les bâtons d'une claire-voie; et par ces intervalles le maître, étendu sur un long siège, aperçoit toutes ses plaines autour de lui, avec les chasseurs entre les blés, le pressoir où l'on vendange, les bœufs qui battent la paille. Ses enfants jouent par terre, sa femme se penche pour l'embrasser.

Dans l'obscurité blanchâtre de la nuit, apparaissent çà et là des museaux pointus, avec des oreilles toutes droites et des yeux brillants. Antoine marche vers eux. Des graviers déroulent, les bêtes s'enfuient. C'était un troupeau de chacals.

Un seul est resté, et qui se tient sur deux pattes, le corps en demi-cercle et la tête oblique, dans une pose pleine de défiance.

Comme il est joli ! je voudrais passer ma main sur son dos, doucement.

Antoine siffle pour le faire venir. Le chacal disparaît.

Ah ! il s'en va rejoindre les autres ! Quelle solitude ! Quel ennui !

Riant amèrement :

C'est une si belle existence que de tordre au feu des bâtons de palmier pour faire des houlettes, et de façonner des corbeilles, de coudre des nattes, puis d'échanger tout cela avec les Nomades contre du pain qui vous brise les dents ! Ah ! misère de moi ! est-ce que ça ne finira pas ! Mais la mort vaudrait mieux ! Je n'en peux plus ! Assez ! assez !

Il frappe du pied, et tourne au milieu des roches d'un pas rapide, puis s'arrête hors d'haleine, éclate en sanglots et se couche par terre, sur le flanc.

La nuit est calme; des étoiles nombreuses palpitent; on n'entend que le claquement des tarentules.

Les deux bras de la croix font une ombre sur le sable; Antoine, qui pleure, l'aperçoit.

Suis-je assez faible, mon Dieu ! Du courage, relevons-nous !

Il entre dans sa cabane, découvre un charbon enfoui, allume une torche et la plante sur la stèle de bois, de façon à éclairer le gros livre.

Si je prenais... la Vie des Apôtres[23] ?... oui !... n'importe où !

« *Il vit le ciel ouvert avec une grande nappe*
« *qui descendait par les quatre coins, dans laquelle*
« *il y avait toutes sortes d'animaux terrestres et*
« *de bêtes sauvages, de reptiles et d'oiseaux ; et*
« *une voix lui dit : Pierre, lève-toi ! tue, et mange !* »

Donc le Seigneur voulait que son apôtre mangeât de tout ?... tandis que moi...

Antoine reste le menton sur la poitrine. Le frémissement des pages, que le vent agite, lui fait relever la tête, et il lit :

« *Les Juifs tuèrent tous leurs ennemis avec des*
« *glaives, et ils en firent un grand carnage, de*
« *sorte qu'ils disposèrent à volonté de ceux qu'ils*
« *haïssaient.* »

Suit le dénombrement des gens tués par eux : soixante-quinze mille. Ils avaient tant souffert ! D'ailleurs, leurs ennemis étaient les ennemis du vrai Dieu. Et comme ils devaient jouir à se venger, tout en massacrant des idolâtres ! La ville sans doute regorgeait de morts ! Il y en avait au seuil des jardins, sur les escaliers, à une telle hauteur dans les chambres que les portes ne pouvaient plus tourner !... — Mais voilà que je plonge dans des idées de meurtre et de sang !

Il ouvre le livre à un autre endroit.

« *Nabuchodonosor se prosterna le visage contre*
« *terre et adora Daniel.* »

Ah ! c'est bien ! Le Très-Haut exalte ses prophètes au-dessus des rois; celui-là pourtant vivait dans les festins, ivre continuellement de délices et d'orgueil. Mais Dieu, par punition, l'a changé en bête. Il marchait à quatre pattes !

Antoine se met à rire; et en écartant [24] les bras, du bout de sa main, dérange les feuilles du livre. Ses yeux tombent sur cette phrase :

« *Ezéchias eut une grande joie de leur arrivée.*
« *Il leur montra ses parfums, son or et son argent,*
« *tous ses aromates, ses huiles de senteur, tous*
« *ses vases précieux, et ce qu'il y avait dans ses*
« *trésors.* »

Je me figure... qu'on voyait entassés jusqu'au plafond des pierres fines, des diamants, des dariques [25]. Un homme qui en possède une accumulation si grande n'est plus pareil aux autres. Il songe tout en les maniant qu'il tient le résultat d'une quantité innombrable d'efforts, et comme la vie des peuples qu'il aurait pompée et qu'il peut répandre. C'est une précaution utile aux rois. Le plus sage de tous n'y a pas manqué. Ses flottes lui apportaient de l'ivoire, des singes... Où est-ce donc ?

Il feuillette vivement.

Ah ! voici :

« *La Reine de Saba, connaissant la gloire de*
« *Salomon, vint le tenter, en lui proposant des*
« *énigmes.* »

Comment espérait-elle le tenter ? Le Diable a bien voulu tenter Jésus ! Mais Jésus a triomphé parce qu'il était Dieu, et Salomon grâce peut-être à sa science de magicien. Elle est sublime, cette science-là ! Car le monde, — ainsi qu'un philosophe me l'a expliqué, — forme un ensemble dont toutes les parties influent les unes sur les autres, comme les organes d'un seul corps. Il s'agit de connaître les amours et les répulsions naturelles des choses, puis de les mettre en jeu [26]... On pourrait donc modifier ce qui paraît être l'ordre immuable ?

Alors les deux ombres dessinées derrière lui par les bras de la croix se projettent en avant. Elles font comme deux grandes cornes; Antoine [27] s'écrie :

Au secours, mon Dieu !

L'ombre est revenue à sa place.

Ah !... c'était une illusion ! pas autre chose ! Il est inutile que je me tourmente l'esprit ! Je n'ai rien à faire !... absolument rien à faire !

Il s'assoit et se croise les bras.

Cependant... j'avais cru sentir l'approche... Mais pourquoi viendrait-*Il ?* D'ailleurs, est-ce que je ne connais pas ses artifices ? J'ai repoussé le monstrueux anachorète qui m'offrait, en riant, des petits pains chauds, le centaure qui tâchait de me prendre sur sa croupe, — et cet enfant noir apparu au milieu des sables, qui était très beau, et qui m'a dit s'appeler l'esprit de fornication.

Antoine marche de droite et de gauche, vivement.

C'est par mon ordre qu'on a bâti cette foule de retraites saintes, pleines de moines portant des cilices sous leurs peaux de chèvres, et nombreux à pouvoir faire une armée ! J'ai guéri de loin des malades; j'ai chassé des démons; j'ai passé le fleuve au milieu des crocodiles; l'empereur Constantin m'a écrit trois lettres; Balacius [28], qui avait craché sur les miennes, a été déchiré par ses chevaux; le peuple d'Alexandrie, quand j'ai reparu, se battait pour me voir, et Athanase m'a reconduit sur la route. Mais aussi quelles œuvres ! Voilà plus de trente ans que je suis dans le désert à gémir toujours ! J'ai porté sur mes reins quatre-vingts livres de bronze comme Eusèbe [29], j'ai exposé mon corps à la piqûre des insectes comme Macaire [30], je suis resté cinquante-trois nuits sans fermer l'œil comme Pacôme [31]; et ceux qu'on décapite, qu'on tenaille ou qu'on brûle ont moins de vertu, peut-être, puisque ma vie est un continuel martyre !

Antoine se ralentit.

Certainement, il n'y a personne dans une

détresse aussi profonde ! Les cœurs charitables diminuent. On ne me donne plus rien. Mon manteau est usé. Je n'ai pas de sandales, pas même une écuelle ! — car j'ai distribué aux pauvres et à ma famille tout mon bien, sans retenir une obole. Ne serait-ce que pour avoir des outils indispensables à mon travail, il me faudrait un peu d'argent. Oh ! pas beaucoup ! une petite somme !... je la ménagerais.

Les Pères de Nicée [32], en robes de pourpre, se tenaient comme des mages, sur des trônes le long du mur; et on les a régalés dans un banquet, en les comblant d'honneurs, surtout Paphnuce [33], parce qu'il est borgne et boiteux depuis la persécution de Dioclétien ! L'Empereur lui a baisé plusieurs fois son œil crevé; quelle sottise ! Du reste, le Concile avait des membres si infâmes ! Un évêque de Scythie, Théophile; un autre de Perse, Jean; un gardeur de bestiaux, Spiridion [34] ! Alexandre était trop vieux. Athanase aurait dû montrer plus de douceur aux Ariens [35], pour en obtenir des concessions !

Est-ce qu'ils en auraient fait ! Ils n'ont pas voulu m'entendre ! Celui qui parlait contre moi, — un grand jeune homme à barbe frisée, — me lançait, d'un air tranquille, des objections captieuses; et, pendant que je cherchais mes paroles, ils étaient à me regarder avec leurs figures méchantes, en aboyant comme des hyènes. Ah ! que ne puis-je les faire exiler tous par l'Empereur, ou plutôt les battre, les écraser, les voir souffrir ! Je souffre bien, moi !

Il s'appuie en défaillant contre sa cabane.

C'est d'avoir trop jeûné ! mes forces s'en vont. Si je mangeais... une fois seulement, un morceau de viande.

Il entreferme les yeux, avec langueur.

Ah ! de la chair rouge... une grappe de raisin qu'on mord !... du lait caillé qui tremble sur un plat !...

Mais qu'ai-je donc[36] ?... Qu'ai-je donc ?... Je sens mon cœur grossir comme la mer, quand elle se gonfle avant l'orage. Une mollesse infinie m'accable, et l'air chaud me semble rouler le parfum d'une chevelure. Aucune femme n'est venue, cependant ?...

Il se tourne vers le petit chemin entre les roches.

C'est par là qu'elles arrivent, balancées dans

leurs litières aux bras noirs des eunuques. Elles descendent, et joignant leurs mains chargées d'anneaux, elles s'agenouillent. Elles me racontent leurs inquiétudes. Le besoin d'une volupté surhumaine les torture; elles voudraient mourir, elles ont vu dans leurs songes des Dieux [37] qui les appelaient; — et le bas de leur robe tombe sur mes pieds. Je les repousse. « Oh ! non, disent-elles, pas encore. Que dois-je faire [38] ! » Toutes les pénitences leur seraient bonnes. Elles demandent les plus rudes, à partager la mienne, à vivre avec moi.

Voilà longtemps que je n'en ai vu ! Peut-être qu'il en va venir ? pourquoi pas ? Si tout à coup... j'allais entendre tinter des clochettes de mulet dans la montagne. Il me semble...

Antoine grimpe sur une roche, à l'entrée du sentier; et il se penche, en dardant ses yeux dans les ténèbres.

Oui ! là-bas, tout au fond, une masse remue, comme des gens qui cherchent leur chemin. Elle est là ! Ils se trompent.

Appelant :

De ce côté ! viens ! viens !

L'écho répète : Viens ! viens !
Il laisse tomber ses bras, stupéfait.

Quelle honte ! Ah ! pauvre Antoine !

Et tout de suite, il entend chuchoter : « Pauvre Antoine ! »

Quelqu'un ? répondez !

Le vent qui passe dans les intervalles des roches fait des modulations; et dans leurs sonorités confuses, il distingue DES VOIX comme si l'air parlait. Elles sont basses et insinuantes, sifflantes.

LA PREMIÈRE

Veux-tu des femmes ?

LA SECONDE

De grands tas d'argent, plutôt !

LA TROISIÈME

Une épée qui reluit ?

et LES AUTRES

— Le Peuple entier t'admire.

— Endors-toi !

— Tu les égorgeras, va, tu les égorgeras !

En même temps, les objets se transforment. Au bord de la falaise, le vieux palmier, avec sa touffe de feuilles jaunes, devient le torse d'une femme penchée sur l'abîme, et dont les grands cheveux se balancent.

ANTOINE

se tourne vers sa cabane; et l'escabeau soutenant le gros livre, avec ses pages chargées de lettres noires, lui semble un arbuste tout couvert d'hirondelles.

C'est la torche, sans doute, qui, faisant un jeu de lumière... Éteignons-la !

Il l'éteint, l'obscurité est profonde.

Et, tout à coup, passent au milieu de l'air, d'abord une flaque d'eau, ensuite une prostituée, le coin d'un temple, une figure de soldat, un char avec deux chevaux blancs, qui se cabrent.

Ces images arrivent brusquement, par secousses, se détachant sur la nuit comme des peintures d'écarlate sur de l'ébène.

Leur mouvement s'accélère. Elles défilent d'une façon vertigineuse. D'autres fois, elles s'arrêtent et pâlissent par degrés, se fondent; ou bien, elles s'envolent, et immédiatement d'autres arrivent.

Antoine ferme ses paupières.

Elles se multiplient, l'entourent, l'assiègent. Une épouvante indicible l'envahit; et il ne sent plus rien qu'une contraction brûlante à l'épigastre. Malgré le vacarme de sa tête, il perçoit un silence énorme qui le sépare du monde. Il tâche de parler; impossible ! C'est comme si le lien général de son être se dissolvait; et, ne résistant plus, Antoine tombe sur la natte.

II

ALORS une grande ombre, plus subtile qu'une ombre naturelle, et que d'autres ombres festonnent le long de ses bords, se marque sur la terre.

C'est le Diable, accoudé contre le toit de la cabane et portant sous ses deux ailes, — comme une chauve-souris gigantesque qui allaiterait ses petits, — les Sept [39] Péchés Capitaux, dont les têtes grimaçantes se laissent entrevoir confusément.

Antoine, les yeux toujours fermés, jouit de son inaction; et il étale ses membres sur la natte.

Elle lui semble douce, de plus en plus, — si bien qu'elle se rembourre, elle se hausse, elle devient un lit, le lit, une chaloupe; de l'eau clapote contre ses flancs.

A droite et à gauche, s'élèvent deux langues de terre noire que dominent des champs cultivés, avec un sycomore, de place en place. Un bruit de grelots, de tambours et de chanteurs retentit au loin. Ce sont des gens qui s'en vont à Canope [40] dormir sur le temple de Sérapis pour avoir des songes. Antoine sait cela; — et il glisse, poussé par le vent, entre les deux berges du canal. Les feuilles des papyrus et les fleurs rouges des nymphæas, plus grandes qu'un homme, se penchent sur lui. Il est étendu au fond de la barque ; un aviron, à l'arrière, traîne dans l'eau. De temps en temps un souffle tiède arrive, et les roseaux minces s'entre-choquent. Le murmure des petites vagues diminue. Un assoupissement le prend. Il songe qu'il est un solitaire d'Égypte.

Alors il se relève en sursaut.

Ai-je rêvé ?... c'était si net que j'en doute. La langue me brûle ! J'ai soif !

Il entre dans sa cabane, et tâte au hasard, partout.

Le sol est humide !... Est-ce qu'il a plu ? Tiens ! des morceaux ! ma cruche brisée !... mais l'outre ?

Il la trouve.

Vide ! complètement vide !

Pour descendre jusqu'au fleuve, il me faudrait trois heures au moins, et la nuit est si profonde que je n'y verrais pas à me conduire. Mes entrailles se tordent. Où est le pain ?

Après avoir cherché longtemps, il ramasse une croûte moins grosse qu'un œuf.

Comment ? Les chacals l'auront pris ? Ah, malédiction !

Et, de fureur, il jette le pain par terre.

A peine ce geste est-il fait qu'une table est là, couverte de toutes les choses bonnes à manger.

La nappe de byssus [41], striée comme les bandelettes des sphinx, produit d'elle-même des ondulations lumineuses. Il y a dessus d'énormes quartiers de viandes rouges, de grands poissons, des oiseaux avec leurs plumes, des quadrupèdes avec leurs poils, des fruits d'une coloration presque humaine; et des morceaux de glace blanche et des buires de cristal violet se renvoient des feux. Antoine distingue au milieu de la table un sanglier fumant par tous ses pores, les pattes sous le ventre, les yeux à demi clos; — et l'idée de pouvoir manger cette bête formidable le réjouit extrêmement. Puis, ce sont des choses qu'il n'a jamais vues, des hachis noirs, des gelées couleur d'or, des ragoûts où flottent des champignons comme des nénuphars [42] sur des étangs, des mousses si légères qu'elles ressemblent à des nuages.

Et l'arome de tout cela lui apporte l'odeur salée de l'Océan, la fraîcheur des fontaines, le grand parfum des bois. Il dilate ses narines tant qu'il peut; il en bave; il se dit qu'il en a pour un an, pour dix ans, pour sa vie entière !

A mesure qu'il promène sur les mets ses yeux écarquillés, d'autres s'accumulent, formant une pyramide dont les angles s'écroulent. Les vins se mettent à couler, les poissons à palpiter, le sang dans les plats bouillonne, la pulpe des fruits s'avance comme des lèvres amoureuses; et la table monte jusqu'à sa poitrine, jusqu'à son menton, — ne portant qu'une seule assiette et qu'un seul pain, qui se trouvent juste en face de lui.

Il va saisir le pain. D'autres pains se présentent.

Pour moi !... tous ! mais...

Antoine recule.

Au lieu d'un qu'il y avait, en voilà !... C'est un miracle alors, le même que fit le Seigneur !... Dans quel but ? Eh ! tout le reste n'est pas moins incompréhensible ! Ah ! démon [43], va-t'en ! va-t'en !

Il donne un coup de pied dans la table. Elle disparaît.

Plus rien ? non !

Il respire largement.

Ah ! la tentation était forte. Mais comme je m'en suis délivré !

Il relève la tête, et trébuche contre un objet sonore.

Qu'est-ce donc !

Antoine se baisse.

Tiens ! une coupe ! quelqu'un, en voyageant, l'aura perdue. Rien d'extraordinaire...

Il mouille son doigt, et frotte.

Ça reluit ! du métal ! Cependant, je ne distingue pas...

Il allume sa torche, et examine la coupe.

Elle est en argent, ornée d'ovules sur le bord, avec une médaille au fond.

Il fait sauter la médaille d'un coup d'ongle.

C'est une pièce de monnaie qui vaut... de sept à huit drachmes; pas davantage ! N'importe ! je pourrais bien, avec cela, me procurer une peau de brebis.

Un reflet de la torche éclaire la coupe.

Pas possible ! en or ! oui !... tout en or !

Une autre pièce, plus grande, se trouve au fond. Sous celle-ci, il en découvre plusieurs autres.

Mais cela fait une somme... assez forte pour avoir trois bœufs... un petit champ !

La coupe est maintenant remplie de pièces d'or.

Allons donc ! cent esclaves, des soldats, une foule, de quoi acheter...

Les granulations de la bordure se détachant, forment un collier de perles.

Avec ce joyau-là, on gagnerait même la femme de l'Empereur !

D'une secousse, Antoine fait glisser le collier sur son poignet. Il tient la coupe de sa main gauche, et de son autre bras lève la torche pour mieux l'éclairer. Comme l'eau qui ruisselle d'une vasque, il s'en épanche à flots continus, — de manière à faire un monticule sur le sable, — des diamants, des escarboucles et des saphirs mêlés à de grandes pièces d'or, portant des effigies de rois.

Comment ? comment ? des staters, des cycles, des dariques, des aryandiques [44] ! Alexandre, Démétrius, les Ptolémées, César ! mais chacun d'eux n'en avait pas autant ! Rien d'impossible ! plus de souffrance ! et ces rayons qui m'éblouissent ! Ah ! mon cœur déborde ! comme c'est bon ! oui !... oui !... encore ! jamais assez ! J'aurais beau en jeter à la mer continuellement, il m'en restera. Pourquoi en perdre ? Je garderai tout; sans le dire [45] à personne; je me ferai creuser dans le roc une chambre qui sera couverte à l'intérieur de lames de bronze — et je viendrai là, pour sentir les piles d'or s'enfoncer sous mes talons; j'y plongerai mes bras comme dans des sacs de grain. Je veux m'en frotter le visage, me coucher dessus !

Il lâche la torche pour embrasser le tas; et tombe par terre sur la poitrine.
Il se relève. La place est entièrement vide.

Qu'ai-je fait ?
Si j'étais mort pendant ce temps-là, c'était l'enfer ! l'enfer irrévocable !

Il tremble de tous ses membres.

Je suis donc maudit ? Eh non ! c'est ma faute ! je me laisse prendre à tous les pièges ! On n'est pas plus imbécile et plus infâme. Je voudrais me battre, ou plutôt m'arracher de mon corps ! Il y a trop longtemps que je me contiens ! J'ai besoin de me venger, de frapper, de tuer ! c'est comme si j'avais dans l'âme un troupeau de bêtes féroces. Je voudrais, à coups de hache, au milieu d'une foule... Ah ! un poignard !...

Il se jette sur son couteau, qu'il aperçoit. Le couteau glisse de sa main, et Antoine reste accoté contre le mur de sa cabane, la bouche grande ouverte, immobile, — cataleptique.
Tout l'entourage a disparu.

Il se croit à Alexandrie sur le Paneum, montagne artificielle qu'entoure un escalier en limaçon et dressée au centre de la ville.

En face de lui s'étend le lac Mareotis [46], à droite la mer, à gauche la campagne, — et, immédiatement sous ses yeux, une confusion de toits plats, traversée du sud au nord et de l'est à l'ouest par deux rues qui s'entrecroisent et forment, dans toute leur longueur, une file de portiques à chapiteaux corinthiens. Les maisons surplombant cette double colonnade ont des fenêtres à vitres coloriées. Quelques-unes portent extérieurement d'énormes cages en bois, où l'air du dehors s'engouffre.

Des monuments d'architecture différente se tassent les uns près des autres. Des pylônes égyptiens dominent des temples grecs. Des obélisques apparaissent comme des lances entre des créneaux de briques rouges. Au milieu des places, il y a des Hermès à oreilles pointues et des Anubis à tête de chien. Antoine distingue des mosaïques dans les cours, et aux poutrelles des plafonds des tapis accrochés.

Il embrasse, d'un seul coup d'œil, les deux ports (le Grand-Port et l'Eunoste[47]), ronds tous les deux comme deux cirques, et que sépare un môle joignant Alexandrie à l'îlot escarpé sur lequel se lève la tour du Phare, quadrangulaire, haute de cinq cents coudées et à neuf étages, — avec un amas de charbons noirs fumant à son sommet.

De petits ports intérieurs découpent les ports principaux. Le môle, à chaque bout, est terminé par un pont établi sur des colonnes de marbre plantées dans la mer. Des voiles passent dessous; et de lourdes gabares débordantes de marchandises, des barques thalamèges [48] à incrustations d'ivoire, des gondoles couvertes d'un tendelet, des trirèmes et des birèmes, toutes sortes de bateaux, circulent ou stationnent contre les quais.

Autour du Grand-Port, c'est une suite ininterrompue de constructions royales : le palais des Ptolémées [49], le Museum, le Posidium, le Cesareum, le Timonium où se réfugia Marc-Antoine, le Soma qui contient le tombeau d'Alexandre; — tandis qu'à l'autre extrémité de la ville, après l'Eunoste, on aperçoit dans un faubourg des fabriques de verre, de parfums et de papyrus.

Des vendeurs ambulants, des portefaix, des âniers, courent, se heurtent. Çà et là, un prêtre d'Osiris avec une peau de panthère sur l'épaule, un soldat romain à casque de bronze, beaucoup de nègres. Au seuil des boutiques, des femmes s'arrêtent, des artisans travaillent; et le grincement des chars fait envoler [50] des oiseaux qui mangent par terre les détritus des boucheries et des restes de poissons.

Sur l'uniformité des maisons blanches, le dessin des rues jette comme un réseau noir. Les marchés pleins d'herbes y font des bouquets verts, les sécheries des teinturiers des plaques de couleurs, les ornements d'or au fronton des temples des points lumineux, — tout cela compris dans l'enceinte ovale des murs grisâtres, sous la voûte du ciel bleu, près de la mer immobile.

Mais la foule s'arrête, et regarde du côté de l'occident [51], d'où s'avancent d'énormes tourbillons de poussière.

Ce sont les moines de la Thébaïde, vêtus de peaux de chèvre, armés de gourdins, et hurlant un cantique de guerre et de religion avec ce refrain : « Où sont-ils ? où sont-ils ? »

Antoine comprend qu'ils viennent pour tuer les Ariens.

Tout à coup les rues se vident, — et l'on ne voit plus que des pieds levés.

Les Solitaires [52] maintenant sont dans la ville. Leurs formidables bâtons, garnis de clous, tournent comme des soleils d'acier. On entend le fracas des choses brisées dans les maisons. Il y a des intervalles de silence. Puis de grands cris s'élèvent.

D'un bout à l'autre des rues, c'est un remous continuel de peuple effaré.

Plusieurs tiennent des piques. Quelquefois, deux groupes se rencontrent, n'en font qu'un; et cette masse glisse sur les dalles, se disjoint, s'abat. Mais toujours les hommes à longs cheveux reparaissent.

Des filets de fumée s'échappent du coin des édifices. Les battants des portes éclatent. Des pans de murs s'écroulent. Des architraves tombent.

Antoine retrouve tous ses ennemis l'un après l'autre. Il en reconnaît qu'il avait oubliés; avant de les tuer, il les outrage, il éventre [53], égorge, assomme, traîne les vieillards par la barbe, écrase les enfants, frappe les blessés. Et on se venge du luxe; ceux qui ne savent pas lire déchirent les livres; d'autres cassent, abîment les statues, les peintures, les meubles, les coffrets, mille délicatesses dont ils ignorent l'usage et qui, à cause de cela, les exaspèrent. De temps à autre, ils s'arrêtent tout hors d'haleine, puis recommencent.

Les habitants, réfugiés dans les cours, gémissent. Les femmes lèvent au ciel leurs yeux en pleurs et leurs bras nus. Pour fléchir les Solitaires [54], elles embrassent leurs genoux; ils les renversent; et le sang jaillit jusqu'aux plafonds, retombe en nappes le long des murs, ruisselle du tronc des cadavres décapités, emplit les aqueducs, fait par terre de larges flaques rouges.

Antoine en a jusqu'aux jarrets. Il marche dedans; il en hume les gouttelettes sur ses lèvres, et tressaille de joie à le sentir contre ses membres, sous sa tunique de poils, qui en est trempée.

La nuit vient. L'immense clameur s'apaise.

Les Solitaires ont disparu.

Tout à coup, sur les galeries extérieures bordant les neuf étages du Phare, Antoine aperçoit de grosses lignes noires comme seraient des corbeaux arrêtés. Il y court, et il se trouve au sommet.

Un grand miroir de cuivre, tourné vers la haute mer, reflète les navires qui sont au large.

Antoine s'amuse à les regarder, et à mesure [55] qu'il les regarde, leur nombre augmente.

Ils sont tassés dans un golfe ayant la forme d'un croissant. Par derrière, sur un promontoire, s'étale une ville neuve d'architecture romaine, avec des coupoles de pierre, des toits coniques, des marbres roses et bleus, et une profusion d'airain appliquée aux volutes des chapiteaux, à la crête des maisons, aux angles des corniches. Un bois de cyprès la domine. La couleur de la mer est plus verte, l'air plus froid. Sur les montagnes à l'horizon, il y a de la neige.

Antoine cherche sa route, quand un homme l'aborde et lui dit : « Venez ! on vous attend ! »

Il traverse un forum, entre dans une cour, se baisse sous une porte; et il arrive devant la façade du palais, décoré par un groupe en cire qui représente l'empereur Constantin terrassant un dragon. Une vasque de porphyre porte à son milieu une conque en or pleine de pistaches. Son guide lui dit qu'il peut en prendre. Il en prend.

Puis il est comme perdu dans une succession d'appartements.

On voit, le long des murs en mosaïque, des généraux offrant à l'Empereur sur le plat de la main des villes conquises. Et partout, ce sont des colonnes de basalte, des grilles en filigrane d'argent, des sièges d'ivoire, des tapisseries brodées de perles. La lumière tombe des voûtes, Antoine continue à marcher. De tièdes exhalaisons circulent; il entend, quelquefois, le claquement discret d'une sandale. Postés dans les antichambres, des gardiens, — qui ressemblent à des automates, — tiennent sur leurs épaules des bâtons de vermeil.

Enfin, il se trouve au bas d'une salle terminée au fond par des rideaux d'hyacinthe. Ils s'écartent, et découvrent l'Empereur, assis sur un trône, en tunique violette, et chaussé de brodequins rouges à bandes noires.

Un diadème de perles contourne sa chevelure disposée en rouleaux symétriques. Il a les paupières tombantes, le nez droit, la physionomie lourde et sournoise. Aux coins du dais étendu sur sa tête quatre colombes d'or sont posées, et au pied du trône deux lions d'émail accroupis. Les colombes se mettent à chanter, les lions à rugir, l'Empereur roule des yeux, Antoine s'avance; et tout de suite, sans préambule, ils se racontent des événements. Dans les villes d'Antioche, d'Éphèse et d'Alexandrie, on a saccagé les temples et fait avec les statues des dieux des pots et des marmites; l'Empereur en rit beaucoup. Antoine lui reproche sa tolérance envers les Novatiens [56]. Mais l'Empereur s'emporte; Novatiens, Ariens, Meléciens [57], tous l'ennuient. Cependant il admire l'épiscopat, car les chrétiens relevant des évêques, qui dépendent de cinq ou six personnages, il s'agit de gagner ceux-là pour avoir à soi tous les autres. Aussi n'a-t-il pas manqué de leur fournir des sommes considérables. Mais il déteste les pères [58] du Concile de Nicée. — « Allons les voir ! » Antoine le suit.

Et ils se trouvent, de plain-pied, sur une terrasse.

Elle domine un hippodrome rempli de monde et que surmontent des portiques où le reste de la foule se promène. Au centre du champ de courses s'étend une plate-forme étroite, portant sur sa longueur un petit temple de Mercure, la statue de Constantin, trois serpents de bronze entrelacés, à un bout [59] de gros œufs en bois, et à l'autre sept dauphins la queue en l'air.

Derrière le pavillon impérial, les Préfets des chambres, les Comtes des domestiques et les Patrices [60] s'échelonnent jusqu'au premier étage d'une église, dont toutes les fenêtres sont garnies de femmes. A droite est la tribune de la faction bleue, à gauche celle de la verte [61], en dessous un piquet de soldats, et au niveau de l'arène un rang d'arcs corinthiens, formant l'entrée des loges.

Les courses vont commencer, les chevaux s'alignent. De hauts panaches, plantés entre leurs oreilles, se balancent au vent comme des arbres; et ils secouent, dans leurs bonds, des chars en forme de coquille, conduits par des cochers revêtus d'une sorte de cuirasse multicolore, avec des manches étroites du poignet et larges du bras, les jambes nues, toute la barbe, les cheveux rasés sur le front à la mode des Huns.

Antoine est d'abord assourdi par le clapotement des voix. Du haut en bas, il n'aperçoit que des visages fardés, des vêtements bigarrés, des plaques d'orfèvrerie; et le sable de l'arène, tout blanc, brille comme un miroir.

L'Empereur l'entretient. Il lui confie des choses importantes, secrètes, lui avoue l'assassinat de son fils Crispus [62], lui demande même des conseils pour sa santé.

Cependant Antoine remarque des esclaves au fond des loges. Ce sont les pères [63] du Concile de Nicée, en haillons, abjects [64]. Le martyr Paphnuce brosse la crinière d'un cheval, Théophile lave les jambes d'un autre, Jean peint [65] les sabots d'un troisième, Alexandre ramasse du crottin dans une corbeille.

Antoine passe au milieu d'eux. Ils font la haie, le prient d'intercéder, lui baisent les mains. La foule entière les hue; et il jouit de leur dégradation, démesurément. Le voilà devenu un des grands de la Cour [66], confident de l'Empereur, premier ministre ! Constantin lui pose son diadème sur le front. Antoine le garde, trouvant cet honneur tout simple.

Et bientôt se découvre sous les ténèbres une salle immense, éclairée par des candélabres d'or.

Des colonnes, à demi perdues dans l'ombre, tant elles sont hautes, vont s'alignant à la file en dehors des tables qui se prolongent jusqu'à l'horizon, — où apparaissent dans une vapeur lumineuse des superpositions d'escaliers, des suites d'arcades, des colosses, des tours, et par derrière une vague bordure de palais que dépassent des cèdres, faisant des masses plus noires sur l'obscurité.

Les convives, couronnés de violettes, s'appuient du coude contre des lits très bas. Le long de ces deux rangs des amphores qu'on incline versent du vin, — et tout au fond, seul, coiffé de la tiare et couvert d'escarboucles, mange et boit le roi Nabuchodonosor.

A sa droite et à sa gauche, deux théories de prêtres en bonnets pointus balancent des encensoirs. Par terre, sous lui, rampent les rois captifs, sans pieds ni mains, auxquels il jette des os à ronger; plus bas se tiennent ses frères, avec un bandeau sur les yeux, — étant tous aveugles.

Une plainte continue monte du fond des ergastules. Les sons doux et lents d'un orgue hydraulique alternent avec les chœurs de voix; et on sent qu'il y a tout autour de la salle une ville démesurée, un océan d'hommes dont les flots battent les murs.

Les esclaves courent, portant des plats. Des femmes circulent, offrant à boire, les corbeilles crient sous le poids des pains et un dromadaire, chargé d'outres percées, passe et revient, laissant couler de la verveine pour rafraîchir les dalles.

Des belluaires amènent des lions. Des danseuses, les cheveux pris dans des filets, tournent sur les mains en crachant du feu par les narines; des bateleurs nègres jonglent, des enfants nus se lancent des pelotes de neige, qui s'écrasent en tombant contre les claires argenteries. La clameur est si formidable qu'on dirait une tempête, et un nuage flotte sur le festin, tant il y a de viandes et d'haleines. Quelquefois une flammèche des grands flambeaux, arrachée par le vent, traverse la nuit comme une étoile qui file.

Le Roi essuie avec son bras les parfums de son visage. Il mange dans les vases sacrés, puis les brise; et il énumère intérieurement ses flottes, ses armées, ses peuples. Tout à l'heure, par caprice, il brûlera son palais avec ses convives. Il compte rebâtir la tour de Babel et détrôner Dieu.

Antoine lit, de loin, sur son front, toutes ses pensées. Elles le pénètrent, — et il devient Nabuchodonosor.

Aussitôt il est repu de débordements et d'exterminations, et l'envie [67] le prend de se rouler dans la bassesse. D'ailleurs, la dégradation de ce qui épouvante les hommes est un outrage fait à leur esprit, une manière encore de les stupéfier; et comme rien n'est plus vil qu'une bête brute, Antoine se met à quatre pattes sur la table et beugle comme un taureau.

Il sent une douleur à la main, — un caillou, par hasard, l'a blessé, — et il se retrouve devant sa cabane.

L'enceinte des roches est vide. Les étoiles rayonnent. Tout se tait.

Une fois de plus je me suis trompé ! Pourquoi

ces choses ? Elles viennent des soulèvements de la chair. Ah ! misérable !

Il s'élance dans sa cabane, y prend un paquet de cordes, terminé par des ongles métalliques, se dénude jusqu'à la ceinture, et levant la tête vers le ciel :

Accepte ma pénitence, ô mon Dieu ! ne la dédaigne pas pour sa faiblesse. Rends-la aiguë, prolongée, excessive ! Il est temps ! à l'œuvre !

Il s'applique un cinglon vigoureux.

Aïe ! non [68] ! non ! pas de pitié !

Il recommence.

Oh ! oh ! oh ! chaque coup me déchire la peau, me tranche les membres. Cela me brûle horriblement !

Eh ! ce n'est pas terrible ! on s'y fait. Il me semble même...

Antoine s'arrête.

Va donc, lâche ! va donc ! Bien ! bien ! sur les bras, dans le dos, sur la poitrine, contre le ventre, partout ! Sifflez, lanières, mordez-moi, arrachez-moi ! Je voudrais que les gouttes de mon sang jaillissent jusqu'aux étoiles, fissent craquer mes os, découvrir mes nerfs ! Des tenailles, des chevalets, du plomb fondu ! Les martyrs en ont subi bien d'autres ! n'est-ce pas, Ammonaria ?

L'ombre des cornes du Diable reparaît.

J'aurais pu être attaché à la colonne près de la tienne, face à face, sous tes yeux, répondant à tes cris par mes soupirs; et nos douleurs [69] se seraient confondues, nos âmes se seraient mêlées.

Il se flagelle avec furie.

Tiens, tiens ! pour toi ! encore !... Mais voilà qu'un chatouillement me parcourt. Quel supplice ! quels délices [70] ! ce sont comme des baisers. Ma moelle se fond ! je meurs !

Et il voit en face de lui trois cavaliers [71] montés sur des onagres, vêtus de robes vertes, tenant des lis à la main et se ressemblant tous de figure.

Antoine se retourne, et il voit trois autres cavaliers semblables, sur de pareils onagres, dans la même attitude.

Il recule. Alors les onagres, tous à la fois, font un pas et frottent leur museau contre lui, en essayant de mordre son vêtement. Des voix crient : « Par ici, par ici, c'est là ! » Et des étendards paraissent entre les fentes de la montagne avec des têtes de chameau en licol de soie rouge, des mulets chargés de bagages, et des femmes couvertes de voiles jaunes, montées à califourchon sur des chevaux-pies [72].

Les bêtes haletantes se couchent, les esclaves se précipitent sur les ballots, on déroule des tapis bariolés, on étale par terre des choses qui brillent.

Un éléphant blanc, caparaçonné d'un filet d'or, accourt, en secouant le bouquet de plumes d'autruche attaché à son frontal.

Sur son dos, parmi des coussins de laine bleue, jambes croisées, paupières à demi closes et se balançant la tête, il y a une femme si splendidement vêtue qu'elle envoie des rayons autour d'elle. La foule se prosterne, l'éléphant plie les genoux [73], et

LA REINE DE SABA [74],

se laissant glisser le long de son épaule descend sur les tapis et s'avance vers saint Antoine.

Sa robe en brocart d'or, divisée régulièrement par des falbalas de perles, de jais et de saphirs, lui serre la taille dans un corsage étroit, rehaussé d'applications de couleur, qui représentent les douze signes du Zodiaque. Elle a des patins très hauts, dont l'un est noir et semé d'étoiles d'argent, avec un croissant de lune, — et l'autre, qui est blanc, est couvert de gouttelettes d'or avec un soleil au milieu.

Ses larges manches, garnies d'émeraudes et de plumes d'oiseau, laissent voir à nu son petit bras rond, orné au poignet d'un bracelet d'ébène, et ses mains chargées de bagues se terminent par des ongles si pointus que le bout de ses doigts ressemble presque à des aiguilles.

Une chaîne d'or plate, lui passant sous le menton, monte le long de ses joues, s'enroule en spirale autour de sa coiffure, poudrée de poudre bleue, puis [75], redescendant, lui effleure les épaules et vient s'attacher sur sa poitrine à un scorpion de diamant, qui allonge la langue entre ses seins. Deux grosses perles blondes tirent ses oreilles. Le bord de ses paupières est peint en noir. Elle a sur la pommette gauche une tache brune naturelle; et elle respire en ouvrant la bouche, comme si son corset la gênait.

Elle secoue, tout en marchant, un parasol vert à manche d'ivoire, entouré de sonnettes vermeilles; — et douze négrillons crépus portent la longue queue de sa robe, dont un singe tient l'extrémité, qu'il soulève de temps à autre.

Elle dit :

Ah ! bel ermite ! bel ermite ! mon cœur défaille [76] !

A force de piétiner d'impatience il m'est venu des calus au talon, et j'ai cassé un de mes ongles ! J'envoyais des bergers qui restaient sur les montagnes la main étendue devant les yeux, et des chasseurs qui criaient ton nom dans les bois, et des espions qui parcouraient toutes les routes en disant à chaque passant : « L'avez-vous vu ? »

La nuit, je pleurais, le visage tourné vers la muraille. Mes larmes, à la longue, ont fait deux petits trous dans la mosaïque, comme des flaques d'eau de mer dans les rochers, car, je t'aime ! Oh ! oui ! beaucoup !

Elle lui prend la barbe [77],

Ris donc, bel ermite ! ris donc ! Je suis très-gaie [78], tu verras ! Je pince de la lyre, je danse comme une abeille, et je sais une foule d'histoires à raconter, toutes plus divertissantes les unes que les autres.

Tu n'imagines pas la longue route que nous avons faite. Voilà les onagres des courriers verts qui sont morts de fatigue !

Les onagres sont étendus par terre, sans mouvement.

Depuis trois grandes lunes, ils ont couru d'un train égal, avec un caillou dans les dents pour couper le vent, la queue toujours droite, le jarret toujours plié, et galopant toujours. On n'en retrouvera pas de pareils ! Ils me venaient de mon grand-père maternel, l'empereur Saharil, fils d'Iakhschab, fils d'Iaarab, fils de Kastan [79]. Ah ! s'ils vivaient encore, nous les attellerions à une litière pour nous en retourner vite à la maison ! Mais... comment ?... à quoi songes-tu ?

Elle l'examine.

Ah ! quand tu seras mon mari, je t'habillerai, je te parfumerai, je t'épilerai.

Antoine reste immobile, plus roide qu'un pieu [80], pâle comme un mort.

Tu as l'air triste; est-ce de quitter ta cabane ? Moi, j'ai tout quitté pour toi, — jusqu'au roi Salomon, qui a cependant beaucoup de sagesse, vingt mille chariots de guerre, et une belle barbe ! Je t'ai apporté mes cadeaux de noces. Choisis.

Elle se promène entre les rangées d'esclaves et les marchandises.

Voici du baume de Génézareth, de l'encens du cap Gardefan [81], du ladanon [82], du cinnamome, et du silphium, bon à mettre dans les sauces. Il y a là dedans des broderies d'Assur, des ivoires du Gange, de la pourpre d'Élisa [83]; et cette boîte de neige contient une outre de chalibon [84], vin réservé pour les rois d'Assyrie, — et qui se boit pur dans une corne de licorne. Voilà des colliers, des agrafes, des filets, des parasols, de la poudre d'or de Baasa [85], du cassiteros de Tartessus, du bois bleu de Pandio, des fourrures blanches d'Issedonie [86], des escarboucles de l'île Palæsimonde [87], et des cure-dents faits avec les poils du tachas [88], — animal perdu qui se trouve sous la terre. Ces coussins sont d'Émath [89], et ces franges à manteau de Palmyre. Sur ce tapis de Babylone, il y a... mais viens donc ! Viens donc !

Elle tire saint Antoine par la manche. Il résiste. Elle continue :

Ce tissu mince, qui craque sous les doigts avec un bruit d'étincelles, est la fameuse toile jaune apportée par les marchands de la Bactriane [90]. Il leur faut quarante-trois interprètes dans leur voyage. Je t'en ferai faire des robes, que tu mettras à la maison.

Poussez les crochets de l'étui en sycomore,

et donnez-moi la cassette d'ivoire qui est au garrot de mon éléphant !

On retire d'une boîte quelque chose de rond couvert d'un voile, et l'on apporte un petit coffret chargé de ciselures.

Veux-tu le bouclier de Dgian-ben-Dgian [91], celui qui a bâti les Pyramides ? le voilà ! Il est composé de sept peaux de dragon mises l'une sur l'autre, jointes par des vis de diamant, et qui ont été tannées dans de la bile de parricide. Il représente, d'un côté, toutes les guerres qui ont eu lieu depuis l'invention des armes, et, de l'autre, toutes les guerres qui auront lieu jusqu'à la fin du monde. La foudre rebondit dessus, comme une balle de liège. Je vais le passer à ton bras, et tu le porteras à la chasse.

Mais si tu savais ce que j'ai dans ma petite boîte ! Retourne-là, tâche de l'ouvrir ! Personne n'y parviendrait; embrasse-moi [92]; je te le dirai.

Elle prend saint Antoine par les deux joues; il la repousse à bras tendus.

C'était une nuit que le roi Salomon perdait la

tête. Enfin nous conclûmes un marché. Il se leva et sortant à pas de loup...

Elle fait une pirouette.

Ah ! ah ! bel ermite ! tu ne le sauras pas ! tu ne le sauras pas !

Elle secoue son parasol, dont toutes les clochettes tintent.

Et j'ai bien d'autres choses encore, va ! J'ai des trésors enfermés dans des galeries où l'on se perd comme dans un bois. J'ai des palais d'été en treillage de roseaux, et des palais d'hiver en marbre noir. Au milieu de lacs grands comme des mers, j'ai des îles rondes comme des pièces d'argent, toutes couvertes de nacre, et dont les rivages font de la musique, au battement des flots tièdes qui se roulent sur le sable. Les esclaves de mes cuisines prennent des oiseaux dans mes volières et pêchent le poisson dans mes viviers. J'ai des graveurs continuellement assis pour creuser mon portrait sur des pierres dures, des fondeurs haletants qui coulent mes statues, des parfumeurs qui mêlent le suc des plantes à des vinaigres et battent des pâtes. J'ai des couturières qui me coupent des étoffes, des orfèvres qui me travaillent des bijoux, des coiffeuses qui sont à me chercher des coiffures, et des peintres attentifs, versant sur mes lambris des résines bouillantes, qu'ils refroidissent avec des éventails. J'ai des suivantes de quoi faire un harem, des eunuques de quoi faire une armée. J'ai des armées, j'ai des peuples ! J'ai dans mon vestibule une garde de nains portant sur le dos des trompes d'ivoire.

Antoine soupire.

J'ai des attelages de gazelles, des quadriges d'éléphants, des couples de chameaux par centaines, et des cavales à crinière si longue que leurs pieds y entrent quand elles galopent, et des troupeaux à cornes si larges que l'on abat les bois devant eux quand ils pâturent. J'ai des girafes qui se promènent dans mes jardins, et qui avancent leur tête sur le bord de mon toit, quand je prends l'air après dîner.

Assise dans une coquille, et traînée par les dauphins, je me promène dans les grottes, écoutant tomber l'eau des stalactites. Je vais au pays des diamants, où les magiciens mes amis me laissent choisir les plus beaux; puis je remonte sur la terre, et je rentre chez moi.

Elle pousse un sifflement aigu; — et un grand oiseau, qui descend du ciel, vient s'abattre sur le sommet de sa chevelure, dont il fait tomber la poudre bleue.

Son plumage, de couleur orange, semble composé d'écailles métalliques. Sa petite tête, garnie d'une huppe d'argent, représente un visage humain. Il a quatre ailes, des pattes de vautour, et une immense queue de paon, qu'il étale en rond derrière lui.

Il saisit dans son bec le parasol de la Reine, chancelle un peu avant de prendre son aplomb, puis hérisse toutes ses plumes, et demeure immobile.

Merci, beau Simorg-anka [93] ! toi qui m'as appris où se cachait l'amoureux ! Merci ! merci ! messager de mon cœur !

Il vole comme le désir. Il fait le tour du monde dans sa journée. Le soir, il revient; il se pose au pied de ma couche; il me raconte ce qu'il a vu, les mers qui ont passé sous lui avec les poissons et les navires, les grands déserts vides qu'il a contemplés du haut des cieux, et toutes les moissons qui se courbaient dans la campagne, et les plantes qui poussaient sur le mur des villes abandonnées.

Elle tord ses bras, langoureusement.

Oh ! si tu voulais, si tu voulais !... J'ai un pavillon sur un promontoire au milieu d'un isthme, entre deux océans. Il est lambrissé de plaques de verre, parqueté d'écailles de tortue, et s'ouvre aux quatre vents du ciel. D'en haut, je vois revenir mes flottes et les peuples qui montent la colline avec des fardeaux sur l'épaule. Nous dormirions sur des duvets plus mous que des nuées, nous boirions des boissons froides dans des écorces de fruits, et nous regarderions le soleil à travers des émeraudes ! Viens [94] !...

Antoine se recule. Elle se rapproche; et d'un ton [95] irrité :

Comment [96] ? ni riche, ni coquette, ni amoureuse ? ce n'est pas tout cela qu'il te faut, hein [97] ? mais lascive, grasse, avec une voix rauque, la chevelure couleur de feu et des chairs rebondissantes [98]. Préfères-tu un corps froid comme la peau des serpents, ou bien de grands yeux noirs, plus sombres que les cavernes mystiques ? regarde-les [99], mes yeux !

Antoine, malgré lui, les regarde.

Toutes celles que tu as rencontrées, depuis la fille des carrefours chantant sous sa lanterne jusqu'à la patricienne effeuillant des roses du haut de sa litière, toutes les formes entrevues, toutes les imaginations de ton désir, demande-les ! Je ne suis pas une femme, je suis un monde. Mes vêtements n'ont qu'à tomber, et tu découvriras sur ma personne une succession de mystères !

Antoine claque des dents.

Si tu posais ton doigt sur mon épaule [100], ce serait comme une traînée de feu dans tes veines. La possession de la moindre place de mon corps t'emplira d'une joie plus véhémente que la conquête d'un empire. Avance tes lèvres ! mes baisers ont le goût d'un fruit qui se fondrait dans ton cœur ! Ah ! comme tu vas te perdre sous mes cheveux, humer ma poitrine, t'ébahir de mes membres, et brûlé par mes prunelles, entre mes bras, dans un tourbillon...

Antoine fait un signe de croix.

Tu me dédaignes ! adieu !

Elle s'éloigne en pleurant, puis se retourne :

Bien sûr[101] ? une femme si belle !

Elle rit, et le singe qui tient le bas de sa robe la soulève.

Tu te repentiras, bel ermite, tu gémiras[102] ! tu t'ennuieras ! mais je m'en moque[103] ! la ! la ! la ! oh ! oh ! oh !

Elle s'en va, la figure dans les mains, en sautillant à cloche-pied.

Les esclaves défilent devant saint Antoine, les chevaux, les dromadaires, l'éléphant, les suivantes, les mulets qu'on a rechargés, les négrillons, le singe, les courriers verts, tenant à la main leur lis cassé; — et la Reine de Saba s'éloigne, en poussant une sorte de hoquet convulsif, qui ressemble à des sanglots ou à un ricanement.

III

QUAND elle a disparu, Antoine aperçoit un enfant sur le seuil de sa cabane.

C'est quelqu'un des serviteurs de la Reine,

pense-t-il.

Cet enfant est petit comme un nain, et pourtant trapu comme un Cabire [104], contourné, d'aspect misérable. Des cheveux blancs couvrent sa tête prodigieusement grosse; et il grelotte sous une méchante tunique, tout en gardant à sa main un rouleau de papyrus.

La lumière de la lune, que traverse un nuage, tombe sur lui.

ANTOINE

l'observe de loin et en a peur.

Qui es-tu ?

L'ENFANT

répond :

Ton ancien disciple Hilarion [105] !

ANTOINE

Tu mens Hilarion habite depuis de longues années la Palestine.

HILARION

J'en suis revenu ! c'est bien moi !

ANTOINE

se rapproche, et il le considère.

Cependant sa figure était brillante comme l'aurore, candide, joyeuse. Celle-là est toute sombre et vieille.

HILARION

De longs travaux m'ont fatigué !

ANTOINE

La voix aussi est différente. Elle a un timbre qui vous glace.

HILARION

C'est que je me nourris de choses amères !

ANTOINE

Et ces cheveux blancs ?

HILARION

J'ai eu tant de chagrins !

ANTOINE

à part :

Serait-ce possible ?...

HILARION

Je n'étais pas si loin que tu le supposes. L'ermite Paul [106] t'a rendu visite cette année pendant le mois de Schebar [107]. Il y a juste vingt jours que les Nomades t'ont apporté du pain. Tu as dit, avant-hier, à un matelot de te faire parvenir trois poinçons.

ANTOINE

Il sait tout !

HILARION

Apprends même que je ne t'ai jamais quitté. Mais tu passes de longues périodes sans m'apercevoir.

ANTOINE

Comment cela ? Il est vrai que j'ai la tête si troublée ! Cette nuit particulièrement...

HILARION

Tous les Péchés Capitaux [108] sont venus. Mais leurs piètres embûches se brisent contre un Saint [109] tel que toi !

ANTOINE

Oh ! non !... non ! A chaque minute, je défaille ! Que ne suis-je un de ceux dont l'âme est toujours intrépide et l'esprit ferme, — comme le grand Athanase, par exemple.

HILARION

Il a été ordonné illégalement par sept évêques.

ANTOINE

Qu'importe ! si sa vertu...

HILARION

Allons donc ! un homme orgueilleux, cruel, toujours dans les intrigues, et finalement exilé comme accapareur.

ANTOINE

Calomnie !

HILARION

Tu ne nieras pas qu'il ait voulu corrompre Eustates [110], le trésorier des largesses ?

ANTOINE

On l'affirme ; j'en conviens.

HILARION

Il a brûlé, par vengeance, la maison d'Arsène [111] !

ANTOINE

Hélas !

HILARION

Au concile [112] de Nicée, il a dit en parlant de Jésus : « l'homme du Seigneur ».

ANTOINE

Ah ! cela c'est un blasphème !

HILARION

Tellement borné, du reste, qu'il avoue ne rien comprendre à la nature du Verbe.

ANTOINE

souriant de plaisir :

En effet, il n'a pas l'intelligence très... élevée.

HILARION

Si l'on t'avait mis à sa place, c'eût été un grand bonheur pour tes frères comme pour toi. Cette vie à l'écart des autres est mauvaise.

ANTOINE

Au contraire ! L'homme, étant esprit, doit se retirer des choses mortelles. Toute action le dégrade. Je voudrais ne pas tenir à la terre, — même par la plante de mes pieds !

HILARION

Hypocrite qui s'enfonce dans la solitude pour se livrer mieux au débordement de ses convoitises ! Tu te prives de viandes, de vin, d'étuves, d'esclaves et d'honneurs ; mais comme tu laisses ton imagination t'offrir des banquets, des parfums, des femmes nues et des foules applaudissantes ! Ta chasteté n'est qu'une corruption plus subtile, et ce mépris du monde l'impuissance de ta haine contre lui ! C'est là ce qui rend tes pareils si lugubres, ou peut-être parce qu'ils doutent. La possession de la vérité donne la joie. Est-ce que Jésus était triste ? Il allait entouré d'amis, se reposait à l'ombre de l'olivier, entrait chez le publicain, multipliait les coupes, pardonnant à la pécheresse, guérissant toutes les douleurs. Toi, tu n'as de pitié que pour ta misère. C'est comme un remords qui t'agite et une démence farouche, jusqu'à repousser la caresse d'un chien ou le sourire d'un enfant.

ANTOINE

éclate en sanglots.

Assez ! assez ! tu remues trop mon cœur !

HILARION

Secoue la vermine de tes haillons ! Relève-toi de ton ordure ! Ton Dieu n'est pas un Moloch qui demande de la chair en sacrifice !

ANTOINE

Cependant la souffrance est bénie. Les chérubins s'inclinent pour recevoir le sang des confesseurs.

HILARION

Admire donc les Montanistes ! Ils dépassent [113] tous les autres.

ANTOINE

Mais c'est la vérité de la doctrine qui fait le martyre !

HILARION

Comment peut-il en prouver l'excellence, puisqu'il témoigne également pour l'erreur ?

ANTOINE

Te tairas-tu, vipère !

HILARION

Cela n'est peut-être pas si difficile. Les exhortations des amis, le plaisir d'insulter le peuple, le serment qu'on a fait, un certain vertige, mille circonstances les aident.

Antoine s'éloigne d'Hilarion. Hilarion le suit.

D'ailleurs, cette manière de mourir amène de grands désordres. Denys, Cyprien et Grégoire [114] s'y sont soustraits. Pierre d'Alexandrie [115] l'a blâmée, et le concile d'Elvire [116]...

ANTOINE

se bouche les oreilles.

Je n'écoute plus !

HILARION

élevant la voix :

Voilà que tu retombes dans ton péché d'habitude, la paresse. L'ignorance est l'écume de l'orgueil. On dit : « Ma conviction est faite, pourquoi discuter ? » et on méprise les docteurs, les philosophes, la tradition, et jusqu'au texte de la Loi [117] qu'on ignore. Crois-tu tenir la sagesse dans ta main ?

ANTOINE

Je l'entends toujours ! Ses paroles bruyantes emplissent ma tête.

HILARION

Les efforts pour comprendre Dieu sont supérieurs à tes mortifications pour le fléchir. Nous n'avons de mérite que par notre soif du Vrai [118]. La Religion [119] seule n'explique pas tout; et la solution des problèmes que tu méconnais peut la rendre plus inattaquable et plus haute. Donc il faut, pour son salut, communiquer avec ses frères, — ou bien l'Église, l'assemblée des fidèles, ne serait qu'un mot, — et écouter toutes les raisons, ne dédaigner rien, ni personne. Le sorcier Balaam [120], le poète Eschyle et sa sibylle de Cumes avaient annoncé le Sauveur. Denys l'Alexandrin [121] reçut du Ciel [122] l'ordre de lire tous les livres. Saint Clément [123] nous ordonne la culture des lettres grecques. Hermas [124] a été converti par l'illusion d'une femme qu'il avait aimée.

ANTOINE

Quel air d'autorité ! Il me semble que tu grandis...

En effet, la taille d'Hilarion s'est progressivement élevée; et Antoine, pour ne plus le voir, ferme les yeux.

HILARION

Rassure-toi, bon ermite !

Asseyons-nous là, sur cette grosse pierre, — comme autrefois, quand à la première lueur du jour je te saluais, en t'appelant « claire étoile du matin » : et tu commençais [125] tout de suite mes instructions. Elles ne sont pas finies. La lune nous éclaire suffisamment. Je t'écoute.

Il a tiré un calame [126] de sa ceinture; et, par terre, jambes croisées, avec son rouleau de papyrus à la main, il lève la tête vers saint Antoine, qui, assis près de lui, reste le front penché.

Après un moment de silence, Hilarion reprend :

La parole de Dieu, n'est-ce pas, nous est confirmée par les miracles ? Cependant les sorciers de Pharaon en faisaient; d'autres imposteurs peuvent en faire; on s'y trompe. Qu'est-ce donc qu'un miracle ? Un événement qui nous semble en dehors de la nature. Mais connaissons-nous toute sa puissance ? et de ce qu'une chose ordinairement ne nous étonne pas, s'ensuit-il que nous la comprenions ?

ANTOINE

Peu importe ! il faut croire l'Écriture !

HILARION

Saint Paul, Origène [127] et bien d'autres ne l'entendaient pas littéralement; mais si on l'explique par des allégories, elle devient le partage d'un petit nombre et l'évidence de la vérité disparaît. Que faire ?

ANTOINE

S'en remettre à l'Église !

HILARION

Donc l'Écriture est inutile ?

ANTOINE

Non pas ! quoique l'Ancien Testament, je l'avoue, ait... des obscurités... Mais le Nouveau resplendit d'une lumière pure.

HILARION

Cependant l'ange annonciateur, dans Matthieu apparaît à Joseph, tandis que, dans Luc, c'est à Marie. L'onction de Jésus par une femme se passe, d'après le premier Évangile, au commencement de sa vie publique, et, selon les trois autres, peu de jours avant sa mort. Le breuvage qu'on lui offre sur la croix, c'est, dans Matthieu, du vinaigre avec du fiel, dans Marc, du vin et de la myrrhe. Suivant Luc et Matthieu, les apôtres ne doivent prendre ni argent ni sac, pas même de sandales et de bâton; dans Marc, au contraire, Jésus leur défend de rien emporter si ce n'est des sandales et un bâton. Je m'y perds !...

ANTOINE

avec ébahissement :

En effet... en effet...

HILARION

Au contact de l'hémorroïdesse, Jésus se retourna en disant : « Qui m'a touché ? » Il ne savait donc pas qui le touchait ? Cela contredit l'omniscience de Jésus. Si le tombeau était surveillé par des gardes, les femmes n'avaient pas à s'inquiéter d'un aide pour soulever la pierre de ce tombeau. Donc, il n'y avait pas de gardes, ou bien les saintes femmes n'étaient pas là. A Emmaüs, il mange avec ses disciples et leur fait tâter ses plaies. C'est un corps humain, un objet matériel, pondérable, et cependant qui traverse les murailles. Est-ce possible ?

ANTOINE

Il faudrait beaucoup de temps pour te répondre !

HILARION

Pourquoi reçut-il le Saint-Esprit, bien qu'étant le Fils ? Qu'avait-il besoin du baptême, s'il était le Verbe ? Comment le Diable pouvait-il le tenter, lui, Dieu ?

Est-ce que ces pensées-là ne te sont jamais venues ?

ANTOINE

Oui !... souvent ! Engourdies ou furieuses, elles demeurent dans ma conscience. Je les écrase, elles renaissent, m'étouffent; et je crois parfois que je suis maudit.

HILARION

Alors, tu n'as que faire de servir Dieu ?

ANTOINE

J'ai toujours besoin de l'adorer !

Après un long silence,

HILARION

reprend :

Mais en dehors du dogme, toute liberté de recherches nous est permise. Désires-tu connaître la hiérarchie des Anges, la vertu des Nombres, la raison des germes et des métamorphoses ?

ANTOINE

Oui ! oui ! ma pensée se débat pour sortir de sa prison. Il me semble qu'en ramassant mes forces j'y parviendrai. Quelquefois même, pendant la durée d'un éclair, je me trouve comme suspendu; puis je retombe [128] !

HILARION

Le secret que tu voudrais tenir est gardé par des sages. Ils vivent dans un pays lointain, assis sous des arbres gigantesques, vêtus de blanc et calmes comme des Dieux[129]. Un air chaud les nourrit. Des léopards tout à l'entour[130] marchent sur des gazons. Le murmure des sources avec le hennissement des licornes se mêlent[131] à leurs voix. Tu les écouteras : et la face[132] de l'Inconnu se dévoilera !

ANTOINE

soupirant :

La route est longue, et je suis vieux !

HILARION

Oh ! oh ! les hommes savants ne sont pas rares ! Il y en a même tout près de toi ; ici ! — Entrons !

IV

Et Antoine voit devant lui une basilique immense.

La lumière se projette du fond, merveilleuse comme serait un soleil multicolore. Elle éclaire les têtes innombrables de la foule qui emplit la nef et reflue entre les colonnes, vers les bas côtés, — où l'on distingue, dans des compartiments de bois, des autels, des lits, des chaînettes de petites pierres bleues, et des constellations peintes sur les murs.

Au milieu de la foule [133], des groupes, çà et là, stationnent. Des hommes, debout sur des escabeaux, haranguent, le doigt levé; d'autres prient, les bras en croix, sont couchés par terre, chantent les hymnes [134] ou boivent du vin; autour d'une table, des fidèles font les agapes; des martyrs [135] démaillotent leurs membres pour montrer leurs blessures; des vieillards, appuyés sur des bâtons, racontent leurs voyages.

Il y en a du pays des Germains, de la Thrace et des Gaules, de la Scythie et des Indes, — avec de la neige sur la barbe, des plumes dans la chevelure, des épines aux franges de leur vêtement, les sandales noires de poussière, la peau brûlée par le soleil. Tous les costumes se confondent, les manteaux de pourpre et les robes de lin, des dalmatiques brodées, des sayons de poil, des bonnets de matelots, des mitres d'évêques. Leurs yeux fulgurent extraordinairement. Ils ont l'air de bourreaux ou l'air d'eunuques.

Hilarion s'avance au milieu d'eux. Tous le saluent. Antoine, en se serrant contre son épaule, les observe. Il remarque beaucoup de femmes. Plusieurs sont habillées en hommes, avec les cheveux ras; il en a peur [136].

HILARION

Ce sont des chrétiennes qui ont converti leurs maris. D'ailleurs les femmes sont toujours pour Jésus, même les idolâtres, témoin Procula, l'épouse de Pilate [137], et Poppée, la concubine de Néron [138]. Ne tremble plus ! avance !

Et il en arrive d'autres, continuellement.

Ils se multiplient, se dédoublent, légers comme des ombres, tout en faisant une grande clameur où se mêlent des hurlements de rage, des cris d'amour, des cantiques et des objurgations.

ANTOINE

à voix basse :

Que veulent-ils ?

HILARION

Le Seigneur a dit : « J'aurais encore à vous parler de bien des choses. » Ils possèdent ces choses.

Et il le pousse vers un trône d'or à cinq marches où, entouré de quatre-vingt-quinze disciples, tous frottés d'huile, maigres et très pâles, siège le prophète Manès [139], — beau comme un archange, immobile comme une statue, portant une robe indienne, des escarboucles dans ses cheveux nattés, à sa main gauche un livre d'images peintes, et sous sa droite un globe. Les images représentent les créatures qui sommeillaient dans le chaos. Antoine se penche pour les voir. Puis,

MANÈS

fait tourner son globe; et réglant ses paroles sur une lyre d'où s'échappent des sons cristallins :

La terre céleste est à l'extrémité supérieure, la terre mortelle à l'extrémité inférieure. Elle est soutenue par deux anges, le Splenditenens et l'Omophore à six visages [140].

Au sommet du ciel le plus haut se tient la Divinité impassible; en dessous, face à face, sont le Fils de Dieu et le Prince des ténèbres.

Les ténèbres s'étant avancées jusqu'à son royaume, Dieu tira de son essence une vertu qui produisit le premier homme; et il l'environna [141] des cinq éléments. Mais les démons des ténèbres lui en dérobèrent une partie, et cette partie est l'âme.

Il n'y a qu'une seule âme — universellement épandue, comme l'eau d'un fleuve divisé en plusieurs bras. C'est elle qui soupire dans le vent, grince dans le marbre qu'on scie, hurle par la voix de la mer; et elle pleure des larmes de lait quand on arrache les feuilles du figuier.

Les âmes sorties de ce monde émigrent vers les astres, qui sont des êtres animés.

ANTOINE

se met à rire.

Ah ! ah ! quelle absurde imagination !

UN HOMME

sans barbe et d'apparence austère :

En quoi ?

Antoine va répondre. Mais Hilarion lui dit tout bas que cet homme est l'immense Origène; et

MANÈS

reprend :

D'abord elles s'arrêtent dans la lune, où elles se purifient. Ensuite elles montent dans le soleil.

ANTOINE

lentement :

Je ne connais rien... qui nous empêche... de le croire.

MANÈS

Le but de toute créature est la délivrance du rayon céleste enfermé dans la matière. Il s'en échappe plus facilement par les parfums, les épices, l'arome du vin cuit, les choses légères qui ressemblent à des pensées. Mais les actes de la vie l'y retiennent. Le meurtrier renaîtra dans le corps d'un célèphe [142], celui qui tue un animal deviendra cet animal; si tu plantes une vigne, tu seras lié dans ses rameaux. La nourriture en absorbe. Donc, privez-vous ! jeûnez !

HILARION

Ils sont tempérants, comme tu vois !

MANÈS

Il y en a beaucoup dans les viandes, moins dans les herbes. D'ailleurs les Purs [143], grâce à leurs mérites, dépouillent les végétaux de cette partie lumineuse et elle remonte à son foyer. Les animaux, par la génération, l'emprisonnent dans la chair. Donc, fuyez les femmes !

HILARION

Admire leur continence !

MANÈS

Ou plutôt, faites si bien qu'elles ne soient pas fécondes. — Mieux vaut pour l'âme tomber sur la terre que de languir dans des entraves charnelles !

ANTOINE

Ah ! l'abomination !

HILARION

Qu'importe la hiérarchie des turpitudes ? l'Église a bien fait du mariage un sacrement !

SATURNIN [144]

en costume de Syrie :

Il propage un ordre de choses funestes ! Le Père, pour punir les anges révoltés, leur ordonna de créer le monde. Le Christ est venu, afin que le Dieu des Juifs, qui était un de ces anges...

ANTOINE

Un ange ? lui ! le Créateur !

CERDON [145]

N'a-t-il pas voulu tuer Moïse, tromper ses prophètes, séduit les peuples, répandu le mensonge et l'idolâtrie ?

MARCION [146]

Certainement, le Créateur n'est pas le vrai Dieu !

SAINT CLÉMENT D'ALEXANDRIE [147]

La matière est éternelle !

BARDESANES [148]

en mage de Babylone :

Elle a été formée par les Sept Esprits planétaires.

LES HERNIENS [149]

Les anges ont fait les âmes !

LES PRISCILLIANIENS [150]

C'est le Diable qui a fait le monde !

ANTOINE

se rejette en arrière :

Horreur !

HILARION

le soutenant :

Tu te désespères trop vite ! tu comprends mal leur doctrine ! En voici un qui a reçu la sienne de Théodas [151], l'ami de saint Paul. Écoute-le !

Et, sur un signe d'Hilarion,

VALENTIN [152]

en tunique de toile d'argent, la voix sifflante et le crâne pointu :

Le monde est l'œuvre d'un Dieu en délire.

ANTOINE

baisse la tête.

L'œuvre d'un Dieu en délire [153] !...

Après un long silence :

Comment cela ?

VALENTIN

Le plus parfait des êtres, des Éons [154], l'Abîme, reposait au sein de la Profondeur avec la Pensée. De leur union sortit l'Intelligence, qui eut pour compagne la Vérité.

L'Intelligence et la Vérité engendrèrent le Verbe et la Vie, qui, à leur tour, engendrèrent l'Homme et l'Église; — et cela fait huit Éons !

Il compte sur ses doigts.

Le Verbe et la Vérité produisirent dix autres Éons, c'est-à-dire cinq couples. L'Homme et l'Église en avaient produit douze autres, parmi lesquels le Paraclet et la Foi, l'Espérance et la Charité, le Parfait et la Sagesse, Sophia.

L'ensemble de ces trente Éons constitue le Plérôme, ou Universalité de Dieu. Ainsi, comme les échos d'une voix qui s'éloigne, comme les effluves d'un parfum qui s'évapore, comme les feux du soleil qui se couche, les Puissances émanées du Principe vont toujours s'affaiblissant.

Mais Sophia, désireuse de connaître le Père, s'élança hors du Plérôme; — et le Verbe fit alors un autre couple, le Christ et le Saint-Esprit, qui avait relié entre eux tous les Éons; et tous ensemble ils formèrent Jésus, la fleur du Plérôme.

Cependant, l'effort de Sophia pour s'enfuir avait laissé dans le vide une image d'elle, une substance mauvaise, Acharamoth [155]. Le Sauveur en eut pitié, la délivra des passions; — et du sourire d'Acharamoth délivrée la lumière naquit; ses larmes firent les eaux, sa tristesse engendra la matière noire.

D'Acharamoth sortit le Démiurge, fabricateur des mondes, des cieux et du Diable. Il habite bien plus bas que le Plérôme, sans même l'apercevoir, tellement qu'il se croit le vrai Dieu, et répète par la bouche de ses prophètes : « Il n'y a d'autre Dieu que moi ! » Puis il fit l'homme, et lui jeta dans l'âme la semence immatérielle, qui était l'Église, reflet de l'autre Église placée dans le Plérôme.

Acharamoth, un jour, parvenant à la région la plus haute, se joindra au Sauveur; le feu caché dans le monde anéantira toute matière, se dévorera lui-même, et les hommes, devenus de purs esprits, épouseront des anges !

ORIGÈNE

Alors le Démon sera vaincu, et le règne de Dieu commencera !

Antoine retient un cri; et aussitôt,

BASILIDE [156]

le prenant par le coude :

L'Être suprême avec les émanations infinies s'appelle Abraxas, et le Sauveur avec toutes ses vertus Kaulakau [157], autrement ligne-sur-ligne, rectitude-sur-rectitude [158].

On obtient la force de Kaulakau par le

secours de certains mots, inscrits sur cette calcédoine pour faciliter la mémoire.

Et il montre à son cou une petite pierre où sont gravées des lignes bizarres.

Alors tu seras transporté dans l'Invisible; et supérieur à la loi, tu mépriseras tout, même la vertu !

Nous autres, les Purs [159], nous devons fuir la douleur, d'après l'exemple de Kaulakau.

ANTOINE

Comment ! et la croix ?

LES ELKHESAITES [160]

en robe d'hyacinthe, lui répondent :

La tristesse, la bassesse, la condamnation et l'oppression de mes pères sont effacées, grâce à la mission qui est venue !

On peut renier le Christ inférieur, l'homme-Jésus [161]; mais il faut adorer l'autre Christ, éclos dans sa personne sous l'aile de la Colombe.

Honorez le mariage ! Le Saint-Esprit est féminin !

Hilarion a disparu ; et Antoine, poussé par la foule, arrive devant

LES CARPOCRATIENS [162]

étendus avec des femmes sur des coussins d'écarlate :

Avant de rentrer dans l'Unique, tu passeras par une série de conditions et d'actions. Pour t'affranchir des ténèbres, accomplis, dès maintenant, leurs œuvres ! L'époux va dire à l'épouse : « Fais la charité à ton frère », et elle te baisera.

LES NICOLAITES [163]

assemblés autour d'un mets qui fume :

C'est de la viande offerte aux idoles ; prends-en ! L'apostasie est permise quand le cœur est pur. Gorge ta chair de ce qu'elle demande. Tâche de l'exterminer à force de débauches ! Prounikos [164], la mère du Ciel, s'est vautrée dans les ignominies.

LES MARCOSIENS [165]

avec des anneaux d'or, et ruisselants de baume :

Entre chez nous pour t'unir à l'Esprit ! Entre chez nous pour boire l'immortalité !

Et l'un d'eux lui montre, derrière une tapisserie, le corps d'un homme terminé par une tête d'âne. Cela représente Sabaoth, père du Diable. En marque de haine, il crache dessus.

Un autre découvre un lit très bas, jonché de fleurs, en disant que

Les noces [166] spirituelles vont s'accomplir.

Un troisième tient une coupe de verre, fait une invocation; du sang y paraît :

Ah ! le voilà ! le voilà ! le sang du Christ !

Antoine s'écarte. Mais il est éclaboussé par l'eau qui saute d'une cuve.

LES HELVIDIENS [167]

s'y jettent la tête en bas, en marmottant :

L'homme régénéré par le baptême est impeccable !

Puis il passe près d'un grand feu, où se chauffent les Adamites [168], complètement nus pour imiter la pureté du paradis; et il se heurte aux

MESSALIENS [169]

vautrés sur les dalles [170], à moitié endormis, stupides :

Oh ! écrase-nous si tu veux, nous ne bougerons pas ! Le travail est un péché, toute occupation mauvaise !

Derrière ceux-là, les abjects

PATERNIENS [171]

hommes, femmes et enfants, pêle-mêle sur un tas d'ordures, relèvent leurs faces hideuses barbouillées de vin :

Les parties inférieures du corps faites par le Diable lui appartiennent. Buvons, mangeons, forniquons !

ÆTIUS [172]

Les crimes sont des besoins au-dessous du regard de Dieu !

Mais tout à coup

UN HOMME

vêtu d'un manteau carthaginois bondit au milieu d'eux, avec un paquet de lanières à la main; et frappant au hasard de droite et de gauche, violemment :

Ah ! imposteurs, brigands, simoniaques, hérétiques et démons ! la vermine des écoles, la lie de l'enfer ! Celui-là, Marcion, c'est un matelot de Sinope excommunié pour inceste; on a banni Carpocras comme magicien; Ætius a volé sa concubine, Nicolas prostitué sa femme; et Manès, qui se fait appeler le Bouddha et qui se nomme Cubricus, fut écorché vif avec une pointe de roseau, si bien que sa peau tannée se balance aux portes de Ctésiphon [173] !

ANTOINE

a reconnu Tertullien, et s'élance pour le rejoindre.

Maître ! à moi ! à moi !

TERTULLIEN [174]

continuant :

Brisez les images ! voilez les vierges ! Priez, jeûnez, pleurez, mortifiez-vous ! Pas de philosophie ! pas de livres ! après Jésus, la science est inutile !

Tous ont fui; et Antoine voit, à la place de Tertullien, une femme assise sur un banc de pierre.

Elle sanglote, la tête appuyée contre une colonne, les cheveux pendants, le corps affaissé dans une longue simarre brune.

Puis, ils se trouvent l'un près de l'autre, loin de la foule; — et un silence, un apaisement extraordinaire s'est fait, comme dans les bois, quand le vent s'arrête et que les feuilles tout à coup ne remuent plus.

Cette femme est très belle, flétrie pourtant et d'une pâleur de sépulcre. Ils se regardent; et leurs yeux [175] s'envoient comme un flot de pensées, mille choses anciennes, confuses et profondes. Enfin,

PRISCILLA [176]

se met à dire :

J'étais dans la dernière chambre des bains, et je m'endormais au bourdonnement des rues.

Tout à coup j'entendis des clameurs. On criait : « C'est un magicien ! c'est le Diable ! » Et la foule s'arrêta devant notre maison, en face du temple d'Esculape. Je me haussai avec les poignets jusqu'à la hauteur du soupirail.

Sur le péristyle du temple, il y avait un homme qui portait un carcan de fer à son cou. Il prenait des charbons dans un réchaud, et il s'en faisait sur la poitrine de larges traînées, en appelant « Jésus, Jésus ! » Le peuple disait : « Cela n'est pas permis ! lapidons-le ! » Lui, il continuait. C'étaient des choses inouïes, transportantes. Des fleurs larges comme le soleil tournaient devant mes yeux, et j'entendais dans les espaces une harpe d'or vibrer. Le jour tomba. Mes bras lâchèrent les barreaux, mon corps défaillit, et quand il m'eut emmenée à sa maison...

ANTOINE

De qui donc parles-tu ?

PRISCILLA

Mais, de Montanus [177] !

ANTOINE

Il est mort, Montanus.

PRISCILLA

Ce n'est pas vrai !

UNE VOIX

Non, Montanus n'est pas mort !

Antoine se retourne; et près de lui, de l'autre côté, sur le banc, une seconde femme est assise, — blonde celle-là, et encore plus pâle, avec des bouffissures sous les paupières comme si elle avait longtemps pleuré. Sans qu'il l'interroge, elle dit :

MAXIMILLA[178]

Nous revenions de Tarse[179] par les montagnes, lorsque à un détour du chemin nous vîmes un homme sous un figuier.

Il cria de loin : « Arrêtez-vous ! » et il se précipita en nous injuriant. Les esclaves accoururent. Il éclata de rire. Les chevaux se cabrèrent. Les molosses hurlaient tous.

Il était debout. La sueur coulait sur son visage. Le vent faisait claquer son manteau.

En nous appelant par nos noms, il nous reprochait la vanité de nos œuvres, l'infamie de nos corps ; — et il levait le poing du côté des dromadaires, à cause des clochettes d'argent qu'ils portent sous la mâchoire.

Sa fureur me versait l'épouvante dans les entrailles ; c'était pourtant comme une volupté qui me berçait, m'enivrait.

D'abord, les esclaves s'approchèrent. « Maître, dirent-ils, nos bêtes sont fatiguées » ; puis ce furent les femmes : « Nous avons peur », et les esclaves s'en allèrent. Puis, les enfants se mirent à pleurer : « Nous avons faim ! » Et comme on n'avait pas répondu aux femmes, elles disparurent.

Lui, il parlait. Je sentis quelqu'un près de moi. C'était l'époux; j'écoutais l'autre. Il se traîna parmi les pierres en s'écriant : « Tu m'abandonnes ? » et je répondis : « Oui, va-t'en [180] ! » — afin d'accompagner Montanus.

ANTOINE

Un eunuque !

PRISCILLA

Ah ! cela t'étonne, cœur grossier ! Cependant Madeleine, Jeanne, Marthe et Suzanne n'entraient pas dans la couche du Sauveur. Les âmes, mieux que les corps, peuvent s'étreindre avec délire. Pour conserver impunément Eustolie, Léonce l'évêque [181] se mutila, — aimant mieux son amour que sa virilité. Et puis, ce n'est pas ma faute; un esprit m'y contraint; Sotas [182] n'a pu me guérir. Il est cruel, pourtant ! Qu'importe ! Je suis la dernière des prophétesses; et après moi, la fin du monde viendra.

MAXIMILLA

Il m'a comblée de ses dons. Aucune, d'ailleurs, ne l'aime autant, et n'en est plus aimée !

PRISCILLA

Tu mens ! c'est moi !

MAXIMILLA

Non, c'est moi !

Elles se battent.
Entre leurs épaules paraît la tête d'un nègre.

MONTANUS

couvert d'un manteau noir, fermé par deux os de mort :

Apaisez-vous, mes colombes ! Incapables du bonheur terrestre, nous sommes par cette union dans la plénitude spirituelle. Après l'âge du Père, l'âge du Fils; et j'inaugure le troisième, celui du Paraclet. Sa lumière m'est venue durant les quarante nuits que la Jérusalem céleste a brillé dans le firmament, au-dessus de ma maison, à Pepuza [183].

Ah ! comme vous criez d'angoisse quand les lanières vous flagellent ! comme vos membres endoloris se présentent à mes ardeurs ! comme vous languissez sur ma poitrine, d'un irréalisable amour ! Il est si fort qu'il vous a découvert des mondes, et vous pouvez maintenant apercevoir les âmes avec vos yeux.

Antoine fait un geste d'étonnement.

TERTULLIEN

revenu près de Montanus :

Sans doute, puisque l'âme a un corps, — ce qui n'a point de corps n'existant pas.

MONTANUS

Pour la rendre plus subtile, j'ai institué des mortifications nombreuses, trois carêmes par an, et pour chaque nuit des prières où l'on ferme la bouche, — de peur que l'haleine en s'échappant ne ternisse la pensée. Il faut s'abstenir des secondes noces, ou plutôt de tout mariage ! Les anges ont péché avec les femmes.

LES ARCONTIQUES [184]

en cilices de crins :

Le Sauveur a dit : « Je suis venu pour détruire l'œuvre de la Femme. »

LES TATIANIENS [185]

en cilices de joncs :

L'arbre du mal, c'est elle ! Les habits de peau sont notre corps.

Et, avançant toujours du même côté, Antoine rencontre

LES VALÉSIENS [186]

étendus par terre, avec des plaques rouges au bas du ventre, sous leur tunique.

Ils lui présentent un couteau :

Fais comme Origène et comme nous ! Est-ce la douleur que tu crains, lâche ? Est-ce l'amour de ta chair qui te retient, hypocrite ?

Et, pendant qu'il est à les regarder se débattre, étendus sur le dos dans les mares de leur sang,

LES CAÏNITES [187]

les cheveux noués par une vipère, passent près de lui en vociférant à son oreille :

Gloire à Caïn ! gloire à Sodome ! gloire à Judas !

Caïn fit la race des forts. Sodome épouvanta la terre avec son châtiment; et c'est par Judas que Dieu sauva le monde ! — Oui, Judas ! sans lui pas de mort et pas de rédemption !

Ils disparaissent sous la horde des

CIRCONCELLIONS [188]

vêtus de peaux de loup, couronnés d'épines, et portant des massues de fer :

Écrasez le fruit ! troublez la source ! noyez l'enfant ! Pillez le riche qui se trouve heureux, qui mange beaucoup ! Battez le pauvre qui envie la housse de l'âne, le repas du chien, le nid de l'oiseau, et qui se désole parce que les autres ne sont pas des misérables comme lui.

Nous, les Saints [189], pour hâter la fin du monde, nous empoisonnons, brûlons, massacrons !

Le salut n'est que dans le martyre. Nous nous donnons le martyre. Nous enlevons avec des tenailles la peau de nos têtes, nous étalons nos membres sous les charrues, nous nous jetons dans la gueule des fours !

Honni le baptême ! honnie l'eucharistie ! honni le mariage ! damnation universelle !

Alors, dans toute la basilique, c'est un redoublement de fureurs.

Les Audiens [190] tirent des flèches contre le Diable; les Collyridiens [191] lancent au plafond des voiles bleus; les Ascites [192] se prosternent devant une outre; les Marcionites [193] baptisent un mort avec de l'huile. Auprès d'Appelles [194], une femme, pour expliquer mieux son idée, fait voir un pain rond dans une bouteille; une autre, au milieu des Sampséens [195], distribue comme une hostie la poussière de ses sandales. Sur le lit des Marcosiens jonché de roses, deux amants s'embrassent. Les Circoncellions s'entr'égorgent, les Valésiens râlent, Bardesane [196] chante, Carpocras danse, Maximilla et Priscilla poussent des gémissements sonores; — et la fausse prophétesse de Cappadoce [197], toute nue, accoudée sur un lion et secouant trois flambeaux, hurle l'Invocation Terrible [198].

Les colonnes se balancent comme des troncs d'arbres, les amulettes aux cous des Hérésiarques [199] entre-croisent des lignes de feux, les constellations dans les chapelles s'agitent, et les murs reculent sous le va-et-vient de la foule, dont chaque tête est un flot qui saute et rugit.

Cependant, — du fond même de la clameur, une chanson s'élève avec des éclats de rire, où le nom de Jésus revient.

Ce sont des gens de la plèbe, tous frappant dans leurs mains pour marquer la cadence. Au milieu d'eux est

ARIUS

en costume de diacre.

Les fous qui déclament contre moi prétendent expliquer l'absurde; et pour les perdre tout à fait, j'ai composé des petits poèmes tellement drôles, qu'on les sait par cœur dans les moulins, les tavernes et les ports.

Mille fois non ! le Fils n'est pas coéternel au Père, ni de même substance ! Autrement il n'aurait pas dit : « Père, éloigne de moi ce calice ! — Pourquoi m'appelez-vous bon ? Dieu seul est bon ! — Je vais à mon Dieu, à votre Dieu ! » et d'autres paroles attestant sa qualité de créature. Elle nous est démontrée, de plus, par tous ses noms : agneau, pasteur, fontaine, sagesse, fils de l'homme, prophète, bonne voie, pierre angulaire !

SABELLIUS [200]

Moi, je soutiens que tous deux sont identiques.

ARIUS

Le concile d'Antioche [201] a décidé le contraire.

ANTOINE

Qu'est-ce donc que le Verbe ?... Qu'était Jussé ?

LES VALENTINIENS

C'était l'époux d'Acharamoth repentie !

LES SETHIANIENS [202]

C'était Sem, fils de Noé !

LES THÉODOTIENS [203]

C'était Melchisédech !

LES MÉRINTHIENS [204]

Ce n'était rien qu'un homme !

LES APOLLINARISTES [205]

Il en a pris l'apparence ! il a simulé la Passion.

MARCEL D'ANCYRE [206]

C'est un développement du Père !

LE PAPE CALIXTE [207]

Père et Fils sont les deux modes d'un seul Dieu !

MÉTHODIUS [208]

Il fut d'abord dans Adam, puis dans l'homme [209].

CÉRINTHE [210]

Et il ressuscitera !

VALENTIN [211]

Impossible, — son corps étant céleste !

PAUL DE SAMOSATE [212]

Il n'est Dieu que depuis son baptême !

HERMOGÈNE [213]

Il habite le soleil !

Et tous les hérésiarques font un cercle autour d'Antoine, qui pleure, la tête dans ses mains.

UN JUIF

à barbe rouge, et la peau maculée de lèpre, s'avance tout près de lui; — et ricanant horriblement :

Son âme était l'âme d'Esaü ! Il souffrait de la maladie bellérophontienne [214]; et sa mère, la parfumeuse, s'est livrée à Pantherus, un soldat romain, sur des gerbes de maïs, un soir de moisson.

ANTOINE

vivement, relève la tête, les regarde sans parler; puis marchant droit sur eux :

Docteurs, magiciens, évêques et diacres, hommes et fantômes, arrière ! arrière ! Vous êtes tous des mensonges !

LES HÉRÉSIARQUES

Nous avons des martyrs plus martyrs que les tiens, des prières plus difficiles, des élans d'amour supérieurs, des extases aussi longues.

ANTOINE

Mais pas de révélation ! pas de preuves !

Alors tous brandissent dans l'air des rouleaux de papyrus, des tablettes de bois, des morceaux de cuir, des bandes d'étoffes; — et se poussant les uns les autres :

LES CÉRINTHIENS

Voilà l'Évangile des Hébreux !

LES MARCIONITES

L'Évangile du Seigneur !

LES MARCOSIENS

L'Évangile d'Ève !

LES ENCRATITES [215]

L'Évangile de Thomas !

LES CAÏNITES

L'Évangile de Judas !

BASILIDE

Le traité de l'âme advenue !

MANÈS

La prophétie de Barcouf [216] !

Antoine se débat, leur échappe; — et il aperçoit dans un coin, plein d'ombre,

LES VIEUX ÉBIONITES [217]

desséchés comme des momies, le regard éteint, les sourcils blancs.

Ils disent, d'une voix chevrotante :

Nous l'avons connu, nous autres, nous l'avons connu, le fils du charpentier ! Nous étions de son âge, nous habitions dans sa rue. Il s'amusait avec de la boue à modeler des petits oiseaux, sans avoir peur du coupant des tailloirs, aidait son père dans son travail, ou assemblait pour sa mère des pelotons de laine teinte. Puis, il fit un voyage en Égypte, d'où il rapporta de grands secrets. Nous étions à Jéricho, quand il vint trouver le mangeur de sauterelles. Ils causèrent à voix basse, sans que personne pût les entendre. Mais c'est à partir de ce moment qu'il fit du bruit en Galilée et qu'on a débité sur son compte beaucoup de fables.

Ils répètent, en tremblotant :

Nous l'avons connu, nous autres ! nous l'avons connu !

ANTOINE

Ah ! encore, parlez ! parlez ! Comment était son visage ?

TERTULLIEN

D'un aspect farouche et repoussant; — car il s'était chargé de tous les crimes, toutes les douleurs, et toutes les difformités du monde.

ANTOINE

Oh ! non ! non ! Je me figure, au contraire, que toute sa personne avait une beauté plus qu'humaine.

EUSÈBE DE CÉSARÉE [218]

Il y a bien à Paneades [219], contre une vieille masure, dans un fouillis d'herbes, une statue de pierre, élevée, à ce qu'on prétend, par l'hémorroïdesse. Mais le temps lui a rongé la face, et les pluies ont gâté l'inscription.

Une femme sort du groupe des Carpocratiens.

MARCELLINA [220]

Autrefois, j'étais diaconesse [221] à Rome dans une petite église, où je faisais voir aux fidèles les images en argent de saint Paul, d'Homère, de Pythagore et de Jésus-Christ.

Je n'ai gardé que la sienne.

Elle entr'ouvre son manteau.

La veux-tu ?

UNE VOIX

Il reparaît, lui-même, quand nous l'appelons ! c'est l'heure ! Viens !

Et Antoine sent tomber sur son bras une main brutale, qui l'entraîne.

Il monte un escalier complètement obscur; — et après bien des marches, il arrive devant une porte.

Alors, celui qui le mène (est-ce Hilarion ? il n'en sait rien) dit à l'oreille d'un autre : « Le Seigneur va venir », — et ils sont introduits dans une chambre, basse de plafond, sans meubles.

Ce qui le frappe d'abord, c'est en face de lui une longue chrysalide couleur de sang, avec une tête d'homme d'où s'échappent des rayons, et le mot *Knouphis* [222], écrit en grec tout autour. Elle domine un fût de colonne posé au milieu d'un piédestal. Sur les autres parois de la chambre, des médaillons en fer poli représentent des têtes d'animaux, celle d'un bœuf, d'un lion, d'un aigle, d'un chien, et la tête d'âne — encore !

Les lampes d'argile, suspendues au bas de ces images, font une lumière vacillante. Antoine, par un trou de la muraille, aperçoit la lune qui brille au loin sur les flots, et même il distingue leur petit clapotement régulier, avec le bruit sourd d'une carène de navire tapant contre les pierres d'un môle.

Des hommes accroupis, la figure sous leurs manteaux, lancent, par intervalles, comme un aboiement étouffé. Des femmes sommeillent, le front sur leurs deux bras que soutiennent leurs genoux, tellement perdues dans leurs voiles qu'on dirait des tas de hardes le long du mur. Auprès d'elles, des enfants demi-nus, tout dévorés de vermine, regardent d'un air idiot les lampes brûler; — et on ne fait rien; on attend quelque chose.

Ils parlent à voix basse de leurs familles ou se communiquent des remèdes pour leurs maladies. Plusieurs vont s'embarquer au point du jour, la persécution devenant trop forte. Les païens pourtant ne sont pas difficiles à tromper. « Ils croient, les sots, que nous adorons Knouphis ! »

Mais un des frères, inspiré tout à coup, se pose devant la colonne, où l'on a mis un pain qui surmonte une corbeille pleine de fenouil et d'aristoloches.

Les autres ont pris leurs places, formant debout trois lignes parallèles.

L'INSPIRÉ

déroule une pancarte couverte de cylindres entremêlés, puis commence :

Sur les ténèbres, le rayon du Verbe descendit et un cri violent s'échappa, qui semblait la voix de la lumière.

TOUS

répondent, en balançant leurs corps :

Kyrie eleïson !

L'INSPIRÉ

L'homme, ensuite, fut créé par l'infâme Dieu d'Israël, avec l'auxiliaire de ceux-là :

En désignant les médaillons,

Astophaios, Oraïos, Sabaoth, Adonaï, Eloï, Iaô [223] !

Et il gisait sur la boue, hideux, débile, informe, sans pensée.

TOUS

d'un ton plaintif :

Kyrie eleïson !

L'INSPIRÉ

Mais Sophia [224], compatissante, le vivifia d'une parcelle de son âme.

Alors, voyant l'homme si beau, Dieu fut pris de colère. Il l'emprisonna dans son royaume, en lui interdisant l'arbre de la science.

L'autre, encore une fois, le secourut ! Elle envoya le serpent, qui, par de longs détours, le fit désobéir à cette loi de haine.

Et l'homme, quand il eut goûté de la science, comprit les choses célestes.

TOUS

avec force :

Kyrie eleïson !

L'INSPIRÉ

Mais Iabdalaoth [225], pour se venger, précipita l'homme dans la matière, et le serpent avec lui !

TOUS

très bas :

Kyrie eleïson !

Ils ferment la bouche, puis se taisent.

Les senteurs du port se mêlent dans l'air chaud à la fumée des lampes. Leurs mèches, en crépitant, vont s'éteindre; de longs moustiques tournoient. Et Antoine râle d'angoisse; c'est comme le sentiment d'une monstruosité flottant autour de lui, l'effroi d'un crime près de s'accomplir.

Mais

L'INSPIRÉ

frappant du talon, claquant des doigts, hochant la tête, psalmodie sur un rythme furieux, au son des cymbales et d'une flûte aiguë :

Viens ! viens ! viens ! sors de ta caverne !

Véloce qui cours sans pieds, capteur qui prends sans mains !

Sinueux comme les fleuves, orbiculaire comme le soleil, noir avec des taches d'or, comme le firmament semé d'étoiles ! Pareil aux enroulements de la vigne et aux circonvolutions des entrailles !

Inengendré ! mangeur de terre ! toujours jeune ! perspicace ! honoré à Épidaure ! Bon pour les hommes ! qui as guéri le roi Ptolémée, les soldats de Moïse, et Glaucus fils de Minos[226] !

Viens ! viens ! viens ! sors de ta caverne !

TOUS

répètent :

Viens ! viens ! viens ! sors de ta caverne !

Cependant, rien ne se montre.

Pourquoi ? qu'a-t-il ?

Et on se concerte, on propose des moyens.

Un vieillard offre une motte de gazon. Alors un soulèvement se fait dans la corbeille. La verdure s'agite, des fleurs tombent, — et la tête d'un python paraît.

Il passe lentement sur le bord du pain, comme un cercle qui tournerait autour d'un disque immobile, puis se développe, s'allonge; il est énorme et d'un poids considérable. Pour empêcher qu'il ne frôle la terre, les hommes le tiennent contre leur poitrine, les femmes sur leur tête, les enfants au bout de leurs bras; — et sa queue, sortant par le trou de la muraille, s'en va indéfiniment jusqu'au fond de la mer. Ses anneaux se dédoublent, emplissent la chambre; ils enferment Antoine.

LES FIDÈLES

collant leur bouche contre sa peau, s'arrachent le pain qu'il a mordu.

C'est toi ! c'est toi !

Élevé d'abord par Moïse, brisé par Ézéchias [227], rétabli par le Messie. Il t'avait bu dans les ondes du baptême; mais tu l'as quitté au jardin des Olives, et il sentit alors toute sa faiblesse.

Tordu à la barre de la croix, et plus haut que sa tête, en bavant sur la couronne d'épines, tu le regardais mourir. — Car tu n'es pas Jésus, toi, tu es le Verbe ! tu es le Christ !

Antoine s'évanouit d'horreur, et il tombe devant sa cabane sur les éclats de bois, où brûle doucement la torche qui a glissé de sa main.

Cette commotion lui fait entr'ouvrir les yeux; et il aperçoit le Nil, onduleux et clair sous la blancheur de la lune, comme un grand serpent au milieu des sables; — si bien que, l'hallucination le reprenant, il n'a pas quitté les Ophites [228]; ils l'entourent, l'appellent, charrient des bagages, descendent vers le port. Il s'embarque avec eux.

Un temps inappréciable s'écoule.

Puis, la voûte d'une prison l'environne. Des barreaux, devant lui, font des lignes noires sur un fond bleu; — et à ses côtés, dans l'ombre, des gens pleurent et prient, entourés d'autres qui les exhortent et les consolent.

Au dehors, on dirait le bourdonnement d'une foule, et la splendeur d'un jour d'été.

Des voix aiguës crient des pastèques, de l'eau, des boissons à la glace, des coussins d'herbes pour s'asseoir. De temps à autre, des applaudissements éclatent. Il entend marcher sur sa tête.

Tout à coup, part un long mugissement, fort et caverneux comme le bruit de l'eau dans un aqueduc.

Et il aperçoit en face, derrière les barreaux d'une autre loge, un lion qui se promène, — puis une ligne de sandales, de jambes nues et de franges de pourpre. Au delà, des couronnes de monde étagées symétriquement vont en s'élargissant depuis la plus basse, qui enferme l'arène, jusqu'à la plus haute, où se dressent des mâts pour soutenir un voile d'hyacinthe, tendu dans l'air, sur des cordages. Des escaliers qui rayonnent vers le centre coupent, à intervalles égaux, ces grands cercles de pierre. Leurs gradins disparaissent sous un peuple assis, chevaliers, sénateurs, soldats, plébéiens, vestales et courtisanes, — en capuchons de laine, en manipules [229] de soie, en tuniques fauves, avec des aigrettes de pierreries, des panaches de plumes, des faisceaux de licteurs; et tout cela, grouillant, criant, tumultueux et furieux, l'étourdit, comme une immense cuve bouillonnante. Au milieu de l'arène, sur un autel, fume un vase d'encens.

Ainsi, les gens qui l'entourent sont des chrétiens condamnés aux bêtes. Les hommes portent le manteau rouge des pontifes de Saturne, les femmes les bandelettes de Cérès. Leurs amis se partagent des bribes de leurs vêtements, des anneaux. Pour s'introduire dans la prison, il a fallu, disent-ils, donner beaucoup d'argent. Qu'importe ! ils resteront jusqu'à la fin.

Parmi ces consolateurs, Antoine remarque un homme chauve, en tunique noire, dont la figure s'est déjà montrée quelque part; il les entretient du néant du monde et de la félicité des élus. Antoine est transporté d'amour. Il souhaite l'occasion de répandre sa vie pour le Sauveur, ne sachant pas s'il n'est point lui-même un de ces martyrs.

Mais, sauf un Phrygien à longs cheveux, qui reste les bras levés, tous ont l'air triste. Un vieillard sanglote sur un banc, et un jeune homme rêve, debout, la tête basse.

LE VIEILLARD

n'a pas voulu payer, à l'angle d'un carrefour, devant une statue de Minerve; et il considère ses compagnons avec un regard qui signifie :

Vous auriez dû me secourir ! Des communautés s'arrangent quelquefois pour qu'on les laisse tranquilles. Plusieurs d'entre vous ont même obtenu de ces lettres déclarant faussement qu'on a sacrifié aux idoles.

Il demande :

N'est-ce pas Petrus d'Alexandrie [230] qui a réglé ce qu'on doit faire quand on a fléchi dans les tourments ?

Puis, en lui-même :

Ah ! cela est bien dur à mon âge ! mes infirmités me rendent si faible ! Cependant, j'aurais pu vivre jusqu'à l'autre hiver, encore !

Le souvenir de son petit jardin l'attendrit; — et il regarde [231] du côté de l'autel.

LE JEUNE HOMME

qui a troublé, par des coups, une fête d'Apollon, murmure :

Il ne tenait qu'à moi, pourtant, de m'enfuir dans les montagnes !

— Les soldats t'auraient pris,

dit un des frères.

— Oh ! j'aurais fait comme Cyprien; je

serais revenu [232]; et, la seconde fois, j'aurais eu plus de force, bien sûr !

Ensuite, il pense aux jours innombrables qu'il devait vivre, à toutes les joies qu'il n'aura pas connues; — et il regarde du côté de l'autel.
Mais

L'HOMME EN TUNIQUE NOIRE

accourt sur lui :

Quel scandale ! Comment, toi, une victime d'élection ? Toutes ces femmes qui te regardent, songe donc ! Et puis Dieu, quelquefois, fait un miracle. Pionius [233] engourdit la main de ses bourreaux, le sang de Polycarpe [234] éteignait les flammes de son bûcher.

Il se tourne vers le vieillard :

Père, père ! tu dois [235] nous édifier par ta mort [236]. En la retardant, tu commettrais sans doute quelque action mauvaise qui perdrait le fruit des bonnes. D'ailleurs la puissance de Dieu est infinie. Peut-être que ton exemple va convertir le peuple entier.

Et dans la loge en face, les lions passent et reviennent sans s'arrêter, d'un mouvement continu, rapide.

Le plus grand tout à coup regarde Antoine, se met à rugir — et une vapeur sort de sa gueule.

Les femmes sont tassées contre les hommes.

LE CONSOLATEUR

va de l'un à l'autre.

Que diriez-vous, que dirais-tu, si on te brûlait avec des plaques de fer, si des chevaux t'écartelaient, si ton corps enduit de miel était dévoré par les mouches ! Tu n'auras que la mort d'un chasseur qui est surpris dans un bois.

Antoine aimerait mieux tout cela que les horribles bêtes féroces; il croit sentir leurs dents, leurs griffes, entendre ses os craquer dans leurs mâchoires.

Un belluaire entre dans le cachot; les martyrs tremblent.

Un seul est impassible, le Phrygien, qui priait à l'écart. Il a brûlé trois temples; et il s'avance les bras levés, la bouche ouverte, la tête au ciel, sans rien voir, comme un somnambule.

LE CONSOLATEUR

s'écrie :

Arrière ! arrière ! L'esprit de Montanus vous prendrait.

TOUS

reculent, en vociférant :

Damnation au Montaniste !

Ils l'injurient, crachent dessus, voudraient le battre.

Les lions cabrés se mordent à la crinière. Le peuple hurle : « Aux bêtes ! aux bêtes ! »

Les martyrs, éclatant en sanglots, s'étreignent. Une coupe de vin narcotique leur est offerte. Ils se la passent de main en main, vivement.

Contre la porte de la loge, un autre belluaire attend le signal. Elle s'ouvre; un lion sort.

Il traverse l'arène, à grands pas obliques. Derrière lui, à la file, paraissent les autres lions, puis un ours, trois panthères, des léopards. Ils se dispersent comme un troupeau dans une prairie.

Le claquement d'un fouet retentit. Les chrétiens chancellent, — et, pour en finir, leurs frères les poussent. Antoine ferme les yeux.

Il les ouvre. Mais des ténèbres [237] l'enveloppent.

Bientôt elles s'éclaircissent; et il distingue une plaine aride et mamelonneuse, comme on en voit autour des carrières abandonnées.

Çà et là, un bouquet d'arbustes se lève parmi des dalles à ras du sol; et des formes blanches, plus indécises que des nuages, sont penchées sur elles.

Il en arrive d'autres, légèrement. Des yeux brillent dans la fente des longs voiles. A la nonchalance de leurs pas et aux parfums qui s'exhalent, Antoine reconnaît des patriciennes. Il y a aussi des hommes, mais de condition inférieure, car ils ont des visages à la fois naïfs et grossiers.

UNE D'ELLES

en respirant largement :

Ah ! comme c'est bon l'air de la nuit froide, au milieu des sépulcres ! Je suis si fatiguée de la mollesse des lits, du fracas des jours, de la pesanteur du soleil !

Sa servante retire d'un sac en toile une torche qu'elle enflamme. Les fidèles y allument d'autres torches, et vont les planter sur les tombeaux.

UNE FEMME

haletante :

Ah ! enfin, me voilà ! Mais quel ennui que d'avoir épousé un idolâtre !

UNE AUTRE

Les visites dans les prisons, les entretiens avec nos frères, tout est suspect à nos maris ! — et même il faut nous cacher quand nous faisons le signe de la croix; ils prendraient cela pour une conjuration magique.

UNE AUTRE

Avec le mien, c'était tous les jours des querelles [238]; je ne voulais pas me soumettre aux abus qu'il exigeait de mon corps; — et afin de se venger, il m'a fait poursuivre comme chrétienne.

UNE AUTRE

Vous rappelez-vous Lucius, ce jeune homme si beau, qu'on a traîné par les talons derrière un char, comme Hector, depuis la porte Esquiléenne [239] jusqu'aux montagnes de Tibur; — et des deux côtés du chemin le sang tachetait les buissons ! J'en ai recueilli les gouttes. Le voilà !

Elle tire de sa poitrine une éponge toute noire, la couvre de baisers, puis se jette sur les dalles, en criant :

Ah ! mon ami ! mon ami !

UN HOMME

Il y a juste aujourd'hui trois ans qu'est morte Domitilla [240]. Elle fut lapidée au fond du bois de Proserpine. J'ai recueilli ses os qui brillaient comme des lucioles dans les herbes. La terre maintenant les recouvre !

Il se jette sur un tombeau.

O ma fiancée ! ma fiancée !

ET TOUS LES AUTRES

par la plaine :

O ma sœur ! ô mon frère ! ô ma fille ! ô ma mère !

Ils sont à genoux, le front dans les mains, ou le corps tout à plat, les deux bras étendus; — et les sanglots qu'ils retiennent soulèvent leur poitrine à la briser. Ils regardent le ciel en disant :

Aie pitié de son âme, ô mon Dieu ! Elle languit au séjour des ombres; daigne l'admettre dans la Résurrection, pour qu'elle jouisse de ta lumière !

Ou, l'œil fixé sur les dalles, ils murmurent :

Apaise-toi, ne souffre plus ! Je t'ai apporté du vin, des viandes !

UNE VEUVE

Voici du pultis [241] fait par moi, selon son goût, avec beaucoup d'œufs et double mesure de farine ! Nous allons le manger ensemble, comme autrefois, n'est-ce pas ?

Elle en porte un peu à ses lèvres; et, tout à coup, se met à rire d'une façon extravagante, frénétique.

Les autres, comme elle, grignotent quelque morceau, boivent une gorgée.

Ils se racontent les histoires de leurs martyres [242]; la douleur s'exalte, les libations redoublent. Leurs yeux noyés de larmes se fixent les uns sur les autres. Ils balbutient d'ivresse et de désolation; peu à peu, leurs mains se touchent, leurs lèvres s'unissent, les voiles s'entr'ouvrent, et ils se mêlent sur les tombes entre les coupes et les flambeaux.

Le ciel commence à blanchir. Le brouillard mouille leurs vêtements; — et, sans avoir l'air de se connaître, ils s'éloignent les uns des autres par des chemins différents, dans la campagne.

Le soleil brille; les herbes ont grandi, la plaine s'est transformée.

Et Antoine voit nettement à travers des bambous une forêt de colonnes, d'un gris bleuâtre. Ce sont des troncs d'arbres provenant d'un seul tronc. De chacune de ses branches descendent d'autres branches qui s'enfoncent dans le sol; et l'ensemble de toutes ces lignes horizontales et perpendiculaires, indéfiniment multipliées, ressemblerait à une charpente monstrueuse, si elles n'avaient une petite figue de place en place, avec un feuillage noirâtre comme celui du sycomore.

Il distingue dans leurs enfourchures des grappes de fleurs jaunes, des fleurs violettes et des fougères pareilles à des plumes d'oiseaux.

Sous les rameaux les plus bas, se montrent çà et là les cornes d'un bubal [243], ou les yeux brillants d'une antilope; des perroquets sont juchés, des papillons voltigent, des lézards se traînent, des mouches bourdonnent; et on entend, au milieu du silence, comme la palpitation d'une vie profonde.

A l'entrée du bois, sur une manière de bûcher, est une chose étrange — un homme — enduit de bouse de vache, complètement nu [244], plus sec qu'une momie; ses articulations forment des nœuds à l'extrémité de ses os, qui semblent des bâtons. Il a des paquets de coquilles aux oreilles, la figure très-longue [245], le nez en bec de vautour. Son bras gauche reste droit en l'air, ankylosé, raide comme un pieu; — et il se tient là depuis si longtemps que des oiseaux ont fait un nid dans sa chevelure.

Aux quatre coins de son bûcher flambent quatre feux. Le soleil est juste en face. Il le contemple les yeux grands ouverts; — et sans regarder Antoine :

Brachmane [246] des bords du Nil, qu'en dis-tu ?

Des flammes sortent de tous les côtés par les intervalles des poutres; et

LE GYMNOSOPHISTE[247]

reprend :

Pareil au rhinocéros, je me suis enfoncé dans la solitude. J'habitais l'arbre derrière moi.

En effet, le gros figuier présente, dans ses cannelures, une excavation naturelle de la taille d'un homme.

Et je me nourrissais de fleurs et de fruits, avec une telle observance des préceptes que pas même un chien ne m'a vu manger.

Comme l'existence provient de la corruption, la corruption du désir, le désir de la sensation, la sensation du contact, j'ai fui toute action, tout contact; et — sans plus bouger que la stèle d'un tombeau, exhalant mon haleine par mes deux narines, fixant mon regard sur mon nez et considérant l'éther dans mon esprit, le monde dans mes membres, la lune dans mon cœur, — je songeais à l'essence de la grande Ame d'où s'échappent continuellement, comme des étincelles de feu, les principes de la vie.

J'ai saisi enfin l'Ame suprême dans tous les êtres, tous les êtres dans l'Ame suprême; — et je suis parvenu à y faire entrer mon âme, dans laquelle j'avais fait rentrer mes sens.

Je reçois la science directement du ciel comme l'oiseau Tchataka [248] qui ne se désaltère que dans les rayons de la pluie.

Par cela même que je connais les choses, les choses n'existent plus.

Pour moi, maintenant, il n'y a pas d'espoir et pas d'angoisse, pas de bonheur, pas de vertu, ni jour ni nuit, ni toi ni moi, absolument rien.

Mes austérités effroyables m'ont fait supérieur aux Puissances. Une contraction de ma pensée peut tuer cent fils de rois, détrôner les dieux, bouleverser le monde.

Il a dit tout cela d'une voix monotone.

Les feuilles à l'entour se recroquevillent. Des rats, par terre, s'enfuient.

Il abaisse lentement ses yeux vers les flammes qui montent, puis ajoute :

J'ai pris en dégoût la forme, en dégoût la perception, en dégoût jusqu'à la connaissance elle-même, — car la pensée ne survit pas au fait transitoire qui la cause, et l'esprit n'est qu'une illusion comme le reste.

Tout ce qui est engendré périra, tout ce qui est mort doit revivre; les êtres actuellement disparus séjourneront dans des matrices [249] non encore formées, et reviendront sur la terre pour servir avec douleur d'autres créatures.

Mais, comme j'ai roulé dans une multitude infinie d'existences, sous des enveloppes de dieux, d'hommes et d'animaux, je renonce au voyage, je ne veux plus de cette fatigue ! J'abandonne la sale auberge de mon corps, maçonnée de chair, rougie de sang, couverte d'une peau hideuse, pleine d'immondices ; — et, pour ma récompense, je vais enfin dormir, au plus profond de l'absolu, dans l'Anéantissement [250].

Les flammes s'élèvent jusqu'à sa poitrine, — puis l'enveloppent. Sa tête passe à travers comme par le trou d'un mur. Ses yeux béants regardent toujours.

ANTOINE

se relève.

La torche, par terre, a incendié les éclats de bois ; et les flammes ont roussi sa barbe.

Tout en criant, Antoine trépigne sur le feu ; — et quand il ne reste plus qu'un amas de cendres :

Où est donc Hilarion ? Il était là tout à l'heure.

Je l'ai vu !

Eh ! non, c'est impossible ! je me trompe !

Pourquoi ?... Ma cabane, ces pierres, le sable, n'ont peut-être pas plus de réalité. Je deviens fou. Du calme ! où étais-je ? qu'y avait-il ?

Ah ! le gymnosophiste !... Cette mort est commune parmi les sages indiens. Kalanos [251] se brûla devant Alexandre; un autre a fait de même du temps d'Auguste. Quelle haine de la vie il faut avoir ! A moins que l'orgueil ne les pousse ?... N'importe, c'est une intrépidité de martyrs !... Quant à ceux-là, je crois maintenant tout ce qu'on m'avait dit sur les débauches qu'ils occasionnent.

Et auparavant ? Oui, je me souviens ! la foule des hérésiarques... Quels cris ! quels yeux ! Mais pourquoi tant de débordements de la chair et d'égarements de l'esprit ?

C'est vers Dieu qu'ils prétendent se diriger par toutes ces voies ! De quel droit les maudire, moi qui trébuche dans la mienne ? Quand ils ont disparu, j'allais peut-être en apprendre davantage. Cela tourbillonnait trop vite; je n'avais pas le temps de répondre. A présent, c'est comme s'il y avait dans mon intelligence plus d'espace et plus de lumière. Je suis tranquille. Je me sens capable... Qu'est-ce donc ? je croyais avoir éteint le feu !

Une flamme voltige entre les roches; et bientôt une voix saccadée se fait entendre, au loin, dans la montagne.

Est-ce l'aboiement d'une hyène, ou les sanglots de quelque voyageur perdu ?

Antoine écoute. La flamme se rapproche.

Et il voit venir une femme qui pleure, appuyée sur l'épaule d'un homme à barbe blanche.

Elle est couverte d'une robe de pourpre en lambeaux. Il est nu-tête comme elle, avec une tunique de même couleur, et porte un vase de bronze d'où s'élève une petite flamme bleue.

Antoine a peur — et voudrait savoir qui est cette femme.

L'ÉTRANGER (SIMON [252])

C'est une jeune fille, une pauvre enfant, que je mène partout avec moi.

Il hausse le vase d'airain.

Antoine la considère, à la lueur de cette flamme qui vacille.

Elle a sur le visage des marques de morsures, le long des bras des traces de coups; ses cheveux épars s'accrochent dans les déchirures de ses haillons; ses yeux paraissent insensibles à la lumière.

SIMON

Quelquefois, elle reste ainsi, pendant fort longtemps, sans parler, sans manger; puis elle se réveille, — et débite des choses merveilleuses.

ANTOINE

Vraiment ?

SIMON

Ennoia [258] ! Ennoia ! Ennoia ! raconte ce que tu as à dire !

Elle tourne ses prunelles comme sortant d'un songe, passe lentement ses doigts sur ses deux sourcils, et d'une voix dolente :

HÉLÈNE (ENNOIA)

J'ai souvenir d'une région lointaine, couleur d'émeraude. Un seul l'arbre l'occupe.

Antoine tressaille.

A chaque degré de ses larges rameaux se tient dans l'air un couple d'Esprits. Les branches autour d'eux s'entre-croisent, comme les veines d'un corps; et ils regardent la vie éternelle circuler depuis les racines plongeant dans l'ombre jusqu'au faîte, qui dépasse le soleil. Moi, sur la deuxième branche, j'éclairais avec ma figure les nuits d'été.

ANTOINE

se touchant le front.

Ah ! ah ! je comprends ! la tête !

SIMON

le doigt sur la bouche :

Chut !...

HÉLÈNE

La voile restait bombée, la carène fendait l'écume. Il me disait : « Que m'importe si je trouble ma patrie, si je perds mon royaume ! Tu m'appartiendras, dans ma maison ! »

Qu'elle était douce la haute chambre de son palais ! Il se couchait sur le lit d'ivoire, et, caressant ma chevelure, chantait amoureusement.

A la fin du jour, j'apercevais les deux camps, les fanaux qu'on allumait, Ulysse au bord de sa tente, Achille tout armé conduisant un char le long du rivage de la mer.

ANTOINE

Mais elle est folle entièrement ! Pourquoi[254] ?...

SIMON

Chut... ! chut[255] !

HÉLÈNE

Ils m'ont graissée avec des onguents, et ils m'ont vendue au peuple pour que je l'amuse.

Un soir, debout, et le cistre en main, je faisais danser des matelots grecs. La pluie, comme une cataracte, tombait sur la taverne, et les coupes de vin chaud fumaient. Un homme entra, sans que la porte fût ouverte.

SIMON

C'était moi ! je t'ai retrouvée !

La voici, Antoine, celle qu'on nomme Sigeh, Ennoia, Barbelo, Prounikos[256] ! Les Esprits gouverneurs du monde furent jaloux d'elle, et ils l'attachèrent dans un corps de femme.

Elle a été l'Hélène des Troyens, dont le poète Stesichore[257] a maudit la mémoire. Elle a été Lucrèce, la patricienne violée par les rois. Elle a été Dalila, qui coupait les cheveux de Samson. Elle a été cette fille d'Israël qui s'abandonnait aux boucs. Elle a aimé l'adultère, l'idolâtrie, le mensonge et la sottise. Elle s'est prostituée à tous les peuples. Elle a chanté dans tous les carrefours. Elle a baisé tous les visages.

A Tyr, la Syrienne, elle était la maîtresse des voleurs. Elle buvait avec eux pendant les nuits, et elle cachait les assassins dans la vermine de son lit tiède.

ANTOINE

Eh ! que me fait !...

SIMON

d'un air furieux :

Je l'ai rachetée, te dis-je, — et rétablie en sa splendeur; tellement que Caïus César Caligula en est devenu amoureux, puisqu'il voulait coucher avec la Lune !

ANTOINE

Eh bien ?...

SIMON

Mais c'est elle qui est la Lune ! Le pape Clément n'a-t-il pas écrit qu'elle fut emprisonnée dans une tour ? Trois cents personnes vinrent cerner la tour; et, à chacune des meurtrières en même temps, on vit paraître la lune, — bien qu'il n'y ait pas dans le monde plusieurs lunes, ni plusieurs Ennoia !

ANTOINE

Oui... je crois me rappeler...

Et il tombe dans une rêverie.

SIMON

Innocente comme le Christ, qui est mort pour les hommes, elle s'est dévouée pour les femmes. Car l'impuissance de Jéhovah se démontre par la transgression d'Adam, et il faut secouer la vieille loi, antipathique à l'ordre des choses.

J'ai prêché le renouvellement dans Éphraïm et dans Issachar [258], le long du torrent de Bizor [259], derrière le lac d'Houleh [260], dans la vallée de Mageddo [261], plus loin que les montagnes, à Bostra [262] et à Damas ! Viennent à moi ceux qui sont couverts de vin, ceux qui sont couverts de boue, ceux qui sont couverts de sang; et j'effacerai leurs souillures avec le Saint-Esprit, appelé Minerve par les Grecs ! Elle est Minerve ! elle est le Saint-Esprit ! Je suis Jupiter, Apollon, le Christ, le Paraclet, la grande puissance de Dieu, incarnée en la personne de Simon !

ANTOINE

Ah ! c'est toi !... c'est donc toi ? Mais je sais tes crimes !

Tu es né à Gittoï, près de Samarie. Dosithéus, ton premier maître, t'a renvoyé ! Tu exècres saint Paul pour avoir converti une de tes femmes; et, vaincu par saint Pierre, de rage et de terreur tu as jeté dans les flots le sac qui contenait tes artifices !

SIMON

Les veux-tu ?

Antoine le regarde; — et une voix intérieure murmure dans sa poitrine : « Pourquoi pas ? »
Simon reprend :

Celui qui connaît les forces de la Nature et la substance des Esprits doit opérer des miracles.

C'est le rêve de tous les sages — et le désir qui te ronge; avoue-le !

Au milieu des Romains, j'ai volé dans le cirque tellement haut qu'on ne m'a plus revu. Néron ordonna de me décapiter; mais ce fut la tête d'une brebis qui tomba par terre, au lieu de la mienne. Enfin, on m'a enseveli tout vivant, mais j'ai ressuscité le troisième jour. La preuve, c'est que me voilà !

Il lui donne ses mains à flairer. Elles sentent le cadavre. Antoine se recule.

Je peux faire se mouvoir des serpents de bronze, rire des statues de marbre, parler des chiens. Je te montrerai une immense quantité d'or; j'établirai des rois; tu verras des peuples m'adorant ! Je peux marcher sur les nuages et sur les flots, passer à travers les montagnes, apparaître en jeune homme, en vieillard, en tigre et en fourmi, prendre ton visage, te donner le mien, conduire la foudre. L'entends-tu ?

Le tonnerre gronde, des éclairs se succèdent.

C'est la voix du Très-Haut ! « car l'Éternel ton Dieu est un feu », et toutes les créations s'opèrent par des jaillissements de ce foyer.

Tu vas en recevoir le baptême[263], — ce second baptême annoncé par Jésus, et qui tomba sur les apôtres, un jour d'orage que la fenêtre était ouverte !

Et tout en remuant la flamme avec sa main, lentement, comme pour en asperger Antoine :

Mère des miséricordes, toi qui découvres les secrets, afin que le repos nous arrive dans la huitième maison...

ANTOINE

s'écrie :

Ah ! si j'avais de l'eau bénite !

La flamme s'éteint, en produisant beaucoup de fumée.
Ennoia et Simon ont disparu.
Un brouillard extrêmement froid, opaque et fétide emplit l'atmosphère.

ANTOINE

étendant ses bras, comme un aveugle :

Où suis-je ?... J'ai peur de tomber dans l'abîme. Et la croix, bien sûr, est trop loin de moi... Ah ! quelle nuit ! quelle nuit !

Sous un coup de vent, le brouillard s'entr'ouvre; — et il aperçoit deux hommes, couverts de longues tuniques blanches.

Le premier est de haute taille, de figure douce, de maintien grave. Ses cheveux blonds, séparés comme ceux du Christ, descendent régulièrement sur ses épaules. Il a jeté une baguette qu'il portait à la main et que son compagnon a reçue en faisant une révérence à la manière des Orientaux.

Ce dernier est petit, gros, camard, d'encolure ramassée, les cheveux crépus, une mine naïve.

Ils sont tous les deux nu-pieds, nu-tête, et poudreux comme des gens qui arrivent de voyage[264].

ANTOINE

en sursaut :

Que voulez-vous ? Parlez ! Allez-vous-en !

DAMIS

— C'est le petit homme.

Là, là !... bon ermite ! ce que je veux ? je n'en sais rien ! Voici le maître[265].

Il s'assoit; l'autre reste debout. Silence.

ANTOINE

reprend :

Vous venez ainsi ?...

DAMIS

Oh ! de loin, — de très loin !

ANTOINE

Et vous allez ?...

DAMIS

désignant l'autre :

Où il voudra !

ANTOINE

Qui est-il donc ?

DAMIS

Regarde-le !

ANTOINE

à part :

Il a l'air d'un saint ! Si j'osais...

La fumée est partie. Le temps est très-clair. La lune brille.

DAMIS

A quoi songez-vous donc, que vous ne parlez plus ?

ANTOINE

Je songe... Oh ! rien.

DAMIS

s'avance vers Apollonius, et fait plusieurs tours autour de lui, la taille courbée, sans lever la tête.

Maître ! c'est un ermite galiléen qui demande à savoir les origines de la sagesse.

APOLLONIUS [266]

Qu'il approche !

Antoine hésite.

DAMIS

Approchez !

APOLLONIUS

d'une voix tonnante :

Approche ! Tu voudrais connaître qui je suis, ce que j'ai fait, ce que je pense ? n'est-ce pas cela, enfant ?

ANTOINE

... Si ces choses, toutefois, peuvent contribuer à mon salut.

APOLLONIUS

Réjouis-toi, je vais te les dire !

DAMIS

bas à Antoine :

Est-ce possible ! Il faut qu'il vous ait, du premier coup d'œil, reconnu des inclinations extraordinaires pour la philosophie ! Je vais en profiter aussi, moi !

APOLLONIUS

Je te raconterai d'abord la longue route que j'ai parcourue pour obtenir la doctrine; et si tu trouves dans toute ma vie une action mauvaise, tu m'arrêteras, — car celui-là doit scandaliser par ses paroles qui a méfait par ses œuvres.

DAMIS

à Antoine :

Quel homme juste ! hein ?

ANTOINE

Décidément, je crois qu'il est sincère.

APOLLONIUS

La nuit de ma naissance, ma mère crut se voir cueillant des fleurs sur le bord d'un lac. Un éclair parut, et elle me mit au monde à la voix des cygnes qui chantaient dans son rêve.

Jusqu'à quinze ans, on m'a plongé, trois fois par jour, dans la fontaine Asbadée [267], dont l'eau rend les parjures hydropiques; et l'on me frottait le corps avec les feuilles du cnyza [268], pour me faire chaste.

Une princesse palmyrienne vint un soir me trouver, m'offrant des trésors qu'elle savait être dans des tombeaux. Une hiérodoule [269] du temple de Diane s'égorgea, désespérée, avec le couteau des sacrifices; et le gouverneur de Cilicie, à la fin de ses promesses, s'écria devant ma famille qu'il me ferait mourir; mais c'est lui qui mourut trois jours après, assassiné par les Romains.

DAMIS

à Antoine, en le frappant du coude :

Hein ? quand je vous disais ! quel homme !

APOLLONIUS

J'ai, pendant quatre ans de suite, gardé le silence complet des pythagoriciens. La douleur la plus imprévue ne m'arrachait pas un soupir; et au théâtre, quand j'entrais, on s'écartait de moi comme d'un fantôme.

DAMIS

Auriez-vous fait cela, vous ?

APOLLONIUS

Le temps de mon épreuve terminé, j'entrepris d'instruire les prêtres qui avaient perdu la tradition.

ANTOINE

Quelle tradition ?

DAMIS

Laissez-le poursuivre ! Taisez-vous !

APOLLONIUS

J'ai devisé avec les Samanéens du Gange [270], avec les astrologues de Chaldée, avec les mages de Babylone, avec les Druides gaulois, avec les sacerdotes des nègres ! J'ai gravi les quatorze Olympes, j'ai sondé les lacs de Scythie, j'ai mesuré la grandeur du Désert [271] !

DAMIS

C'est pourtant vrai, tout cela ! J'y étais, moi !

APOLLONIUS

J'ai d'abord été jusqu'à la mer d'Hyrcanie [272]. J'en ai fait le tour; et par le pays des Baraomates [273], où est enterré Bucéphale [274], je suis descendu vers Ninive. Aux portes de la ville, un homme s'approcha.

DAMIS

Moi ! moi ! mon bon maître [275] ! Je vous aimai, tout de suite ! Vous étiez plus doux qu'une fille et plus beau qu'un Dieu [276] !

APOLLONIUS

sans l'entendre :

Il voulait m'accompagner, pour me servir d'interprète.

DAMIS

Mais vous répondîtes que vous compreniez tous les langages et que vous deviniez toutes les pensées. Alors j'ai baisé le bas de votre manteau, et je me suis mis à marcher derrière vous.

APOLLONIUS

Après Ctésiphon, nous entrâmes sur les terres de Babylone.

DAMIS

Et le satrape poussa un cri, en voyant un homme si pâle.

ANTOINE

à part :

Que signifie...

APOLLONIUS

Le Roi m'a reçu debout, près d'un trône d'argent, dans une salle ronde, constellée d'étoiles; — et de la coupole pendaient, à des fils que l'on n'apercevait pas, quatre grands oiseaux d'or, les deux ailes étendues.

ANTOINE

rêvant :

Est-ce qu'il y a sur la terre des choses pareilles ?

DAMIS

C'est là une ville, cette Babylone ! tout le monde y est riche ! Les maisons, peintes en bleu, ont des portes de bronze, avec un escalier qui descend vers le fleuve [277];

Dessinant par terre, avec son bâton [278],

Comme cela, voyez-vous ? Et puis, ce sont des temples, des places, des bains, des aqueducs ! Les palais sont couverts de cuivre rouge ! et l'intérieur donc, si vous saviez !

APOLLONIUS

Sur la muraille du septentrion s'élève une tour qui en supporte une seconde, une troisième, une quatrième, une cinquième — et il y en a trois autres encore ! La huitième est une chapelle avec un lit. Personne n'y entre que la femme choisie par les prêtres pour le Dieu Bélus [279]. Le roi de Babylone m'y fit loger.

DAMIS

A peine si l'on me regardait, moi ! Aussi, je restais seul à me promener par les rues. Je m'informais des usages ; je visitais les ateliers ; j'examinais les grandes machines qui portent l'eau dans les jardins. Mais il m'ennuyait d'être séparé du Maître.

APOLLONIUS

Enfin, nous sortîmes de Babylone ; et au clair de la lune, nous vîmes tout à coup une empuse [280].

DAMIS

Oui-da ! Elle sautait sur son sabot de fer ; elle hennissait comme un âne ; elle galopait dans les rochers. Il lui cria des injures ; elle disparut.

ANTOINE

à part :

Où veulent-ils en venir ?

APOLLONIUS

A Taxilla [281], capitale de cinq mille forteresses, Phraortes [282], roi du Gange, nous a montré sa garde d'hommes noirs hauts de cinq coudées, et dans les jardins de son palais, sous un pavillon de brocart vert, un éléphant énorme, que les reines s'amusaient à parfumer. C'était l'éléphant de Porus [283], qui s'était enfui après la mort d'Alexandre [284],

DAMIS

Et qu'on avait retrouvé dans une forêt.

ANTOINE

Ils parlent abondamment comme des gens ivres [285].

APOLLONIUS

Phraortes nous fit asseoir à sa table.

DAMIS

Quel drôle de pays ! Les seigneurs, tout en buvant, se divertissent à lancer des flèches sous les pieds d'un enfant qui danse. Mais je n'approuve pas...

APOLLONIUS

Quand je fus prêt à partir, le Roi me donna un parasol, et il me dit [286] : « J'ai sur l'Indus un haras de chameaux blancs. Quand tu n'en voudras plus, souffle dans leurs oreilles. Ils reviendront. »

Nous descendîmes le long du fleuve marchant la nuit à la lueur des lucioles qui brillaient dans les bambous. L'esclave sifflait un air pour écarter les serpents; et nos chameaux se courbaient les reins en passant sous les arbres, comme sous des portes trop basses.

Un jour, un enfant noir qui tenait un caducée d'or à la main nous conduisit au collège des sages. Iarchas [287], leur chef, me parla de mes ancêtres, de toutes mes pensées, de toutes mes actions, de toutes mes existences. Il avait été le fleuve Indus, et il me rappela que j'avais conduit des barques sur le Nil, au temps du roi Sésostris.

DAMIS

Moi, on ne me dit rien, de sorte que je ne sais pas qui j'ai été.

ANTOINE

Ils ont l'air vague comme des ombres.

APOLLONIUS

Nous avons rencontré, sur le bord de la mer, les Cynocéphales [288] gorgés de lait, qui s'en revenaient de leur expédition dans l'île Taprobane [289]. Les flots tièdes poussaient devant nous des perles blondes. L'ambre craquait sous nos pas. Des squelettes de baleine blanchissaient dans la crevasse des falaises. La terre, à la fin, se fit plus étroite qu'une sandale; — et après avoir jeté vers le soleil des gouttes de l'Océan, nous tournâmes à droite, pour revenir.

Nous sommes revenus par la Région des Aromates, par le pays des Gangarides, le promontoire de Comaria, la contrée des Sachalites, des Adramites et des Homérites [290]; — puis, à travers les monts Cassaniens, la mer Rouge et l'île Topazos, nous avons pénétré en Éthiopie par le royaume des Pygmées [291].

ANTOINE

à part :

Comme la terre est grande !

DAMIS

Et quand nous sommes rentrés chez nous, tous ceux que nous avions connus jadis étaient morts.

Antoine baisse la tête. Silence.

APOLLONIUS

reprend :

Alors on commença dans le monde à parler de moi.

La peste ravageait Éphèse; j'ai fait lapider un vieux mendiant [292];

DAMIS

Et la peste s'en est allée !

ANTOINE

Comment ! il chasse les maladies ?

APOLLONIUS

A Cnide[283], j'ai guéri l'amoureux de la Vénus.

DAMIS

Oui, un fou, qui même avait promis de l'épouser. — Aimer une femme passe encore; mais une statue, quelle sottise ! — Le Maître lui posa la main sur le cœur; et l'amour aussitôt s'éteignit.

ANTOINE

Quoi ! il délivre des démons ?

APOLLONIUS

A Tarente, on portait au bûcher une jeune fille morte.

DAMIS

Le Maître lui toucha les lèvres, et elle s'est relevée en appelant sa mère.

ANTOINE

Comment ! il ressuscite les morts ?

APOLLONIUS

J'ai prédit le pouvoir à Vespasien.

ANTOINE

Quoi ! il devine l'avenir ?

DAMIS

Il y avait à Corinthe...

APOLLONIUS

Étant à table avec lui, aux eaux de Baïa...

ANTOINE

Excusez-moi, étrangers, il est tard !

DAMIS

Un jeune homme qu'on appelait Ménippe [294].

ANTOINE

Non ! non ! allez-vous-en !

APOLLONIUS

Un chien entra, portant à la gueule une main coupée.

DAMIS

Un soir, dans un faubourg, il rencontra une femme.

ANTOINE

Vous ne m'entendez pas ? retirez-vous !

APOLLONIUS

Il rôdait vaguement autour des lits.

ANTOINE

Assez !

APOLLONIUS

On voulait le chasser.

DAMIS

Ménippe donc se rendit chez elle; ils s'aimèrent.

APOLLONIUS

Et battant [395] la mosaïque avec sa queue, il déposa cette main sur les genoux de Flavius.

DAMIS

Mais le matin, aux leçons de l'école, Ménippe était pâle.

ANTOINE

bondissant :

Encore ! Ah ! qu'ils continuent, puisqu'il n'y a pas...

DAMIS

Le Maître lui dit : « O beau jeune homme, tu caresses un serpent; un serpent te caresse ! à quand les noces ? » Nous allâmes tous à la noce.

ANTOINE

J'ai tort, bien sûr, d'écouter cela !

DAMIS

Dès le vestibule, des serviteurs se remuaient, les portes s'ouvraient; on n'entendait cependant ni le bruit des pas, ni le bruit des portes. Le Maître se plaça près de Ménippe. Aussitôt la fiancée fut prise de colère contre les philosophes. Mais la vaisselle d'or, les échansons, les cuisiniers, les pannetiers disparurent; le toit s'envola, les murs s'écroulèrent; et Apollonius resta seul, debout, ayant à ses pieds cette femme tout en pleurs. C'était une vampire qui satisfaisait les beaux jeunes hommes, afin de manger leur chair, — parce que rien n'est meilleur pour ces sortes de fantômes que le sang des amoureux.

APOLLONIUS

Si tu veux savoir l'art...

ANTOINE

Je ne veux rien savoir !

APOLLONIUS

Le soir de notre arrivée aux portes de Rome[226],

ANTOINE

Oh ! oui, parlez-moi de la ville des papes !

APOLLONIUS

Un homme ivre nous accosta, qui chantait d'une voix douce. C'était un épithalame de Néron; et il avait le pouvoir de faire mourir quiconque l'écoutait négligemment. Il portait à son dos, dans une boîte, une corde prise à la cithare de l'Empereur [297]. J'ai haussé les épaules. Il nous a jeté de la boue au visage. Alors, j'ai défait ma ceinture, et je la lui ai placée dans la main.

DAMIS

Vous avez eu bien tort, par exemple !

APOLLONIUS

L'Empereur, pendant la nuit, me fit appeler à sa maison. Il jouait aux osselets avec Sporus [298], accoudé du bras gauche sur une table d'agate. Il se détourna, et fronça ses sourcils blonds : « Pourquoi ne me crains-tu pas ? me demanda-t-il ? — Parce que le Dieu qui t'a fait terrible m'a fait intrépide », répondis-je.

ANTOINE

à part :

Quelque chose d'inexplicable m'épouvante.

Silence.

DAMIS

reprend d'une voix aiguë :

Toute l'Asie, d'ailleurs, pourra vous dire...

ANTOINE

en sursaut :

Je suis malade ! Laissez-moi !

DAMIS

Écoutez donc. Il a vu, d'Éphèse, tuer Domitien[299], qui était à Rome.

ANTOINE

s'efforçant de rire :

Est-ce possible !

DAMIS

Oui, au théâtre, en plein jour, le quatorzième des calendes d'octobre, tout à coup il s'écria : « On égorge César ! » et il ajoutait de temps à autre : « Il roule par terre; oh ! comme il se débat ! Il se relève; il essaye de fuir; les portes sont fermées; ah ! c'est fini ! le voilà mort ! » Et ce jour-là, en effet, Titus Flavius Domitianus fut assassiné, comme vous savez.

ANTOINE

Sans le secours du Diable... certainement...

APOLLONIUS

Il avait voulu me faire mourir, ce Domitien ! Damis s'était enfui par mon ordre, et je restais seul dans ma prison.

DAMIS

C'était une terrible hardiesse, il faut avouer !

APOLLONIUS

Vers la cinquième heure, les soldats m'amenèrent au tribunal. J'avais ma harangue toute prête, que je tenais sous mon manteau.

DAMIS

Nous étions sur le rivage de Pouzzoles, nous autres ! Nous vous croyions mort; nous pleurions. Quand, vers la sixième heure, tout à coup vous apparûtes, et vous nous dîtes : « C'est moi ! »

ANTOINE

à part :

Comme Lui !

DAMIS

très haut :

Absolument !

ANTOINE

Oh ! non ! vous mentez, n'est-ce pas ? vous mentez !

APOLLONIUS

Il est descendu du Ciel [300]. Moi, j'y monte, — grâce à ma vertu qui m'a élevé jusqu'à la hauteur du Principe [301] !

DAMIS

Thyane [302], sa ville natale, a institué en son honneur un temple avec des prêtres !

APOLLONIUS

se rapproche d'Antoine et lui crie aux oreilles :

C'est que je connais tous les dieux, tous les rites, toutes les prières, tous les oracles ! J'ai pénétré dans l'antre de Trophonius[303], fils d'Apollon ! J'ai pétri pour les Syracusaines les gâteaux qu'elles portent sur les montagnes ! j'ai subi les quatre-vingts épreuves de Mithra[304] ! j'ai serré contre mon cœur le serpent de Sabasius[305] ! j'ai reçu l'écharpe des Cabires[306] ! j'ai lavé Cybèle[307] aux flots des golfes campaniens, et j'ai passé trois lunes dans les cavernes de Samothrace[308] !

DAMIS

riant bêtement :

Ah ! ah ! ah ! aux mystères de la Bonne Déesse !

APOLLONIUS

Et maintenant nous recommençons le pèlerinage !

Nous allons au Nord, du côté des cygnes et

des neiges. Sur la plaine blanche, les hippopodes [309] aveugles cassent du bout de leurs pieds la plante d'outre-mer [310].

DAMIS

Viens ! c'est l'aurore. Le coq a chanté, le cheval a henni, la voile est prête.

ANTOINE

Le coq n'a pas chanté ! J'entends le grillon dans les sables, et je vois la lune qui reste en place.

APOLLONIUS

Nous allons au Sud [311], derrière les montagnes et les grands flots, chercher dans les parfums la raison de l'amour. Tu humeras l'odeur du myrrhodion [312] qui fait mourir les faibles. Tu baigneras ton corps dans le lac d'huile rose de l'île Junonia [313]. Tu verras, dormant sur les primevères, le lézard qui se réveille tous les siècles quand tombe à sa maturité l'escarboucle de son front. Les étoiles palpitent comme des yeux, les cascades chantent comme des lyres, des enivrements s'exhalent des fleurs écloses; ton esprit s'élargira parmi les airs, et dans ton cœur comme sur ta face.

DAMIS

Maître ! il est temps ! Le vent va se lever, les hirondelles s'éveillent, la feuille du myrte est envolée !

APOLLONIUS

Oui ! partons !

ANTOINE

Non ! moi, je reste !

APOLLONIUS

Veux-tu que je t'enseigne où pousse la plante Balis [314], qui ressuscite les morts [315] ?

DAMIS

Demande-lui plutôt l'androdamas [316] qui attire l'argent, le fer et l'airain !

ANTOINE

Oh ! que je souffre ! que je souffre !

DAMIS

Tu comprendras la voix de tous les êtres, les rugissements, les roucoulements !

APOLLONIUS

Je te ferai monter sur les licornes, sur les dragons, sur les hippocentaures et les dauphins !

ANTOINE

pleure.

Oh ! oh ! oh !

APOLLONIUS

Tu connaîtras les démons qui habitent les cavernes, ceux qui parlent dans les bois, ceux qui remuent les flots, ceux qui poussent les nuages.

DAMIS

Serre ta ceinture ! noue tes sandales !

APOLLONIUS

Je t'expliquerai la raison des formes divines, pourquoi Apollon est debout, Jupiter assis,

Vénus noire [317] à Corinthe, carrée dans Athènes, conique à Paphos.

ANTOINE

joignant les mains :

Qu'ils s'en aillent ! qu'ils s'en aillent !

APOLLONIUS

J'arracherai devant toi les armures des Dieux [318], nous forcerons les sanctuaires, je te ferai violer la Pythie !

ANTOINE

Au secours, Seigneur !

Il se précipite vers la croix.

APOLLONIUS

Quel est ton désir ? ton rêve ? Le temps seulement d'y songer...

ANTOINE

Jésus, Jésus, à mon aide !

APOLLONIUS

Veux-tu que je le fasse apparaître, Jésus ?

ANTOINE

Quoi ? Comment ?

APOLLONIUS

Ce sera lui ! pas un autre ! Il jettera sa couronne, et nous causerons face à face !

DAMIS

bas :

Dis que tu veux bien ! Dis que tu veux bien !

Antoine, au pied de la croix, murmure des oraisons. Damis tourne autour de lui, avec des gestes patelins.

Voyons, bon ermite, cher saint Antoine ! homme pur, homme illustre ! homme qu'on ne saurait assez louer ! Ne vous effrayez pas ; c'est une façon de dire exagérée, prise aux Orientaux. Cela n'empêche nullement...

APOLLONIUS

Laisse-le, Damis !

Il croit, comme une brute, à la réalité des choses. La terreur qu'il a des Dieux[319] l'empêche de les comprendre; et il ravale le sien au niveau d'un roi jaloux !

Toi, mon fils, ne me quitte pas !

Il s'approche à reculons du bord de la falaise, la dépasse, et reste suspendu.

Par-dessus toutes les formes, plus loin que la terre, au delà des cieux, réside le monde des Idées, tout plein du Verbe ! D'un bond, nous franchirons l'autre espace; et tu saisiras dans son infinité l'Éternel, l'Absolu, l'Être ! — Allons ! donne-moi la main ! En marche !

Tous les deux, côte à côte, s'élèvent dans l'air, doucement.

Antoine, embrassant la croix, les regarde monter.

Ils disparaissent.

V

ANTOINE

marchant lentement :

Celui-là vaut tout l'enfer !

Nabuchodonosor ne m'avait pas tant ébloui. La reine de Saba ne m'a pas si profondément charmé.

Sa manière de parler des Dieux [320] inspire l'envie de les connaître.

Je me rappelle en avoir vu des centaines à la fois, dans l'île d'Éléphantine [321], du temps de Dioclétien. L'Empereur avait cédé aux Nomades un grand pays, à condition qu'ils garderaient les frontières; et le traité fut conclu au nom des « Puissances invisibles ». Car les Dieux de chaque peuple étaient ignorés de l'autre peuple.

Les Barbares avaient amené les leurs. Ils occupaient les collines de sable qui bordent le fleuve. On les apercevait tenant leurs idoles entre leurs bras comme de grands enfants paralytiques; ou bien naviguant au milieu des cataractes sur un tronc de palmier, ils mon traient de loin les amulettes de leurs cous, les tatouages de leurs poitrines; — et cela n'est pas plus criminel que la religion des Grecs, des Asiatiques et des Romains !

Quand j'habitais le temple d'Héliopolis [322], j'ai souvent considéré tout ce qu'il y a sur les murailles : vautours portant des sceptres, crocodiles pinçant des lyres, figures d'hommes avec des corps de serpent, femmes à tête de vache prosternées devant les dieux ithyphalliques [323]; et leurs formes surnaturelles m'entraînaient vers d'autres mondes. J'aurais voulu savoir ce que regardent ces yeux tranquilles.

Pour que de la matière ait tant de pouvoir, il faut qu'elle contienne un esprit. L'âme des Dieux est attachée à ses images...

Ceux qui ont la beauté des apparences peuvent séduire. Mais les autres... qui sont abjects ou terribles, comment y croire [324] ?...

Et il voit passer à ras du sol des feuilles, des pierres, des coquilles, des branches d'arbres, de vagues représentations d'animaux, puis des espèces de nains hydropiques; ce sont des Dieux. Il éclate de rire.

Un autre rire part derrière lui; et Hilarion se présente — habillé en ermite, beaucoup plus grand que tout à l'heure, colossal.

ANTOINE

n'est pas surpris de le revoir.

Qu'il faut être bête pour adorer cela !

HILARION

Oh ! oui, extrêmement bête !

Alors défilent devant eux des idoles[325] de toutes les nations et de tous les âges, en bois, en métal, en granit, en plumes, en peaux cousues.

Les plus vieilles, antérieures au Déluge, disparaissent sous des goémons qui pendent comme des crinières. Quelques-unes, trop longues pour leur base, craquent dans leurs jointures et se cassent les reins en marchant. D'autres laissent couler du sable par les trous de leurs ventres.

Antoine et Hilarion s'amusent énormément. Ils se tiennent les côtes à force de rire.

Ensuite, passent des idoles à profil de mouton. Elles titubent sur leurs jambes cagneuses, entr'ouvrent leurs paupières et bégayent comme des muets : « Bâ ! bâ ! bâ ! »

A mesure qu'elles se rapprochent du type humain, elles irritent Antoine davantage. Il les frappe à coups de poing, à coups de pied, s'acharne dessus.

Elles deviennent effroyables — avec de hauts

panaches, des yeux en boules, les bras terminés par des griffes, des mâchoires de requin.

Et devant ces Dieux [326], on égorge des hommes sur des autels de pierre; d'autres sont broyés dans des cuves, écrasés sous des chariots, cloués dans des arbres. Il y en a un, tout en fer rougi et à cornes de taureau [327], qui dévore des enfants.

ANTOINE

Horreur !

HILARION

Mais les Dieux réclament toujours des supplices. Le tien même a voulu...

ANTOINE

pleurant :

Oh ! n'achève pas, tais-toi !

L'enceinte des roches se change en une vallée. Un troupeau de bœufs y pâture l'herbe rase.

Le pasteur qui les conduit observe un nuage; — et jette dans l'air [328], d'une voix aiguë, des paroles impératives.

HILARION

Comme il a besoin de pluie, il tâche, par des chants, de contraindre le roi du ciel à ouvrir la nuée féconde.

ANTOINE

en riant :

Voilà un orgueil trop niais !

HILARION

Pourquoi fais-tu des exorcismes ?

La vallée devient une mer de lait, immobile et sans bornes.

Au milieu flotte un long berceau, composé par les enroulements d'un serpent dont toutes les têtes, s'inclinant à la fois, ombragent un dieu endormi sur son corps.

Il est jeune, imberbe, plus beau qu'une fille et couvert de voiles diaphanes. Les perles de sa tiare brillent doucement comme des lunes, un chapelet d'étoiles fait plusieurs tours sur sa poitrine; — et une main sous la tête, l'autre bras étendu, il repose, d'un air songeur et enivré.

Une femme accroupie devant ses pieds attend qu'il se réveille.

HILARION

C'est la dualité primordiale des Brakhmanes [329], — l'Absolu ne s'exprimant par aucune forme.

Sur le nombril du Dieu une tige de lotus a poussé;

et, dans son calice, paraît un autre Dieu à trois visages.

ANTOINE

Tiens, quelle invention !

HILARION

Père, Fils et Saint-Esprit ne font de même qu'une seule personne !

Les trois têtes s'écartent, et trois grands Dieux paraissent.

Le premier, qui est rose, mord le bout de son orteil.

Le second, qui est bleu, agite quatre bras.

Le troisième, qui est vert, porte un collier de crânes humains.

En face d'eux, immédiatement surgissent trois Déesses [330], l'une enveloppée d'un réseau, l'autre offrant une coupe, la dernière brandissant un arc.

Et ces Dieux, ces Déesses se décuplent, se multiplient. Sur leurs épaules poussent des bras, au bout de leurs bras des mains tenant des étendards, des haches, des boucliers, des épées, des parasols et des tambours. Des fontaines jaillissent de leurs têtes, des herbes descendent de leurs narines.

A cheval sur des oiseaux [331], bercés dans des palanquins, trônant sur des sièges d'or, debout dans des niches d'ivoire [332], ils songent, voyagent, commandent, boivent du vin, respirent des fleurs. Des danseuses tournoient, des géants poursuivent des monstres; à l'entrée des grottes des solitaires méditent. On ne distingue pas les prunelles des étoiles, les nuages des banderoles; des paons s'abreuvent à des ruisseaux de poudre d'or, la broderie des pavillons se mêle aux taches des léopards, des rayons colorés s'entre-croisent sur l'air bleu, avec des flèches qui volent et des encensoirs qu'on balance.

Et tout cela se développe comme une haute frise — appuyant sa base sur les rochers, et montant jusque dans le ciel.

ANTOINE

ébloui :

Quelle quantité ! que veulent-ils ?

HILARION

Celui qui gratte son abdomen avec sa trompe d'éléphant, c'est le Dieu solaire, l'inspirateur de la sagesse.

Cet autre, dont les six têtes portent des tours et les quatorze bras des javelots, c'est le prince des armées, le Feu-dévorateur [333].

Le vieillard chevauchant un crocodile va laver sur le rivage les âmes des morts. Elles seront tourmentées par cette femme noire aux dents pourries, dominatrice des enfers.

Le chariot tiré par des cavales rouges, que conduit un cocher qui n'a pas de jambes, promène en plein azur le maître du soleil. Le Dieu-lune [334] l'accompagne, dans une litière attelée de trois gazelles.

A genoux sur le dos d'un perroquet, la déesse de la Beauté présente à l'Amour, son fils, sa mamelle ronde. La voici plus loin, qui saute de joie dans les prairies. Regarde ! regarde ! Coiffée d'une mitre éblouissante, elle court sur les blés, sur les flots, monte dans l'air, s'étale partout !

Entre ces Dieux [335] siègent les Génies des vents, des planètes, des mois, des jours, cent mille autres ! et leurs aspects sont multiples, leurs transformations rapides. En voilà un qui de poisson devient tortue; il prend la hure d'un sanglier, la taille d'un nain.

ANTOINE

Pour quoi faire ?

HILARION

Pour rétablir l'équilibre, pour combattre le mal. Mais la vie s'épuise, les formes s'usent; et il leur faut progresser dans les métamorphoses.

Tout à coup paraît

UN HOMME NU

assis au milieu du sable, les jambes croisées.

Un large halo vibre, suspendu derrière lui. Les petites boucles de ses cheveux noirs, et à reflets d'azur, contournent symétriquement une protubérance au haut de son crâne. Ses bras, très-longs [336], descendent droits contre ses flancs. Ses deux mains, les paumes ouvertes, reposent à plat sur ses cuisses. Le dessous de ses pieds offre l'image de deux soleils; et il reste complètement immobile, — en face d'Antoine et d'Hilarion, — avec tous les Dieux [337] à l'entour, échelonnés sur les roches comme sur les gradins d'un cirque.

Ses lèvres s'entr'ouvrent; et d'une voix profonde :

Je suis le maître de la grande aumône, le secours des créatures, et aux croyants comme aux profanes j'expose la loi.

Pour délivrer le monde, j'ai voulu naître parmi les hommes. Les Dieux pleuraient quand je suis parti.

J'ai d'abord cherché une femme comme il convient : de race militaire, épouse d'un roi, très-bonne [338], extrêmement belle, le nombril profond, le corps ferme comme du diamant; et au temps de la pleine lune, sans l'auxiliaire d'aucun mâle, je suis entré dans son ventre.

J'en suis sorti par le flanc droit. Des étoiles s'arrêtèrent.

HILARION

murmure entre ses dents :

« Et quand ils virent l'étoile s'arrêter, ils conçurent une grande joie ! »

Antoine regarde plus attentivement

LE BUDDHA

qui reprend :

Du fond de l'Himalaya, un religieux centenaire accourut pour me voir.

HILARION

« Un homme appelé Siméon [339], qui ne devait pas mourir avant d'avoir vu le Christ ! »

LE BUDDHA

On m'a mené dans les écoles. J'en savais plus que les docteurs.

HILARION

« ...Au milieu des docteurs; et tous ceux qui l'entendaient étaient ravis de sa sagesse. »

Antoine fait signe à Hilarion de se taire.

LE BUDDHA

Continuellement, j'étais à méditer dans les jardins. Les ombres des arbres tournaient; mais l'ombre de celui qui m'abritait ne tournait pas.

Aucun ne pouvait m'égaler dans la connaissance des écritures, l'énumération des atomes, la conduite des éléphants, les ouvrages de cire, l'astronomie, la poésie, le pugilat, tous les exercices et tous les arts !

Pour me confirmer à l'usage, j'ai pris une épouse; — et je passais les jours dans mon palais de roi, vêtu de perles, sous la pluie des parfums, éventé par les chasse-mouches de trente-trois mille femmes, regardant mes peuples du haut de mes terrasses, ornées de clochettes retentissantes.

Mais la vue des misères du monde me détournait des plaisirs. J'ai fui.

J'ai mendié sur les routes, couvert de haillons ramassés dans les sépulcres; et comme il y avait un ermite très-savant, j'ai voulu devenir son esclave; je gardais sa porte, je lavais ses pieds.

Toute sensation fut anéantie, toute joie, toute langueur.

Puis, concentrant ma pensée dans une méditation plus large, je connus l'essence des choses, l'illusion des formes.

J'ai vidé promptement la science des Brakhmanes [340]. Ils sont rongés de convoitises sous leurs apparences austères, se frottent d'ordures, couchent sur des épines, croyant arriver au bonheur par la voie de la mort !

HILARION

« Pharisiens, hypocrites, sépulcres blanchis, race de vipères ! »

LE BUDDHA

Moi aussi, j'ai fait des choses étonnantes — ne mangeant par jour qu'un seul grain de riz, et les grains de riz dans ce temps-là n'étaient pas plus gros qu'à présent; — mes poils tombèrent, mon corps devint noir; mes yeux rentrés dans les orbites semblaient des étoiles aperçues au fond d'un puits.

Pendant six ans, je me suis tenu immobile et exposé aux mouches, aux lions et aux serpents[341]; et les grands soleils, les grandes ondées, la neige, la foudre, la grêle et la tempête, je recevais tout cela, sans m'abriter même avec la main.

Les voyageurs qui passaient, me croyant mort, me jetaient de loin des mottes de terre !

La tentation du Diable me manquait.

Je l'ai appelé.

Ses fils sont venus, — hideux, couverts d'écailles, nauséabonds comme des charniers, hurlant, sifflant, beuglant, entre-choquant des armures et des os de morts. Quelques-uns crachent des flammes par les naseaux, quelques-uns font des ténèbres avec leurs ailes, quelques-uns portent des chapelets de doigts coupés, quelques-uns boivent du venin de serpent dans le creux de leurs mains; ils ont des têtes de porc, de rhinocéros ou de crapaud, toutes sortes de figures inspirant le dégoût ou la terreur.

ANTOINE

à part :

J'ai enduré cela, autrefois !

LE BUDDHA

Puis il m'envoya ses filles — belles, bien fardées, avec des ceintures d'or, les dents blanches comme le jasmin, les cuisses rondes comme la trompe de l'éléphant. Quelques-unes étendent les bras en bâillant, pour montrer les fossettes de leurs coudes; quelques-unes clignent des yeux [342], quelques-unes se mettent à rire, quelques-unes entr'ouvrent leurs vêtements. Il y a des vierges rougissantes, des matrones pleines d'orgueil, des reines avec une grande suite de bagages et d'esclaves.

ANTOINE

à part :

Ah ! lui aussi ?

LE BUDDHA

Ayant vaincu le démon, j'ai passé douze ans à me nourrir exclusivement de parfums; — et comme j'avais acquis les cinq vertus, les cinq facultés, les dix forces, les dix-huit substances, et pénétré dans les quatre sphères du monde invisible, l'Intelligence fut à moi ! Je devins le Buddha !

Tous les Dieux[343] s'inclinent; ceux qui ont plusieurs têtes les baissent à la fois.

Il lève dans l'air sa haute main et reprend :

En vue de la délivrance des êtres, j'ai fait des centaines de mille de sacrifices ! J'ai donné aux pauvres des robes de soie, des lits, des chars, des maisons, des tas d'or et de diamants[344]. J'ai donné mes mains aux manchots, mes jambes aux boiteux, mes prunelles aux aveugles; j'ai coupé ma tête pour les décapités. Au temps que j'étais roi, j'ai distribué des provinces; au temps que j'étais brakhmane[345], je n'ai méprisé personne. Quand j'étais un solitaire, j'ai dit des paroles tendres au voleur qui m'égorgea. Quand j'étais un tigre, je me suis laissé mourir de faim.

Et dans cette dernière existence, ayant prêché la loi, je n'ai plus rien à faire. La grande période est accomplie ! Les hommes, les animaux, les Dieux[346], les bambous, les océans, les montagnes, les grains de sable des Ganges [347] avec les myriades de myriades d'étoiles, tout va mourir; et, jusqu'à des naissances nouvelles, une flamme dansera sur les ruines des mondes détruits !

Alors un vertige prend les Dieux. Ils chancellent, tombent en convulsions, et vomissent leurs existences. Leurs couronnes éclatent, leurs étendards s'envolent. Ils arrachent leurs attributs, leurs sexes, lancent par-dessus l'épaule les coupes où ils buvaient l'immortalité, s'étranglent avec leurs serpents, s'évanouissent en fumée; — et quand tout a disparu...

HILARION

lentement :

Tu viens de voir la croyance de plusieurs centaines de millions d'hommes !

Antoine est par terre, la figure dans ses mains. Debout près de lui, et tournant le dos [348] à la croix, Hilarion le regarde.

Un assez long temps s'écoule.

Ensuite, paraît un être singulier, ayant une tête d'homme sur un corps de poisson. Il s'avance droit dans l'air, en battant le sable de sa queue; — et cette figure de patriarche avec de petits bras fait rire Antoine.

OANNÈS[349]

d'une voix plaintive :

Respecte-moi ! Je suis le contemporain des origines.

J'ai habité le monde informe où sommeillaient des bêtes hermaphrodites, sous le poids d'une atmosphère opaque, dans la profondeur des ondes ténébreuses, — quand les doigts, les nageoires et les ailes étaient confondus, et que des yeux sans tête flottaient comme des mollusques, parmi des taureaux à face humaine et des serpents à pattes de chien.

Sur l'ensemble de ces êtres, Omorôca, pliée comme un cerceau, étendait son corps de femme. Mais Bélus[350] la coupa net en deux moitiés, fit la terre avec l'une, le ciel avec l'autre; et les deux mondes pareils se contemplent mutuellement.

Moi, la première conscience du Chaos, j'ai surgi de l'abîme pour durcir la matière, pour régler les formes; et j'ai appris aux humains la pêche, les semailles, l'écriture et l'histoire des Dieux[351].

Depuis lors, je vis dans les étangs qui restent du Déluge. Mais le désert s'agrandit autour d'eux, le vent y jette du sable, le soleil les dévore; — et je meurs sur ma couche de limon, en regardant les étoiles à travers l'eau. J'y retourne.

Il saute, et disparaît dans le Nil.

HILARION

C'est un ancien Dieu des Chaldéens !

ANTOINE

ironiquement :

Qu'étaient donc ceux de Babylone ?

HILARION

Tu peux les voir !

Et ils se trouvent sur la plate-forme d'une tour quadrangulaire dominant six autres tours qui, plus étroites à mesure qu'elles s'élèvent, forment une monstrueuse pyramide. On distingue en bas une grande masse noire, — la ville sans doute, — étalée dans les plaines. L'air est froid, le ciel d'un bleu sombre; des étoiles en quantité palpitent.

Au milieu de la plate-forme, se dresse une colonne de pierre blanche. Des prêtres en robes de lin passent et reviennent tout autour, de manière à décrire par leurs évolutions un cercle en mouvement; et, la tête levée, ils contemplent les astres.

HILARION

en désigne plusieurs à saint Antoine.

Il y en a trente principaux. Quinze regardent le dessus de la terre, quinze le dessous. A des intervalles réguliers, un d'eux s'élance des régions supérieures vers celles d'en bas, tandis qu'un autre abandonne les inférieures pour monter vers les sublimes.

Des sept planètes, deux sont bienfaisantes, deux mauvaises, trois ambiguës; tout dépend, dans le monde, de ces feux éternels. D'après leur position et leur mouvement on peut tirer des présages; — et tu foules l'endroit le plus respectable de la terre. Pythagore et Zoroastre[352] s'y sont rencontrés. Voilà douze mille ans que ces hommes observent le ciel, pour mieux connaître les Dieux[353].

ANTOINE

Les astres ne sont pas Dieux.

HILARION

Oui ! disent-ils[354]; car les choses passent autour de nous; le ciel, comme l'éternité, reste immuable !

ANTOINE

Il a un maître, pourtant.

HILARION

montrant la colonne :

Celui-là, Bélus, le premier rayon, le Soleil, le Mâle ! — L'Autre, qu'il féconde[355], est sous lui !

Antoine aperçoit un jardin, éclairé par des lampes. Il est au milieu de la foule, dans une avenue de cyprès. A droite et à gauche, des petits chemins conduisent vers des cabanes établies dans un bois de grenadiers, que défendent des treillages de roseaux.

Les hommes, pour la plupart, ont des bonnets pointus avec des robes chamarrées comme le plumage des paons. Il y a des gens du nord vêtus de peaux d'ours, des nomades en manteau de laine brune, de pâles Gangarides[356] à longues boucles d'oreilles; et les rangs comme les nations paraissent confondus, car des matelots et des tailleurs de pierre coudoient des princes portant des tiares d'escarboucles avec de hautes cannes à pomme ciselée. Tous marchent en dilatant les narines, recueillis dans le même désir.

De temps à autre, ils se dérangent pour donner passage à un long chariot couvert, traîné par des bœufs : ou bien c'est un âne[357] secouant sur son dos une femme empaquetée de voiles et qui disparaît aussi vers les cabanes.

Antoine a peur; il voudrait revenir en arrière. Cependant une curiosité inexprimable l'entraîne.

Au pied des cyprès, des femmes sont accroupies en ligne sur des peaux de cerf, toutes ayant pour diadème une tresse de cordes. Quelques-unes, magnifiquement habillées, appellent à haute voix les passants. De plus timides cachent leur figure sous leur bras [358], tandis que par derrière une matrone, leur mère sans doute, les exhorte. D'autres, la tête enveloppée d'un châle noir et le corps entièrement nu, semblent de loin des statues de chair. Dès qu'un homme leur a jeté de l'argent sur les genoux, elles se lèvent.

Et on entend des baisers sous les feuillages, — quelquefois un grand cri aigu.

HILARION

Ce sont les vierges de Babylone qui se prostituent à la Déesse [359].

ANTOINE

Quelle déesse ?

HILARION

La voilà !

Et il lui fait voir, tout au fond de l'avenue, sur le seuil d'une grotte illuminée, un bloc de pierre représentant l'organe sexuel d'une femme.

ANTOINE

Ignominie ! quelle abomination de donner un sexe à Dieu !

HILARION

Tu l'imagines bien comme une personne vivante !

Antoine se retrouve dans les ténèbres.

Il aperçoit, en l'air, un cercle lumineux posé sur des ailes horizontales.

Cette espèce d'anneau entoure, comme une ceinture trop lâche, la taille d'un petit homme coiffé d'une mitre, portant une couronne à sa main, et dont la partie inférieure du corps disparaît sous de grandes plumes étalées en jupon.

C'est

ORMUZ [360]

le dieu des Perses.

Il voltige en criant :

J'ai peur ! J'entrevois sa gueule.

Je t'avais vaincu, Ahriman [361] ! Mais tu recommences !

D'abord, te révoltant contre moi, tu as fait périr l'aîné des créatures Kaiomortz[362], l'homme-Taureau [363]. Puis tu as séduit le premier couple humain, Meschia et Meschiané [364]; et tu as répandu les ténèbres dans les cœurs, tu as poussé vers le ciel tes bataillons.

J'avais les miens, le peuple des étoiles; et je

contemplais au-dessous de mon trône tous les astres échelonnés.

Mithra[365], mon fils, habitait un lieu inaccessible. Il y recevait les âmes, les en faisait sortir, et se levait chaque matin pour épandre sa richesse.

La splendeur du firmament était reflétée par la terre. Le feu brillait sur les montagnes, — image de l'autre feu dont j'avais créé tous les êtres. Pour le garantir des souillures, on ne brûlait pas les morts. Le bec des oiseaux les emportait vers le ciel.

J'avais réglé les pâturages, les labours, le bois du sacrifice, la forme des coupes, les paroles qu'il faut dire dans l'insomnie; — et mes prêtres étaient continuellement en prières, afin que l'hommage eût l'éternité du Dieu. On se purifiait avec de l'eau, on offrait des pains sur les autels, on confessait à haute voix ses crimes.

Homa[366] se donnait à boire aux hommes, pour leur communiquer sa force.

Pendant que les génies du ciel combattaient les démons, les enfants d'Iran[367] poursuivaient les serpents. Le Roi[368], qu'une cour innombrable servait à genoux, figurait ma personne, portait ma coiffure. Ses jardins avaient la magnificence d'une terre céleste; et son tombeau le représentait égorgeant un monstre, — emblème du Bien qui extermine le Mal.

Car je devais un jour, grâce au temps sans bornes, vaincre définitivement Ahriman.

Mais l'intervalle entre nous deux disparaît; la nuit monte ! A moi, les Amschaspands, les Izeds, les Ferouers[369] ! Au secours, Mithra ! prends ton épée ! Caosyac[370], qui dois revenir pour la délivrance universelle, défends-moi ! Comment ?... Personne !

Ah ! je meurs ! Ahriman, tu es le maître !

Hilarion, derrière Antoine, retient un cri de joie — et Ormuz plonge dans les ténèbres.

Alors paraît

LA GRANDE DIANE D'ÉPHÈSE[371]

noire avec des yeux d'émail, les coudes aux flancs, les avant-bras écartés, les mains ouvertes.

Des lions rampent sur ses épaules; des fruits, des fleurs et des étoiles s'entre-croisent sur sa poitrine; plus bas se développent trois rangées de mamelles; et depuis le ventre jusqu'aux pieds, elle est prise dans une gaine étroite d'où s'élancent à mi-corps des taureaux, des cerfs, des grillons et des abeilles. — On l'aperçoit à la blanche lueur que fait un disque d'argent, rond comme la pleine lune, posé derrière sa tête.

Où est mon temple ?

Où sont mes amazones ?

Qu'ai-je donc... moi l'incorruptible, voilà qu'une défaillance me prend !

Ses fleurs se fanent. Ses fruits trop mûrs se détachent. Les lions, les taureaux penchent leur cou; les cerfs bavent épuisés; les abeilles, en bourdonnant, meurent par terre.

Elle presse, l'une après l'autre, ses mamelles. Toutes sont vides ! Mais sous un effort désespéré sa gaine éclate. Elle la saisit par le bras, comme le pan d'une robe, y jette ses animaux, ses floraisons, puis rentre dans l'obscurité.

Et au loin, des voix murmurent, grondent, rugissent, bramant et beuglent. L'épaisseur de la nuit est augmentée par des haleines. Les gouttes d'une pluie chaude tombent.

ANTOINE

Comme c'est bon, le parfum des palmiers, le frémissement des feuilles vertes, la transparence des sources ! Je voudrais me coucher tout à plat sur la terre pour la sentir contre mon cœur; et ma vie se retremperait dans sa jeunesse éternelle !

Il entend un bruit de castagnettes et de cymbales; — et, au milieu d'une foule rustique, des hommes, vêtus de tuniques blanches à bandes rouges, amènent un âne, enharnaché richement, la queue ornée de rubans, les sabots peints.

Une boîte, couverte d'une housse en toile jaune, ballotte sur son dos entre deux corbeilles; l'une reçoit les offrandes qu'on y place : œufs, raisins, poires et fromages, volailles, petites monnaies; et la seconde est pleine de roses, que les conducteurs de l'âne effeuillent devant lui, tout en marchant.

Ils ont des pendants d'oreilles, de grands manteaux, les cheveux nattés, les joues fardées; une couronne d'olivier se ferme sur leur front par un médaillon à figurine; des poignards sont passés dans leur ceinture; et ils secouent des fouets à manche d'ébène, ayant trois lanières garnies d'osselets.

Les derniers du cortège posent sur le sol, droit comme un candélabre, un grand pin qui brûle par le sommet, et dont les rameaux les plus bas ombragent un petit mouton.

L'âne s'est arrêté. On retire la housse. Il y a, en dessous, une seconde enveloppe de feutre noir. Alors, un des hommes à tunique blanche se met à danser, en jouant des crotales [372]; un autre à genoux devant la boîte bat du tambourin, et

LE PLUS VIEUX DE LA TROUPE

commence :

Voici la Bonne-Déesse [373], l'Idéenne des montagnes[374], la grande Mère de Syrie ! Approchez, braves gens !

Elle procure la joie, guérit les malades, envoie des héritages, et satisfait les amoureux.

C'est nous qui la promenons dans les campagnes par beau et mauvais temps.

Souvent nous couchons en plein air, et nous n'avons pas tous les jours de table bien servie. Les voleurs habitent les bois. Les bêtes s'élancent de leurs cavernes. Des chemins glissants bordent les précipices. La voilà ! la voilà !

Ils enlèvent la couverture; et on voit une boîte, incrustée de petits cailloux.

Plus haute que les cèdres, elle plane dans l'éther bleu. Plus vaste que le vent, elle entoure le monde. Sa respiration s'exhale par les naseaux des tigres; sa voix gronde sous les volcans, sa colère est la tempête; la pâleur de sa figure a blanchi la lune. Elle mûrit les moissons, elle gonfle les écorces, elle fait pousser la barbe. Donnez-lui quelque chose, car elle déteste les avares !

La boîte s'entr'ouvre; et on distingue, sous un pavillon de soie bleue, une petite image de Cybèle —

étincelante de paillettes, couronnée de tours et assise dans un char de pierre rouge, traîné par deux lions la patte levée.

La foule se pousse pour voir.

L'ARCHI-GALLE [375]

continue :

Elle aime le retentissement des tympanons, le trépignement des pieds, le hurlement des loups, les montagnes sonores et les gorges profondes, la fleur de l'amandier, la grenade et les figues vertes, la danse qui tourne, les flûtes qui ronflent, la sève sucrée, la larme salée, — du sang ! A toi ! à toi, Mère des montagnes !

Ils se flagellent avec leurs fouets, et les coups résonnent sur leur poitrine; la peau des tambourins vibre à éclater. Ils prennent leurs couteaux, se tailladent les bras [376].

Elle est triste; soyons tristes ! C'est pour lui plaire qu'il faut souffrir ! Par là, vos péchés vous seront remis. Le sang lave tout; jetez-en les gouttes, comme des fleurs ! Elle demande celui d'un autre — d'un pur !

L'archi-galle lève son couteau sur le mouton.

ANTOINE

pris d'horreur :

N'égorgez pas l'agneau !

Un flot de pourpre jaillit.

Le prêtre en asperge la foule; et tous, — y compris Antoine et Hilarion, — rangés autour de l'arbre qui brûle, observent en silence les dernières palpitations de la victime.

Du milieu des prêtres sort une Femme[377], — exactement pareille à l'image enfermée dans la petite boîte.

Elle s'arrête, en apercevant un Jeune Homme[378] coiffé d'un bonnet phrygien.

Ses cuisses sont revêtues d'un pantalon étroit, ouvert çà et là par des losanges réguliers que ferment des nœuds de couleur. Il s'appuie du coude contre une des branches de l'arbre, en tenant une flûte à la main, dans une pose langoureuse.

CYBÈLE

lui entourant la taille de ses deux bras :

Pour te rejoindre, j'ai parcouru toutes les régions — et la famine ravageait les campagnes. Tu m'as trompée ! N'importe, je t'aime ! Réchauffe mon corps ! unissons-nous !

ATYS [379]

Le printemps ne reviendra plus, ô Mère éternelle ! Malgré mon amour, il ne m'est pas possible de pénétrer ton essence. Je voudrais me couvrir d'une robe peinte, comme la tienne. J'envie tes seins gonflés de lait, la longueur de tes cheveux, tes vastes flancs d'où sortent les êtres. Que ne suis-je toi ! que ne suis-je femme ! — Non, jamais ! va-t'en ! Ma virilité me fait horreur !

Avec une pierre tranchante il s'émascule, puis se met à courir furieux, en levant dans l'air son membre coupé.

Les prêtres font comme le dieu, les fidèles comme les prêtres. Hommes et femmes échangent leurs vêtements, s'embrassent; — et ce tourbillon de chairs ensanglantées s'éloigne, tandis que les voix, durant toujours, deviennent plus criardes et stridentes, comme celles qu'on entend aux funérailles.

Un grand catafalque tendu de pourpre porte à son sommet un lit d'ébène, qu'entourent des flambeaux et des corbeilles [380] en filigranes d'argent, où verdoient des laitues, des mauves et du fenouil. Sur les gradins, du haut en bas, des femmes sont assises, toutes habillées de noir, la ceinture défaite, les pieds nus, en tenant d'un air mélancolique de gros bouquets de fleurs.

Par terre, aux coins de l'estrade, des urnes en albâtre pleines de myrrhe fument, lentement.

On distingue sur le lit le cadavre d'un homme. Du sang coule de sa cuisse. Il laisse pendre son bras; — et un chien, qui hurle, lèche ses ongles.

La ligne des flambeaux trop pressés empêche de voir sa figure; et Antoine[381] est saisi par une angoisse. Il a peur de reconnaître quelqu'un.

Les sanglots des femmes s'arrêtent; et après un intervalle de silence,

TOUTES

à la fois psalmodient[382] :

Beau ! beau ! il est beau ! Assez dormi, lève la tête ! Debout !

Respire nos bouquets ! ce sont des narcisses et des anémones cueillis dans tes jardins pour te plaire. Ranime-toi, tu nous fais peur !

Parle ! Que te faut-il ? Veux-tu boire du vin ? veux-tu coucher dans nos lits ? veux-tu manger des pains de miel qui ont la forme de petits oiseaux ?

Pressons ses hanches, baisons sa poitrine ! Tiens ! tiens ! les sens-tu, nos doigts chargés de bagues qui courent sur ton corps, et nos lèvres qui cherchent ta bouche, et nos cheveux qui balayent tes cuisses, Dieu pâmé[383], sourd à nos prières !

Elles lancent des cris, en se déchirant le visage avec les ongles, puis se taisent; — et on entend toujours les hurlements du chien.

Hélas ! hélas ! Le sang noir coule sur sa chair neigeuse ! Voilà ses genoux qui se tordent; ses côtes s'enfoncent. Les fleurs de son visage ont mouillé la pourpre. Il est mort ! Pleurons ! Désolons-nous !

Elles viennent, toutes à la file, déposer entre les flambeaux leurs longues chevelures, pareilles de loin à des serpents noirs ou blonds; — et le catafalque s'abaisse doucement jusqu'au niveau d'une grotte, un sépulcre ténébreux qui bâille par derrière.

Alors

UNE FEMME

s'incline sur le cadavre.

Ses cheveux, qu'elle n'a pas coupés, l'enveloppent de la tête aux talons. Elle verse tant de larmes que sa douleur ne doit pas être comme celle des autres, mais plus qu'humaine, infinie.

Antoine songe à la mère de Jésus.

Elle dit :

Tu t'échappais de l'Orient; et tu me prenais dans tes bras toute frémissante de rosée, ô

Soleil ! Des colombes voletaient sur l'azur de ton manteau, nos baisers faisaient des brises dans les feuillages ; et je m'abandonnais à ton amour, en jouissant du plaisir de ma faiblesse.

Hélas ! hélas ! Pourquoi allais-tu courir sur les montagnes ?

A l'équinoxe d'automne un sanglier t'a blessé [384] !

Tu es mort ; et les fontaines pleurent, les arbres se penchent. Le vent d'hiver siffle dans les broussailles nues.

Mes yeux vont se clore, puisque les ténèbres te couvrent. Maintenant, tu habites l'autre côté du monde, près de ma rivale plus puissante.

O Perséphone, tout ce qui est beau descend vers toi, et n'en revient plus !

Pendant qu'elle parlait, ses compagnes ont pris le mort pour le descendre au sépulcre. Il leur reste dans les mains. Ce n'était qu'un cadavre de cire.

Antoine en éprouve comme un soulagement.

Tout s'évanouit ; — et la cabane, les rochers, la croix sont reparus.

Cependant il distingue de l'autre côté du Nil, une Femme [385] — debout au milieu du désert.

Elle garde dans sa main le bas d'un long voile noir qui lui cache la figure, tout en portant sur le bras gauche un petit enfant qu'elle allaite. A son côté, un grand singe est accroupi sur le sable.

Elle lève la tête vers le ciel; — et malgré la distance on entend sa voix.

ISIS [386]

O Neith [387], commencement des choses ! Ammon, seigneur de l'éternité, Ptha, démiurge, Thoth, son intelligence, dieux de l'Amenthi, triades particulières des Nomes [388], éperviers dans l'azur, sphinx au bord des temples, ibis debout entre les cornes des bœufs, planètes, constellations, rivages, murmures du vent, reflets de la lumière, apprenez-moi où se trouve Osiris [389] !

Je l'ai cherché par tous les canaux et tous les lacs, — plus loin encore, jusqu'à Byblos [390] la phénicienne. Anubis [391], les oreilles droites, bondissait autour de moi, jappant, et fouillant de son museau les touffes des tamarins. Merci, bon Cynocéphale, merci !

Elle donne au singe, amicalement, deux ou trois petites claques sur la tête.

Le hideux Typhon [392] au poil roux l'avait tué, mis en pièces ! Nous avons retrouvé tous ses membres. Mais je n'ai pas celui qui me rendait féconde !

Elle pousse des lamentations aiguës.

ANTOINE

est pris de fureur. Il lui jette des cailloux, en l'injuriant.

Impudique ! va-t'en, va-t'en !

HILARION

Respecte-la ! C'était la religion de tes aïeux ! tu as porté ses amulettes dans ton berceau.

ISIS

Autrefois, quand revenait l'été, l'inondation chassait vers le désert les bêtes impures. Les digues s'ouvraient, les barques s'entre-choquaient, la terre haletante buvait le fleuve avec ivresse. Dieu à cornes de taureau [393], tu t'étalais sur ma poitrine — et on entendait le mugissement de la vache éternelle !

Les semailles, les récoltes, le battage des grains et les vendanges se succédaient réguliérement, d'après l'alternance des saisons. Dans les nuits toujours pures, de larges étoiles rayonnaient. Les jours étaient baignés d'une invariable splendeur. On voyait, comme un couple royal, le Soleil et la Lune à chaque côté de l'horizon.

Nous trônions tous les deux dans un monde plus sublime, monarques-jumeaux [394], époux dès le sein de l'éternité, — lui, tenant un sceptre à tête de coucoupha [395], moi un sceptre à fleur de lotus, debout l'un et l'autre, les mains jointes; — et les écroulements d'empire ne changeaient pas notre attitude.

L'Égypte s'étalait sous nous, monumentale et sérieuse, longue comme le corridor d'un temple, avec des obélisques à droite, des pyramides à gauche, son labyrinthe au milieu, — et partout des avenues de monstres, des forêts de colonnes, de lourds pylônes flanquant des portes qui ont à leur sommet le globe de la terre entre deux ailes.

Les animaux de son zodiaque se retrouvaient dans ses pâturages, emplissaient de leurs formes et de leurs couleurs son écriture mystérieuse. Divisée en douze régions comme l'année l'est en douze mois, — chaque mois, chaque jour ayant son dieu, — elle reproduisait l'ordre immuable du ciel; et l'homme en expirant ne perdait pas sa figure; mais, saturé de parfums, devenu indestructible, il allait dormir pendant trois mille ans dans une Égypte silencieuse.

Celle-là, plus grande que l'autre, s'étendait sous la terre.

On y descendait par des escaliers conduisant à des salles où étaient reproduites les joies des bons, les tortures des méchants, tout ce qui a lieu dans le troisième monde invisible. Rangés le long des murs, les morts dans des cercueils peints attendaient leur tour; et l'âme exempte des migrations continuait son assoupissement jusqu'au réveil d'une autre vie.

Osiris, cependant, revenait me voir quelquefois. Son ombre m'a rendue mère d'Harpocrate [396].

Elle contemple l'enfant.

C'est lui ! Ce sont ses yeux; ce sont ses cheveux, tressés en cornes de bélier ! Tu recommenceras ses œuvres. Nous refleurirons comme des lotus. Je suis toujours la grande Isis ! nul encore n'a soulevé mon voile ! Mon fruit est le soleil !

Soleil du printemps, des nuages obscurcissent ta face ! L'haleine de Typhon dévore les pyramides. J'ai vu, tout à l'heure, le sphinx s'enfuir [397]. Il galopait comme un chacal.

Je cherche mes prêtres, — mes prêtres en manteau de lin, avec de grandes harpes, et qui portaient une nacelle mystique, ornée de patères d'argent. Plus de fêtes sur les lacs ! plus d'illuminations dans mon delta [398] ! plus de coupes de lait à Philæ [399] ! Apis [400], depuis longtemps, n'a pas reparu.

Égypte ! Égypte ! tes grands Dieux [401] immobiles ont les épaules blanchies par la fiente des oiseaux, et le vent qui passe sur le désert roule la cendre de tes morts ! — Anubis, gardien des ombres, ne me quitte pas !

Le cynocéphale s'est évanoui.

Elle secoue son enfant.

Mais... qu'as-tu ?... tes mains sont froides, ta tête retombe !

Harpocrate vient de mourir.

Alors elle pousse dans l'air un cri [402] tellement aigu, funèbre et déchirant, qu'Antoine y répond par un autre cri, en ouvrant ses bras pour la soutenir.

Elle n'est plus là. Il baisse la figure, écrasé de honte.

Tout ce qu'il vient de voir se confond dans son esprit. C'est comme l'étourdissement d'un voyage, le malaise d'une ivresse. Il voudrait haïr; et cependant [403] une pitié vague amollit son cœur. Il se met à pleurer abondamment.

HILARION

Qui donc te rend triste ?

ANTOINE

après avoir cherché en lui-même, longtemps :

Je pense à toutes les âmes perdues par ces faux Dieux [404] !

HILARION

Ne trouves-tu pas qu'ils ont... quelquefois... comme des ressemblances avec le vrai [405] !

ANTOINE

C'est une ruse du Diable pour séduire mieux les fidèles. Il attaque les forts par le moyen de l'esprit, les autres avec la chair.

HILARION

Mais la luxure, dans ses fureurs, a le désintéressement de la pénitence. L'amour frénétique du corps en accélère la destruction, — et proclame par sa faiblesse l'étendue de l'impossible.

ANTOINE

Qu'est-ce que cela me fait à moi ! Mon cœur se soulève de dégoût devant ces Dieux bestiaux[406], occupés toujours de carnages et d'incestes !

HILARION

Rappelle-toi dans l'Écriture toutes les choses qui te scandalisent, parce que tu ne sais pas les comprendre. De même, ces Dieux, sous leurs formes criminelles, peuvent contenir la vérité.

Il en reste à voir. Détourne-toi !

ANTOINE

Non ! non ! c'est un péril !

HILARION

Tu voulais tout à l'heure les connaître. Est-ce que ta foi vacillerait sous des mensonges ? Que crains-tu ?

Les rochers en face d'Antoine sont devenus une montagne.

Une ligne de nuages la coupe à mi-hauteur; et au-dessus apparaît une autre montagne, énorme, toute verte, que creusent inégalement des vallons et portant au sommet, dans un bois de lauriers, un palais de bronze à tuiles d'or avec des chapiteaux d'ivoire.

Au milieu du péristyle, sur un trône [407], JUPITER, colossal et le torse nu, tient la victoire d'une main, la foudre dans l'autre; et son aigle, entre ses jambes, dresse la tête.

JUNON, auprès de lui, roule ses gros yeux, surmontés d'un diadème d'où s'échappe comme une vapeur un voile flottant au vent.

Par derrière, MINERVE, debout sur un piédestal, s'appuie contre sa lance. La peau de la gorgone [408] lui couvre la poitrine; et un péplos de lin descend à plis réguliers jusqu'aux ongles de ses orteils. Ses yeux glauques, qui brillent sous sa visière, regardent au loin, attentivement.

A la droite du palais, le vieillard NEPTUNE chevauche un dauphin battant de ses nageoires un grand azur qui est le ciel ou la mer, car la perspective de l'Océan continue l'éther bleu; les deux éléments se confondent.

De l'autre côté, PLUTON, farouche, en manteau couleur de la nuit, avec une tiare de diamants et un sceptre d'ébène, est au milieu d'une île entourée par les circonvolutions du Styx; — et ce fleuve d'ombre va se jeter dans les ténèbres qui font sous la falaise un grand trou noir, un abîme sans formes.

MARS, vêtu d'airain, brandit d'un air furieux son bouclier large et son épée.

HERCULE, plus bas, le contemple, appuyé sur sa massue.

APOLLON, la face rayonnante, conduit, le bras droit allongé, quatre chevaux blancs qui galopent; et CÉRÈS, dans un chariot que traînent des bœufs, s'avance vers lui une faucille à la main.

BACCHUS vient derrière elle, sur un char très bas, mollement tiré par des lynx. Gras, imberbe et des pampres au front, il passe en tenant un cratère d'où déborde du vin. Silène, à ses côtés, chancelle sur un âne. Pan aux oreilles pointues souffle dans la syrinx; les Mimallonéides [409] frappent des tambours, les Ménades jettent des fleurs, les Bacchantes tournoient la tête en arrière, les cheveux répandus.

DIANE, la tunique retroussée, sort du bois avec ses nymphes.

Au fond d'une caverne, VULCAIN bat le fer entre les Cabires; çà et là les vieux Fleuves, accoudés sur des pierres vertes, épanchent leurs urnes; les Muses debout chantent dans les vallons.

Les Heures, de taille égale, se tiennent par la main; et MERCURE est posé obliquement sur un arc-en-ciel, avec son caducée, ses talonnières et son pétase.

Mais en haut de l'escalier des Dieux, parmi des

nuages doux comme des plumes et dont les volutes en tournant laissent tomber des roses, VÉNUS-ANADYOMÈNE[410] se regarde dans un miroir; ses prunelles glissent langoureusement sous ses paupières un peu lourdes.

Elle a de grands cheveux blonds qui se déroulent sur ses épaules, les seins petits, la taille mince, les hanches évasées comme le galbe des lyres, les deux cuisses toutes rondes, des fossettes autour des genoux et les pieds délicats; non loin de sa bouche un papillon voltige. La splendeur de son corps fait autour d'elle un halo de nacre brillante; et tout le reste de l'Olympe est baigné dans une aube vermeille, qui gagne insensiblement les hauteurs du ciel bleu.

ANTOINE

Ah ! ma poitrine se dilate. Une joie que je ne connaissais pas me descend jusqu'au fond de l'âme ! Comme c'est beau ! comme c'est beau !

HILARION

Ils se penchaient du haut des nuages pour conduire les épées; on les rencontrait au bord des chemins, on les possédait dans sa maison; — et cette familiarité divinisait la vie.

Elle n'avait pour but que d'être libre et belle. Les vêtements larges facilitaient la noblesse des attitudes. La voix de l'orateur, exercée par la mer, battait à flots sonores les portiques de marbre. L'éphèbe, frotté d'huile, luttait tout nu en plein soleil. L'action la plus religieuse était d'exposer des formes pures.

Et ces hommes respectaient les épouses, les vieillards, les suppliants. Derrière le temple d'Hercule, il y avait un autel à la Pitié.

On immolait des victimes avec des fleurs autour des doigts. Le souvenir même se trouvait exempt de la pourriture des morts. Il n'en restait qu'un peu de cendres. L'âme, mêlée à l'éther sans bornes, était partie vers les Dieux [411] !

Se penchant à l'oreille d'Antoine :

Et ils vivent toujours ! L'empereur Constantin adore Apollon. Tu retrouveras la Trinité dans les mystères de Samothrace [412], le baptême chez Isis, la rédemption chez Mithra, le martyre d'un Dieu aux fêtes de Bacchus. Proserpine est la Vierge !... Aristée [413], Jésus !

ANTOINE

reste les yeux baissés; puis tout à coup il répète le

symbole de Jérusalem [414], — comme il s'en souvient, — en poussant à chaque phrase un long soupir :

Je crois en un seul Dieu, le Père, — et en un seul Seigneur, Jésus-Christ, — fils premier-né de Dieu, — qui s'est incarné et fait homme, — qui a été crucifié — et enseveli, — qui est monté au ciel, — qui viendra pour juger les vivants et les morts — dont le royaume n'aura pas de fin; — et à un seul Saint-Esprit, — et à un seul baptême de repentance, — et à une seule sainte Église catholique, — et à la résurrection de la chair, — et à la vie éternelle !

Aussitôt la croix grandit et, perçant les nuages, elle projette une ombre sur le ciel des Dieux [415].

Tous pâlissent. L'Olympe a remué.

Antoine distingue contre sa base, à demi perdus dans les cavernes, ou soutenant les pierres de leurs épaules, de vastes corps enchaînés. Ce sont les Titans, les Géants, les Hécatonchires [416], les Cyclopes.

UNE VOIX

s'élève indistincte et formidable, — comme la rumeur des flots, comme le bruit des bois sous la tempête, comme le mugissement du vent dans les précipices :

Nous savions cela, nous autres ! Les Dieux [417] doivent finir. Uranus [418] fut mutilé par Saturne,

Saturne par Jupiter. Il sera lui-même anéanti. Chacun son tour; c'est le destin !

et, peu à peu, ils s'enfoncent dans la montagne, disparaissent.

Cependant les tuiles du palais d'or s'envolent.

JUPITER

est descendu de son trône. Le tonnerre, à ses pieds, fume comme un tison près de s'éteindre; — et l'aigle, allongeant le cou, ramasse avec son bec ses plumes qui tombent.

Je ne suis donc plus le maître des choses, très-bon, très-grand [419], dieu des phratries [420] et des peuples grecs, aïeul de tous les rois, Agamemnon du ciel !

Aigle des apothéoses, quel souffle de l'Érèbe [421] t'a repoussé jusqu'à moi ? ou, t'envolant du champ de Mars, m'apportes-tu l'âme du dernier des empereurs ?

Je ne veux plus de celles des hommes ! Que la Terre les garde, et qu'ils s'agitent au niveau de sa bassesse. Ils ont maintenant des mœurs d'esclaves, oublient les injures, les ancêtres, le serment; et partout triomphent la sottise des foules, la médiocrité de l'individu, la hideur des races !

Sa respiration lui soulève les côtes à les briser, et il tord ses poings. Hébé en pleurs lui présente une coupe. Il la saisit.

Non ! non ! Tant qu'il y aura, n'importe où, une tête enfermant la pensée, qui haïsse le désordre et conçoive la Loi, l'esprit de Jupiter vivra !

Mais la coupe est vide.
Il la penche lentement sur l'ongle de son doigt.

Plus une goutte ! Quand l'ambroisie défaille, les Immortels s'en vont !

Elle glisse de ses mains ; et il s'appuie contre une colonne, se sentant mourir.

JUNON

Il ne fallait pas avoir tant d'amours ! Aigle, taureau, cygne, pluie d'or, nuage et flamme, tu as pris toutes les formes, égaré ta lumière dans tous les éléments, perdu tes cheveux sur tous les lits ! Le divorce est irrévocable cette fois, — et notre domination, notre existence dissoute !

Elle s'éloigne dans l'air.

MINERVE

n'a plus sa lance; et des corbeaux, qui nichaient dans les sculptures de la frise, tournent autour d'elle, mordent son casque.

Laissez-moi voir si mes vaisseaux, fendant la mer brillante, sont revenus dans mes trois ports, pourquoi les campagnes se trouvent désertes, et ce que font maintenant les filles d'Athènes.

Au mois d'Hécatombéon[422], mon peuple entier se portait vers moi, conduit par ses magistrats et par ses prêtres. Puis s'avançaient en robes blanches avec des chitons d'or, les longues files des vierges tenant des coupes, des corbeilles, des parasols; puis, les trois cents bœufs du sacrifice, des vieillards agitant des rameaux verts, des soldats entrechoquant leurs armures, des éphèbes chantant des hymnes, des joueurs de flûte, des joueurs de lyre, des rhapsodes, des danseuses; — enfin, au mât d'une trirème marchant sur des roues, mon grand voile brodé par des vierges, qu'on avait nourries pendant un an d'une façon particulière; et quand il s'était montré dans toutes les rues, toutes les places et devant tous les temples, au milieu du cortège psalmodiant toujours, il montait pas à pas la colline de l'Acropole, frôlait les Propylées, et entrait au Parthénon.

Mais un trouble me saisit, moi, l'industrieuse ! Comment, comment, pas une idée ! Voilà que je tremble plus qu'une femme.

Elle aperçoit une ruine derrière elle, pousse un cri et, frappée au front, tombe par terre à la renverse.

HERCULE

a rejeté sa peau de lion; et s'appuyant des pieds, bombant son dos, mordant ses lèvres, il fait des efforts démesurés pour soutenir l'Olympe qui s'écroule.

J'ai vaincu les Cercopes[423], les Amazones et les Centaures. J'ai tué beaucoup de rois. J'ai cassé la corne d'Achéloüs[424], un grand fleuve. J'ai coupé des montagnes, j'ai réuni des océans. Les pays esclaves, je les délivrais; les pays vides, je les peuplais. J'ai parcouru les Gaules. J'ai traversé le désert où l'on a soif. J'ai défendu les Dieux, et je me suis dégagé d'Omphale. Mais l'Olympe est trop lourd. Mes bras faiblissent. Je meurs !

Il est écrasé sous les décombres.

PLUTON

C'est ta faute, Amphitryonade [425] ! Pourquoi es-tu descendu dans mon empire ?

Le vautour qui mange les entrailles de Tityos [426] releva la tête, Tantale eut la lèvre mouillée, la roue d'Ixion s'arrêta.

Cependant, les Kères [427] étendaient leurs ongles pour retenir les âmes; les Furies en désespoir tordaient les serpents de leurs chevelures; et Cerbère, attaché par toi avec une chaîne, râlait, en bavant de ses trois gueules.

Tu avais laissé la porte entr'ouverte. D'autres sont venus. Le jour des hommes a pénétré le Tartare !

Il sombre dans les ténèbres.

NEPTUNE

Mon trident ne soulève plus de tempêtes. Les monstres qui faisaient peur sont pourris au fond des eaux.

Amphitrite, dont les pieds blancs couraient sur l'écume, les vertes Néréides qu'on distinguait à l'horizon, les Sirènes [428] écailleuses arrêtant les navires pour conter des histoires, et les vieux Tritons qui soufflaient dans les coquillages, tout est mort ! La gaieté de la mer a disparu !

Je n'y survivrai pas ! Que le vaste Océan me recouvre !

Il s'évanouit dans l'azur.

DIANE

habillée de noir, et au milieu de ses chiens devenus des loups :

L'indépendance des grands bois m'a grisée, avec la senteur des fauves et l'exhalaison des marécages. Les femmes, dont je protégeais les grossesses, mettent au monde des enfants morts. La lune tremble sous l'incantation des sorcières. J'ai des désirs de violence et d'immensité. Je veux boire des poisons, me perdre dans les vapeurs, dans les rêves [429] !...

Et un nuage qui passe l'emporte.

MARS

tête nue, ensanglanté :

D'abord, j'ai combattu seul, provoquant par des injures toute une armée, indifférent aux patries et pour le plaisir du carnage.

Puis, j'ai eu des compagnons. Ils marchaient au son des flûtes, en bon ordre, d'un pas égal, respirant par-dessus leurs boucliers, l'aigrette haute, la lance oblique. On se jetait dans la bataille avec de grands cris d'aigle. La guerre était joyeuse comme un festin. Trois cents hommes s'opposèrent à toute l'Asie.

Mais ils reviennent, les Barbares ! et par myriades, par millions ! Puisque le nombre, les machines et la ruse sont plus forts, mieux vaut finir comme un brave !

Il se tue.

VULCAIN

essuyant avec une éponge ses membres en sueur :

Le monde se refroidit. Il faut chauffer les sources, les volcans et les fleuves qui roulent des métaux sous la terre ! — Battez plus dur ! à pleins bras ! de toutes vos forces !

Les Cabires [430] se blessent avec leurs marteaux, s'aveuglent avec les étincelles, et, marchant à tâtons, s'égarent dans l'ombre.

CÉRÈS

debout dans son char, qui est emporté par des roues ayant des ailes à leur moyeu :

Arrête ! arrête !

On avait bien raison d'exclure les étrangers, les athées, les épicuriens et les chrétiens ! Le mystère de la corbeille est dévoilé [431], le sanctuaire profané, tout est perdu !

Elle descend sur une pente rapide, — désespérée, criant, s'arrachant les cheveux.

Ah ! mensonge ! Daïra [432] ne m'est pas rendue ! L'airain m'appelle vers les morts. C'est un autre Tartare ! On n'en revient pas. Horreur !

L'abîme l'engouffre.

BACCHUS

riant, frénétiquement :

Qu'importe ! la femme de l'Archonte [433] est mon épouse ! La loi même tombe en ivresse. A moi le chant nouveau et les formes multiples !

Le feu qui dévora ma mère coule dans mes veines. Qu'il brûle plus fort, dussé-je périr !

Mâle et femelle, bon pour tous, je me livre

à vous, Bacchantes ! je me livre à vous, Bacchants ! et la vigne s'enroulera au tronc des arbres ! Hurlez, dansez, tordez-vous ! Déliez le tigre et l'esclave ! à dents féroces, mordez la chair !

Et Pan, Silène, les Satyres, les Bacchantes, les Mimallonéides et les Ménades, avec leurs serpents, leurs flambeaux, leurs masques noirs, se jettent des fleurs, découvrent un phallus, le baisent, — secouent les tympanons, frappent leurs thyrses, se lapident avec des coquillages, croquent des raisins, étranglent un bouc, et déchirent Bacchus.

APOLLON

fouettant ses coursiers, et dont les cheveux blanchis s'envolent :

J'ai laissé derrière moi Délos la pierreuse, tellement pure que tout maintenant y semble mort; et je tâche de joindre Delphes avant que sa vapeur inspiratrice ne soit complètement perdue [434]. Les mulets broutent son laurier. La Pythie égarée ne se retrouve pas.

Par une concentration plus forte, j'aurai des poèmes sublimes, des monuments éternels; et toute la matière sera pénétrée des vibrations de ma cithare !

Il en pince les cordes. Elles éclatent, lui cinglant la figure. Il la rejette; et battant son quadrige avec fureur :

Non ! assez des formes ! Plus loin encore ! Tout au sommet ! Dans l'idée pure !

Mais les chevaux, reculant, se cabrent, brisent le char; et empêtré par les morceaux du timon, l'emmêlement des harnais, il tombe vers l'abîme, la tête en bas.

Le ciel s'est obscurci.

VÉNUS

violacée par le froid, grelotte.

Je faisais avec ma ceinture tout l'horizon de l'Hellénie.

Ses champs brillaient des roses de mes joues, ses rivages étaient découpés d'après la forme de mes lèvres; et ses montagnes, plus blanches que mes colombes, palpitaient sous la main des statuaires. On retrouvait mon âme dans l'ordonnance des fêtes, l'arrangement des coiffures, le dialogue des philosophes, la constitution des républiques. Mais j'ai trop chéri les hommes ! C'est l'Amour qui m'a déshonorée !

Elle se renverse en pleurant.

Le monde est abominable. L'air manque à ma poitrine !

O Mercure, inventeur de la lyre et conducteur des âmes, emporte-moi !

Elle met un doigt sur sa bouche, et décrivant une immense parabole, tombe dans l'abîme.

On n'y voit plus. Les ténèbres sont complètes.

Cependant il s'échappe des prunelles d'Hilarion comme deux flèches rouges.

ANTOINE

remarque enfin sa haute taille.

Plusieurs fois déjà, pendant que tu parlais, tu m'as semblé grandir; — et ce n'était pas une illusion. Comment ? explique-moi... Ta personne m'épouvante !

Des pas se rapprochent.

Qu'est-ce donc ?

HILARION

étend son bras.

Regarde !

Alors, sous un pâle rayon de lune, Antoine distingue une interminable caravane qui défile sur la crête des roches; — et chaque voyageur, l'un après l'autre, tombe de la falaise dans le gouffre.

Ce sont d'abord les trois grands Dieux [435] de Samothrace, Axieros, Axiokeros, Axiokersa [436], réunis en faisceau, masqués de pourpre et levant leurs mains.

Esculape s'avance d'un air mélancolique, sans même voir Samos et Télesphore [437], qui le questionnent avec angoisse. Sosipolis éléen [438], à forme de python, roule ses anneaux vers l'abîme. Doespœné [439], par vertige, s'y lance elle-même. Britomartis [440], hurlant de peur, se cramponne aux mailles de son filet. Les Centaures arrivent au grand galop, et déboulent pêle-mêle dans le trou noir.

Derrière eux, marche en boitant la troupe lamentable des Nymphes. Celles des prairies sont couvertes de poussière, celles des bois [441] gémissent et saignent, blessées par la hache des bûcherons.

Les Gelludes, les Stryges, les Empuses [442], toutes les déesses infernales, en confondant leurs crocs, leurs torches, leurs vipères, forment une pyramide; — et au sommet, sur une peau de vautour, Eurynome [443], bleuâtre comme les mouches à viande, se dévore les bras.

Puis, dans un tourbillon disparaissent à la fois : Orthia la sanguinaire [444], Hymnie d'Orchomène, la Laphria des Patréens, Aphia d'Égine, Bendis de Thrace, Stymphalia à cuisse d'oiseau. Triopas, au lieu de trois prunelles, n'a plus que trois orbites. Erichtonius [445], les jambes molles, rampe comme un cul-de-jatte sur ses poignets.

HILARION

Quel bonheur, n'est-ce pas, de les voir tous dans l'abjection et l'agonie ! Monte avec moi sur cette pierre; et tu seras comme Xerxès, passant en revue son armée.

Là-bas, très loin, au milieu des brouillards, aperçois-tu ce géant à barbe blonde qui laisse tomber un glaive rouge de sang ? C'est le Scythe Zalmoxis [446], entre deux planètes : Artimpasa — Vénus, et Orsiloché — la Lune.

Plus loin, émergeant des nuages pâles, sont les Dieux [447] qu'on adorait chez les Cimmériens, au delà même de Thulé [448] !

Leurs grandes salles étaient chaudes; et à la lueur des épées nues tapissant la voûte, ils buvaient de l'hydromel dans des cornes d'ivoire. Ils mangeaient le foie de la baleine dans des plats de cuivre battu par des démons; ou bien, ils écoutaient les sorciers captifs faisant aller leurs mains sur les harpes de pierre.

Ils sont las ! ils ont froid ! La neige alourdit leurs peaux d'ours, et leurs pieds se montrent par les déchirures de leurs sandales.

Ils pleurent les prairies, où sur des tertres de gazon ils reprenaient haleine dans la bataille, les longs navires dont la proue coupait les monts de glace, et les patins qu'ils avaient pour suivre l'orbe des pôles, en portant au bout de leurs bras tout le firmament qui tournait avec eux.

Une rafale de givre les enveloppe.

Antoine abaisse son regard d'un autre côté.

Et il aperçoit, — se détachant en noir sur un fond rouge, — d'étranges personnages, avec des mentonnières et des gantelets, qui se renvoient des balles, sautent les uns par-dessus les autres, font des grimaces, dansent frénétiquement.

HILARION

Ce sont les Dieux de l'Étrurie, les innombrables Æsars [449].

Voici Tagès [450], l'inventeur des augures. Il essaye avec une main d'augmenter les divisions du ciel, et, de l'autre, il s'appuie sur la terre. Qu'il y rentre !

Nortia [451] considère la muraille où elle enfonçait des clous pour marquer le nombre des années. La surface en est couverte, et la dernière période accomplie.

Comme deux voyageurs battus par un orage,

Kastur et Pulutuk[452] s'abritent en tremblant sous le même manteau.

ANTOINE

ferme les yeux.

Assez ! assez !

Mais passent dans l'air, avec un grand bruit d'ailes[453], toutes les Victoires du Capitole, — cachant leur front de leurs mains, et perdant les trophées suspendus à leurs bras.

Janus, — maître des crépuscules, s'enfuit sur un bélier noir; et, de ses deux visages, l'un est déjà putréfié, l'autre s'endort de fatigue.

Summanus[454], — dieu du ciel obscur et qui n'a plus de tête, presse contre son cœur un vieux gâteau en forme de roue.

Vesta, — sous une coupole en ruine, tâche de ranimer sa lampe éteinte.

Bellone — se taillade les joues, sans faire jaillir le sang qui purifiait ses dévots.

ANTOINE

Grâce ! ils me fatiguent !

HILARION

Autrefois, ils amusaient !

Et il lui montre dans un bosquet d'aliziers [455], une Femme toute nue [456], — à quatre pattes comme une bête, et saillie par un homme noir, tenant dans chaque main un flambeau.

C'est la déesse d'Aricia, avec le démon Virbius [457]. Son sacerdote, le roi du bois, devait être un assassin; — et les esclaves en fuite, les dépouilleurs de cadavres, les brigands de la voie Salaria, les éclopés du pont Sublicius [458], toute la vermine des galetas de Suburre n'avait pas de dévotion plus chère !

Les patriciennes du temps de Marc-Antoine préféraient Libitina [459].

Et il lui montre, sous des cyprès et des rosiers, une autre Femme [460] — vêtue de gaze. Elle sourit, ayant autour d'elle des pioches, des brancards, des tentures noires, tous les ustensiles des funérailles. Ses diamants brillent de loin sous des toiles d'araignées. Les Larves comme des squelettes montrent leurs os entre les branches, et les Lémures [461], qui sont des fantômes, étendent leurs ailes de chauve-souris.

Sur le bord d'un champ, le dieu Terme, déraciné, penche, tout couvert d'ordures.

Au milieu d'un sillon, le grand cadavre de Vertumne [462] est dévoré par des chiens rouges.

Les Dieux rustiques s'en éloignent en pleurant, Sartor [463], Sarrator, Vervactor, Collina, Vallona, Hostilinus, — tous couverts de petits manteaux à capuchon, et chacun portant, soit un hoyau, une fourche, une claie, un épieu.

HILARION

C'était leur âme qui faisait prospérer la villa, avec ses colombiers, ses parcs de loirs et d'escargots, ses basses-cours défendues par des filets, ses chaudes écuries embaumées de cèdre. Ils protégeaient tout le peuple misérable qui traînait les fers de ses jambes sur les cailloux de la Sabine[464], ceux qui appelaient les porcs au son de la trompe, ceux qui cueillaient les grappes au haut des ormes, ceux qui poussaient par les petits chemins les ânes chargés de fumier. Le laboureur, en haletant sur le manche de sa charrue, les priait de fortifier ses bras; et les vachers à l'ombre des tilleuls, près des calebasses de lait, alternaient leurs éloges[465] sur des flûtes de roseau.

Antoine soupire.

Et au milieu d'une chambre, sur une estrade, se découvre un lit d'ivoire, environné par des gens qui tiennent des torches de sapin.

Ce sont les Dieux du mariage[466]. Ils attendent l'épousée !

Domiduca[467] devait l'amener, Virgo défaire sa ceinture, Subigo l'étendre sur le lit, — et Præma écarter ses bras, en lui disant à l'oreille des paroles douces.

Mais elle ne viendra pas ! et ils congédient les autres : Nona et Decima[468] garde-malades, les trois Nixii accoucheurs, les deux nourrices Educa et Potina, — et Carna berceuse, dont le bouquet d'aubépines éloigne de l'enfant les mauvais rêves.

Plus tard, Ossipago[469] lui aurait affermi les genoux, Barbatus donné la barbe, Stimula les premiers désirs, Volupia la première jouissance, Fabulinus appris à parler, Numera à compter, Camœna à chanter, Consus à réfléchir.

La chambre est vide; et il ne reste plus[470] au bord du lit que Nænia[471] — centenaire, — marmottant pour elle-même la complainte qu'elle hurlait à la mort des vieillards.

Mais bientôt sa voix est dominée par des cris aigus. Ce sont :

LES LARES DOMESTIQUES

accroupis au fond de l'atrium, vêtus de peaux de chien, avec des fleurs autour du corps, tenant leurs mains fermées contre leurs joues, et pleurant tant qu'ils peuvent.

Où est la portion de nourriture qu'on nous donnait à chaque repas, les bons soins de la servante, le sourire de la matrone, et la gaieté des petits garçons jouant aux osselets sur les mosaïques de la cour ? Puis, devenus grands ils suspendaient à notre poitrine leur bulle d'or ou de cuir.

Quel bonheur, quand, le soir d'un triomphe, le maître en rentrant tournait vers nous ses yeux humides ! Il racontait ses combats; et l'étroite maison [472] était plus fière qu'un palais et sacrée comme un temple.

Qu'ils étaient doux les repas de famille, surtout le lendemain des Feralia [473] ! Dans la tendresse pour les morts, toutes les discordes s'apaisaient; et on s'embrassait, en buvant aux gloires du passé et aux espérances de l'avenir.

Mais les aïeux de cire peinte, enfermés derrière nous, se couvrent lentement de moisissure. Les races nouvelles, pour nous punir de leurs déceptions, nous ont brisé la mâchoire; sous la dent des rats nos corps de bois s'émiettent.

Et les innombrables Dieux [474] veillant aux portes, à la cuisine, au cellier, aux étuves, se dispersent de tous les côtés, — sous l'apparence d'énormes fourmis qui trottent ou de grands papillons qui s'envolent.

CRÉPITUS [475]

se fait entendre.

Moi aussi l'on m'honora jadis. On me faisait des libations. Je fus un Dieu [476] !

L'Athénien me saluait comme un présage de fortune, tandis que le Romain dévot me maudissait les poings levés et que le pontife d'Égypte, s'abstenant de fèves, tremblait à ma voix et pâlissait à mon odeur.

Quand le vinaigre militaire coulait sur les barbes non rasées, qu'on se régalait de glands, de pois [477] et d'oignons crus et que le bouc en morceaux cuisait dans le beurre rance des pasteurs, sans souci du voisin, personne alors ne se gênait. Les nourritures solides faisaient les digestions retentissantes. Au soleil de la campagne, les hommes se soulageaient avec lenteur.

Ainsi je passais sans scandale, comme les autres besoins de la vie, comme Mena [478] tourment des vierges, et la douce Rumina qui protège le sein de la nourrice, gonflé de veines bleuâtres. J'étais joyeux. Je faisais rire ! Et se dilatant d'aise à cause de moi, le convive exhalait toute sa gaieté par les ouvertures de son corps.

J'eus mes jours d'orgueil [479]. Le bon Aristophane me promena sur la scène, et l'empereur Claudius Drusus [480] me fit asseoir à sa table. Dans les laticlaves [481] des patriciens j'ai circulé majestueusement ! Les vases d'or, comme des tympanons, résonnaient sous moi ; — et quand plein de murènes, de truffes et de pâtés, l'intestin du maître se dégageait avec fracas, l'univers attentif apprenait que César avait dîné !

Mais à présent, je suis confiné dans la populace, — et l'on se récrie, même à mon nom !

Et Crépitus s'éloigne, en poussant un gémissement.

Puis un coup de tonnerre [482] ;

UNE VOIX

J'étais le Dieu des armées, le Seigneur, le Seigneur Dieu !

J'ai déplié sur les collines les tentes de Jacob, et nourri dans les sables mon peuple qui s'enfuyait.

C'est moi qui ai brûlé Sodome ! C'est moi qui ai englouti la terre sous le Déluge ! C'est moi qui ai noyé Pharaon, avec les princes fils de rois, les chariots de guerre et les cochers.

Dieux jaloux, j'exécrais les autres Dieux [483]. J'ai broyé les impurs; j'ai abattu les superbes; — et ma désolation courait de droite et de gauche, comme un dromadaire qui est lâché dans un champ de maïs.

Pour délivrer Israël, je choisissais les simples. Des anges aux ailes de flamme leur parlaient dans les buissons.

Parfumées de nard, de cinnamome et de myrrhe, avec des robes transparentes et des chaussures à talon haut, des femmes d'un cœur intrépide allaient égorger les capitaines [484]. Le vent qui passait emportait les prophètes.

J'avais gravé ma loi sur des tables de pierre. Elle enfermait mon peuple comme dans une citadelle. C'était mon peuple. J'étais son Dieu ! La terre était à moi, les hommes à moi, avec leurs pensées, leurs œuvres, leurs outils de labourage et leur postérité.

Mon arche reposait dans un triple sanctuaire, derrière des courtines de pourpre et des candélabres allumés. J'avais, pour me servir, toute une tribu qui balançait des encensoirs, et le grand prêtre en robe d'hyacinthe, portant sur sa poitrine des pierres précieuses, disposées dans un ordre symétrique.

Malheur ! malheur ! Le Saint-des-Saints s'est ouvert, le voile s'est déchiré, les parfums de l'holocauste se sont perdus à tous les vents. Le chacal piaule dans les sépulcres; mon temple est détruit, mon peuple est dispersé !

On a étranglé les prêtres avec les cordons de leurs habits. Les femmes sont captives, les vases sont tous fondus !

La voix s'éloignant :

J'étais le Dieu des armées, le Seigneur, le Seigneur Dieu !

Alors il se fait un silence énorme, une nuit profonde.

ANTOINE

Tous sont passés [485].

QUELQU'UN

Il reste moi !

Et Hilarion est devant lui, — mais transfiguré, beau comme un archange, lumineux comme un soleil, — et tellement grand que pour le voir

ANTOINE

se renverse la tête.

Qui donc es-tu ?

HILARION

Mon royaume est de la dimension de l'univers; et mon désir [486] n'a pas de bornes. Je vais toujours, affranchissant l'esprit et pesant les mondes, sans haine, sans peur, sans pitié, sans amour et sans Dieu. On m'appelle la Science.

ANTOINE

se rejette en arrière :

Tu dois être plutôt... le Diable !

HILARION

en fixant sur lui ses prunelles :

Veux-tu le voir ?

ANTOINE

ne se détache plus de ce regard; il est saisi par la curiosité du Diable. Sa terreur augmente, son envie devient démesurée.

Si je le voyais pourtant... si je le voyais ?...

Puis dans un spasme de colère :

L'horreur que j'en ai m'en débarrassera pour toujours. — Oui !

Un pied fourchu se montre.
Antoine a regret.
Mais le Diable l'a jeté sur ses cornes, et l'enlève.

VI

Il vole sous lui, étendu comme un nageur; — ses deux ailes grandes ouvertes, en le cachant tout entier, semblent un nuage.

ANTOINE

Où vais-je ?

Tout à l'heure j'ai entrevu la forme du Maudit. Non ! une nuée m'emporte. Peut-être que je suis mort, et que je monte vers Dieu ?...

Ah ! comme je respire bien ! L'air immaculé me gonfle l'âme. Plus de pesanteur ! plus de souffrance !

En bas, sous moi, la foudre éclate, l'horizon s'élargit, des fleuves s'entre-croisent. Cette tache blonde c'est le désert, cette flaque d'eau l'Océan.

Et d'autres océans paraissent, d'immenses régions que je ne connaissais pas. Voici les pays noirs qui fument comme des brasiers, la zone des neiges obscurcie toujours par des brouillards. Je tâche de découvrir les montagnes où le soleil, chaque soir, va se coucher.

LE DIABLE [487]

Jamais le soleil ne se couche !

Antoine n'est pas surpris de cette voix. Elle lui semble un écho de sa pensée, — une réponse de sa mémoire.

Cependant la terre prend la forme d'une boule; et il l'aperçoit au milieu de l'azur qui tourne sur ses pôles, en tournant autour du soleil.

LE DIABLE

Elle ne fait donc pas le centre du monde ? Orgueil de l'homme, humilie-toi !

ANTOINE

A peine maintenant si je la distingue. Elle se confond avec les autres feux.

Le firmament n'est qu'un tissu d'étoiles.

Ils montent toujours.

Aucun bruit ! pas même le croassement des aigles ! Rien !... et je me penche pour écouter l'harmonie des planètes.

LE DIABLE

Tu ne les entendras pas ! Tu ne verras pas, non plus, l'antichtone de Platon [488], le foyer de Philolaüs [489], les sphères d'Aristote [490], ni les sept cieux des Juifs avec les grandes eaux par-dessus la voûte de cristal !

ANTOINE

D'en bas elle paraissait solide comme un mur. Je la pénètre, au contraire, je m'y enfonce !

Et il arrive devant la lune, — qui ressemble à un morceau de glace tout rond, plein d'une lumière immobile.

LE DIABLE

C'était autrefois le séjour des âmes. Le bon Pythagore l'avait même garnie d'oiseaux et de fleurs magnifiques.

ANTOINE

Je n'y vois que des plaines désolées, avec des cratères éteints, sous un ciel tout noir.

Allons vers ces astres d'un rayonnement plus doux, afin de contempler les anges qui les tiennent au bout de leurs bras, comme des flambeaux [491].

LE DIABLE

l'emporte au milieu des étoiles.

Elles s'attirent en même temps qu'elles se repoussent. L'action de chacune résulte des autres et y contribue, — sans le moyen d'un auxiliaire, par la force d'une loi, la seule vertu de l'ordre.

ANTOINE

Oui... oui ! mon intelligence l'embrasse ! C'est une joie supérieure aux plaisirs de la tendresse ! Je halète stupéfait devant l'énormité de Dieu !

LE DIABLE

Comme le firmament qui s'élève à mesure que tu montes, il grandira sous l'ascension de ta pensée ; — et tu sentiras augmenter ta joie, d'après cette découverte du monde, dans cet élargissement de l'infini.

ANTOINE

Ah ! plus haut ! plus haut ! toujours [492] !

Les astres se multiplient, scintillent. La Voie lactée au zénith se développe comme une immense ceinture, ayant des trous par intervalles; dans ces fentes de sa clarté, s'allongent des espaces de ténèbres. Il y a des pluies d'étoiles, des traînées de poussière d'or [493], des vapeurs lumineuses qui flottent et se dissolvent.

Quelquefois une comète passe tout à coup; — puis la tranquillité des lumières innombrables recommence.

Antoine, les bras ouverts, s'appuie sur les deux cornes du Diable, en occupant ainsi toute l'envergure.

Il se rappelle avec dédain l'ignorance des anciens jours, la médiocrité de ses rêves. Les voilà donc près de lui ces globes lumineux qu'il contemplait d'en bas ! Il distingue l'entre-croisement de leurs lignes, la complexité de leurs directions. Il les voit venir de loin, — et suspendus comme des pierres dans une fronde, décrire leurs orbites, pousser leurs hyperboles.

Il aperçoit d'un seul regard la Croix du sud et la Grande Ourse, le Lynx et le Centaure, la nébuleuse [494] de la Dorade, les six soleils dans la constellation d'Orion, Jupiter avec ses quatre satellites, et le triple anneau du monstrueux Saturne ! toutes les planètes, tous les astres que les hommes plus tard découvriront ! Il emplit ses yeux de leurs lumières, il surcharge sa pensée du calcul de leurs distances; puis sa tête retombe.

Quel est le but de tout cela ?

LE DIABLE

Il n'y a pas de but !

Comment Dieu aurait-il un but ? Quelle expérience a pu l'instruire, quelle réflexion le déterminer ?

Avant le commencement il n'aurait pas agi, et maintenant il serait inutile.

ANTOINE

Il a créé le monde pourtant, d'une seule fois, par sa parole !

LE DIABLE

Mais les êtres qui peuplent la terre y viennent successivement. De même, au ciel, des astres nouveaux surgissent, — effets différents de causes variées.

ANTOINE

La variété des causes est la volonté de Dieu !

LE DIABLE

Mais admettre en Dieu plusieurs actes de volonté[495], c'est admettre plusieurs causes et détruire son unité !

Sa volonté n'est pas séparable de son essence.

Il n'a pu avoir une autre volonté, ne pouvant avoir une autre essence; — et puisqu'il existe éternellement, il agit éternellement.

Contemple le soleil ! De ses bords s'échappent de hautes flammes lançant des étincelles, qui se dispersent pour devenir des mondes; — et plus loin que la dernière, au delà de ces profondeurs où tu n'aperçois que la nuit, d'autres soleils tourbillonnent, derrière ceux-là d'autres, et encore d'autres, indéfiniment...

ANTOINE

Assez ! assez ! J'ai peur ! je vais tomber dans l'abîme.

LE DIABLE

s'arrête; et en le balançant mollement :

Le néant n'est pas ! le vide n'est pas ! Partout il y a des corps qui se meuvent sur le fond immuable de l'Étendue; — et comme si, elle était bornée par quelque chose, ce ne serait plus l'étendue, mais un corps, elle n'a pas de limites !

ANTOINE

béant :

Pas de limites !

LE DIABLE

Monte dans le ciel toujours et toujours; jamais tu n'atteindras le sommet ! Descends au-dessous de la terre pendant des milliards de milliards de siècles, jamais tu n'arriveras au fond, — puisqu'il n'y a pas de fond, pas de sommet, ni haut, ni bas, aucun terme; et l'Étendue se trouve comprise dans Dieu qui n'est point une portion de l'espace, telle ou telle grandeur, mais l'immensité !

ANTOINE

lentement :

La matière... alors... ferait partie de Dieu ?

LE DIABLE

Pourquoi non ? Peux-tu savoir où il finit ?

ANTOINE

Je me prosterne au contraire, je m'écrase, devant sa puissance !

LE DIABLE

Et tu prétends le fléchir ! Tu lui parles, tu le décores même de vertus, bonté, justice, clémence, au lieu de reconnaître qu'il possède toutes les perfections !

Concevoir quelque chose au delà, c'est concevoir Dieu au delà de Dieu, l'être par-dessus l'être. Il est donc le seul Être, la seule substance.

Si la Substance pouvait se diviser, elle perdrait sa nature, elle ne serait pas elle, Dieu n'existerait plus. Il est donc indivisible comme infini ; — et s'il avait un corps, il serait composé de parties, il ne serait plus un, il ne serait plus infini. Ce n'est donc pas une personne !

ANTOINE

Comment ? mes oraisons, mes sanglots, les souffrances de ma chair, les transports de mon ardeur, tout cela se serait en allé [496] vers un mensonge... dans l'espace... inutilement, — comme un cri d'oiseau, comme un tourbillon de feuilles mortes !

Il pleure [497] :

Oh ! non ! Il y a par-dessus tout quelqu'un, une grande âme, un Seigneur, un père, que mon cœur adore et qui doit m'aimer !

LE DIABLE

Tu désires que Dieu ne soit pas Dieu; — car s'il éprouvait de l'amour, de la colère ou de la pitié, il passerait de sa perfection à une perfection plus grande, ou plus petite. Il ne peut descendre à un sentiment, ni se contenir dans une forme.

ANTOINE

Un jour, pourtant, je le verrai !

LE DIABLE

Avec les bienheureux, n'est-ce pas ? — quand le fini jouira de l'infini, dans un endroit restreint enfermant l'absolu !

ANTOINE

N'importe, il faut qu'il y ait un paradis pour le bien, comme un enfer pour le mal !

LE DIABLE

L'exigence de ta raison fait-elle la loi des choses ? Sans doute le mal est indifférent à Dieu puisque la terre en est couverte !

Est-ce par impuissance qu'il le supporte, ou par cruauté qu'il le conserve ?

Penses-tu qu'il soit continuellement à rajuster le monde comme une œuvre imparfaite, et qu'il surveille tous les mouvements de tous les êtres depuis le vol du papillon jusqu'à la pensée de l'homme ?

S'il a créé l'univers, sa providence est superflue. Si la Providence existe, la création est défectueuse.

Mais le mal et le bien ne concernent que toi, — comme le jour et la nuit, le plaisir et la peine, la mort et la naissance, qui sont relatifs à un coin de l'étendue, à un milieu spécial, à un intérêt particulier. Puisque l'infini seul est permanent, il y a l'Infini ; — et c'est tout !

Le Diable a progressivement étiré ses longues ailes ; maintenant elles couvrent l'espace.

ANTOINE

n'y voit plus. Il défaille.

Un froid horrible me glace jusqu'au fond de l'âme. Cela excède la portée de la douleur ! C'est comme une mort plus profonde que la mort. Je roule dans l'immensité des ténèbres. Elles entrent en moi. Ma conscience éclate sous cette dilatation du néant !

LE DIABLE

Mais les choses ne t'arrivent que par l'intermédiaire de ton esprit. Tel qu'un miroir concave il déforme les objets; — et tout moyen te manque pour en vérifier l'exactitude.

Jamais tu ne connaîtras l'univers dans sa pleine étendue; par conséquent tu ne peux te faire une idée de sa cause, avoir une notion juste de Dieu, ni même dire que l'univers est infini, — car il faudrait d'abord connaître l'Infini !

La Forme est peut-être une erreur de tes sens, la Substance une imagination de ta pensée.

A moins que le monde étant un flux perpétuel des choses, l'apparence au contraire ne soit tout ce qu'il y a de plus vrai, l'illusion la seule réalité.

Mais es-tu sûr de voir ? es-tu même sûr de vivre ? Peut-être qu'il n'y a rien !

Le Diable a pris Antoine; et le tenant au bout de ses bras, il le regarde, la gueule ouverte, prêt à le dévorer.

Adore-moi donc ! et maudis le fantôme que tu nommes Dieu !

Antoine lève les yeux, par un dernier mouvement d'espoir.
Le Diable l'abandonne.

VII

ANTOINE

se retrouve étendu sur le dos, au bord de la falaise.
Le ciel commence à blanchir.

Est-ce la clarté de l'aube, ou bien un reflet de la lune ?

Il tâche de se soulever, puis retombe; et en claquant des dents :

J'éprouve une fatigue... comme si tous mes os étaient brisés !

Pourquoi ?

Ah ! c'est le Diable ! je me souviens; — et même il me redisait tout ce que j'ai appris chez le vieux Didyme [498] des opinions de Xénophane, d'Héraclite, de Mélisse, d'Anaxagore [499], sur l'infini, la création, l'impossibilité de rien connaître !

Et j'avais cru pouvoir m'unir à Dieu !

Riant amèrement :

Ah ! démence ! démence ! Est-ce ma faute ? La prière m'est intolérable ! J'ai le cœur plus sec qu'un rocher ! Autrefois il débordait d'amour !...

Le sable, le matin, fumait à l'horizon comme la poussière d'un encensoir; au coucher du soleil, des fleurs de feu s'épanouissaient sur la croix; — et au milieu de la nuit, souvent il m'a semblé que tous les êtres et toutes les choses, recueillis dans le même silence, adoraient avec moi le Seigneur. O charme des oraisons, félicités de l'extase, présents du ciel, qu'êtes-vous devenus !

Je me rappelle un voyage que j'ai fait avec Ammon, à la recherche d'une solitude pour établir des monastères. C'était le dernier soir; et nous pressions nos pas, en murmurant des hymnes, côte à côte, sans parler. A mesure que le soleil s'abaissait, les deux ombres de nos corps s'allongeaient comme deux obélisques 500 grandissant toujours et qui auraient marché devant nous. Avec les morceaux de nos bâtons, çà et là nous plantions des croix pour marquer la place d'une cellule. La nuit fut lente à venir; et des ondes noires se répandaient sur la terre qu'une immense couleur rose occupait encore le ciel.

Quand j'étais un enfant, je m'amusais avec des cailloux à construire des ermitages. Ma mère, près de moi, me regardait.

Elle m'aura maudit pour mon abandon, en arrachant à pleines mains ses cheveux blancs. Et son cadavre est resté étendu au milieu de la cabane, sous le toit de roseaux, entre les murs qui tombent. Par un trou, une hyène en reniflant avance la gueule !... Horreur ! horreur !

Il sanglote.

Non, Ammonaria [501] ne l'aura pas quittée !

Où est-elle maintenant, Ammonaria ?

Peut-être qu'au fond d'une étuve elle retire ses vêtements l'un après l'autre, d'abord le manteau, puis la ceinture, la première tunique, la seconde plus légère, tous ses colliers ; et la vapeur du cinnamome enveloppe ses membres nus. Elle se couche enfin sur la tiède mosaïque. Sa chevelure à l'entour de ses hanches fait comme une toison noire, — et suffoquant un peu dans l'atmosphère trop chaude, elle respire, la taille cambrée, les deux seins en avant. Tiens !... voilà ma chair [502] qui se révolte ! Au milieu du chagrin la concupiscence me torture. Deux supplices à la fois, c'est trop ! Je ne peux plus endurer ma personne !

Il se penche, et regarde le précipice.

L'homme qui tomberait serait tué. Rien de plus facile, en se roulant sur le côté gauche; c'est un mouvement à faire ! un seul.

Alors apparaît

UNE VIEILLE FEMME

Antoine se relève dans un sursaut d'épouvante. — Il croit voir sa mère ressuscitée.

Mais celle-ci est beaucoup plus vieille, et d'une prodigieuse maigreur.

Un linceul, noué autour de sa tête, pend avec ses cheveux blancs jusqu'au bas de ses deux jambes, minces comme des béquilles. L'éclat de ses dents, couleur d'ivoire, rend plus sombre sa peau terreuse. Les orbites de ses yeux sont pleines de ténèbres, et au fond deux flammes vacillent, comme des lampes de sépulcre.

Avance, dit-elle. Qui te retient ?

ANTOINE

balbutiant :

J'ai peur de commettre un péché !

ELLE

reprend :

Mais le roi Saül s'est tué ! Razias [503], un juste, s'est tué ! Sainte Pélagie d'Antioche s'est tuée ! Dominine d'Alep et ses deux filles, trois autres saintes, se sont tuées ; — et rappelle-toi tous les confesseurs qui couraient au-devant des bourreaux, par impatience de la mort. Afin d'en jouir plus vite, les vierges de Milet [504] s'étranglaient avec leurs cordons. Le philosophe Hégésias [505], à Syracuse, la prêchait si bien qu'on désertait les lupanars pour s'aller pendre dans les champs. Les patriciens de Rome se la procurent comme débauche.

ANTOINE

Oui, c'est un amour qui est fort ! Beaucoup d'anachorètes y succombent.

LA VIEILLE

Faire une chose qui vous égale à Dieu, pense donc ! Il t'a créé, tu vas détruire son œuvre, toi, par ton courage, librement [506]. La jouissance d'Érostrate n'était pas supérieure. Et puis, ton corps s'est assez moqué de ton âme pour que tu t'en venges à la fin. Tu ne souffriras pas. Ce sera vite terminé [507] ? Que crains-tu ? un large trou noir ! Il est vide, peut-être ?

Antoine écoute sans répondre; et de l'autre côté paraît :

UNE AUTRE FEMME

jeune et belle, merveilleusement. — Il la prend d'abord pour Ammonaria.

Mais elle est plus grande, blonde comme le miel, très-grasse [508], avec du fard sur les joues et des roses sur la tête. Sa longue robe chargée de paillettes a des miroitements métalliques; ses lèvres charnues paraissent sanguinolentes, et ses paupières un peu lourdes sont tellement noyées de langueur qu'on la dirait aveugle.

Elle murmure :

Vis donc, jouis donc ! Salomon recommande la joie ! Va comme ton cœur te mène et selon le désir de tes yeux !

ANTOINE

Quelle joie trouver ? mon cœur est las, mes yeux sont troubles !

ELLE

reprend :

Gagne le faubourg de Racotis [509], pousse une porte peinte en bleu; et quand tu seras dans l'atrium où murmure un jet d'eau, une femme se présentera — en péplos de soie blanche lamé d'or, les cheveux dénoués, le rire pareil au claquement des crotales. Elle est habile. Tu goûteras dans sa caresse l'orgueil d'une initiation et l'apaisement d'un besoin.

Tu ne connais pas, non plus, le trouble des adultères, les escalades, les enlèvements, la joie de voir toute nue celle qu'on respectait habillée.

As-tu serré contre ta poitrine une vierge qui t'aimait ? Te rappelles-tu les abandons de sa pudeur, et ses remords qui s'en allaient sous un flux de larmes douces [510] ?

Tu peux, n'est-ce pas, vous apercevoir marchant dans les bois sous la lumière de la lune ? A la pression de vos mains jointes un frémissement vous parcourt; vos yeux rapprochés épanchent de l'un à l'autre comme des ondes immatérielles, et votre cœur s'emplit; il éclate; c'est un suave tourbillon, une ivresse débordante...

LA VIEILLE

On n'a pas besoin de posséder les joies pour en sentir l'amertume ! Rien qu'à les voir de loin, le dégoût vous en prend. Tu dois être fatigué par la monotonie des mêmes actions, la durée des jours, la laideur du monde, la bêtise du soleil !

ANTOINE

Oh ! oui, tout ce qu'il éclaire me déplaît !

LA JEUNE

Ermite ! ermite ! tu trouveras des diamants entre les cailloux, des fontaines sous le sable, une délectation dans les hasards que tu méprises ; et même il y a des endroits de la terre si beaux qu'on a envie de la serrer contre son cœur.

LA VIEILLE

Chaque soir, en t'endormant sur elle, tu espères que bientôt elle te recouvrira !

LA JEUNE

Cependant, tu crois à la résurrection de la

chair, qui est le transport de la vie dans l'éternité !

La Vieille [511], pendant qu'elle parlait, s'est encore décharnée; et au-dessus de son crâne, qui n'a plus de cheveux, une chauve-souris fait des cercles dans l'air.

La Jeune [512] est devenue plus grasse. Sa robe chatoie, ses narines battent, ses yeux roulent moelleusement.

LA PREMIÈRE

dit, en ouvrant les bras :

Viens, je suis la consolation, le repos, l'oubli, l'éternelle sérénité !

et

LA SECONDE

en offrant ses seins :

Je suis l'endormeuse, la joie, la vie, le bonheur inépuisable !

Antoine tourne les talons pour s'enfuir. Chacune lui met la main sur l'épaule.

Le linceul s'écarte et découvre le squelette de La Mort [513].

La robe se fend, et laisse voir le corps entier de La Luxure [514], qui a la taille mince avec la croupe énorme et de grands cheveux ondés s'envolant par le bout.

Antoine reste immobile entre les deux, les considérant.

LA MORT

lui dit :

Tout de suite ou tout à l'heure, qu'importe ! Tu m'appartiens comme les soleils, les peuples, les villes, les rois, la neige des monts, l'herbe des champs. Je vole plus haut que l'épervier, je cours plus vite que la gazelle, j'atteins même l'espérance, j'ai vaincu le fils de Dieu !

LA LUXURE

Ne résiste pas; je suis l'omnipotente ! Les forêts [515] retentissent de mes soupirs, les flots sont remués par mes agitations. La vertu, le courage, la piété se dissolvent au parfum de ma bouche. J'accompagne l'homme pendant tous les pas qu'il fait; — et au seuil [516] du tombeau il se retourne vers moi !

LA MORT

Je te découvrirai ce que tu tâchais de saisir, à la lueur des flambeaux, sur la face des morts, — ou quand tu vagabondais au delà des Pyramides, dans ces grands sables composés de débris humains. De temps à autre, un fragment de crâne roulait sous ta sandale. Tu prenais de la poussière, tu la faisais couler entre tes doigts; et ta pensée, confondue avec elle, s'abîmait dans le néant.

LA LUXURE

Mon gouffre est plus profond[517] ! Des marbres ont inspiré d'obscènes amours. On se précipite à des rencontres qui effrayent. On rive des chaînes que l'on maudit. D'où vient l'ensorcellement des courtisanes, l'extravagance des rêves, l'immensité de ma tristesse ?

LA MORT

Mon ironie dépasse toutes les autres ! Il y a des convulsions de plaisir aux funérailles des rois, à l'extermination d'un peuple; — et on fait la guerre avec de la musique, des panaches, des drapeaux, des harnais d'or, un déploiement de cérémonie pour me rendre plus d'hommages.

LA LUXURE

Ma colère vaut la tienne. Je hurle, je mords.

J'ai des sueurs d'agonisant et des aspects de cadavre.

LA MORT

C'est moi qui te rends sérieuse; enlaçons-nous !

La Mort ricane, la Luxure rugit. Elles se prennent par la taille, et chantent ensemble :

— Je hâte la dissolution de la matière !
— Je facilite l'éparpillement des germes !
— Tu détruis, pour mes renouvellements !
— Tu engendres, pour mes destructions !
— Active ma puissance !
— Féconde ma pourriture !

Et leur voix, dont les échos se déroulant emplissent l'horizon, devient tellement forte qu'Antoine en tombe à la renverse.

Une secousse, de temps à autre, lui fait entr'ouvrir les yeux; et il aperçoit au milieu des ténèbres une manière de monstre devant lui.

C'est une tête de mort, avec une couronne de roses. Elle domine un torse de femme d'une blancheur nacrée. En dessous, un linceul étoilé de points d'or fait comme une queue; — et tout le corps ondule, à la manière d'un ver gigantesque qui se tiendrait debout.

La vision s'atténue, disparaît.

ANTOINE

se relève.

Encore une fois c'était le Diable, et sous son double aspect : l'esprit de fornication et l'esprit de destruction.

Aucun des deux ne m'épouvante. Je repousse le bonheur, et je me sens éternel.

Ainsi la mort n'est qu'une illusion, un voile, masquant par endroits la continuité de la vie.

Mais la Substance étant unique, pourquoi les Formes sont-elles variées ?

Il doit y avoir, quelque part, des figures primordiales, dont les corps ne sont que les images. Si on pouvait les voir on connaîtrait le lien de la matière et de la pensée, en quoi l'Être consiste !

Ce sont ces figures-là qui étaient peintes à Babylone sur la muraille du temple de Bélus, et elles couvraient une mosaïque dans le port de Carthage. Moi-même, j'ai quelquefois aperçu dans le ciel comme des formes d'esprit. Ceux qui traversent le désert rencontrent des animaux dépassant toute conception...

Et en face, de l'autre côté du Nil, voilà que le Sphinx apparaît.

Il allonge ses pattes, secoue les bandelettes de son front, et se couche sur le ventre.

Sautant, volant, crachant du feu par ses narines, et de sa queue de dragon se frappant les ailes, la Chimère aux yeux verts, tournoie, aboie.

Les anneaux de sa chevelure, rejetés d'un côté, s'entremêlent aux poils de ses reins, et de l'autre ils pendent jusque sur le sable et remuent au balancement de tout son corps.

LE SPHINX

est immobile, et regarde la Chimère :

Ici, Chimère; arrête-toi !

LA CHIMÈRE

Non, jamais !

LE SPHINX

Ne cours pas si vite, ne vole pas si haut, n'aboie pas si fort !

LA CHIMÈRE

Ne m'appelle plus, ne m'appelle plus, puisque tu restes toujours muet !

LE SPHINX

Cesse de me jeter tes flammes au visage et de pousser tes hurlements dans mon oreille; tu ne fondras pas mon granit !

LA CHIMÈRE

Tu ne me saisiras pas, sphinx terrible !

LE SPHINX

Pour demeurer avec moi, tu es trop folle !

LA CHIMÈRE

Pour me suivre, tu es trop lourd !

LE SPHINX

Où vas-tu donc, que tu cours si vite ?

LA CHIMÈRE

Je galope dans les corridors du labyrinthe, je plane sur les monts, je rase les flots, je jappe au fond des précipices, je m'accroche par la gueule au pan des nuées; avec ma queue traînante, je raye les plages, et les collines ont pris leur courbe selon la forme de mes épaules. Mais toi, je te retrouve perpétuellement immobile, ou bien du bout de ta griffe dessinant des alphabets sur le sable.

LE SPHINX

C'est que je garde mon secret ! Je songe [518] et je calcule.

La mer se retourne dans son lit, les blés se balancent sous le vent, les caravanes passent, la poussière s'envole, les cités s'écroulent; — et mon regard, que rien ne peut dévier, demeure tendu à travers les choses sur un horizon inaccessible.

LA CHIMÈRE

Moi, je suis légère et joyeuse ! Je découvre aux hommes des perspectives éblouissantes avec des paradis dans les nuages et des félicités lointaines. Je leur verse à l'âme les éternelles démences, projets de bonheur, plans d'avenir, rêves de gloire, et les serments d'amour et les résolutions vertueuses.

Je pousse aux périlleux voyages et aux grandes entreprises. J'ai ciselé avec mes pattes les merveilles des architectures. C'est moi qui ai suspendu les clochettes au tombeau de Porsenna [519], et entouré d'un mur d'orichalque [520] les quais de l'Atlantide [521].

Je cherche des parfums nouveaux, des fleurs plus larges, des plaisirs inéprouvés. Si j'aperçois quelque part un homme dont l'esprit repose dans la sagesse, je tombe dessus, et je l'étrangle [522].

LE SPHINX

Tous ceux que le désir de Dieu tourmente, je les ai dévorés [523].

Les plus forts, pour gravir jusqu'à mon front royal, montent aux stries de mes bandelettes comme sur les marches d'un escalier. La lassitude les prend; et ils tombent [524] d'eux-mêmes à la renverse.

Antoine commence à trembler.
Il n'est plus devant sa cabane, mais dans le désert, — ayant à ses côtés ces deux bêtes monstrueuses, dont la gueule lui effleure l'épaule.

LE SPHINX

O Fantaisie, emporte-moi sur tes ailes pour désennuyer ma tristesse !

LA CHIMÈRE

O Inconnu, je suis amoureuse de tes yeux ! Comme une hyène en chaleur je tourne autour de toi, sollicitant les fécondations dont le besoin me dévore.

Ouvre la gueule, lève tes pieds, monte sur mon dos !

LE SPHINX

Mes pieds, depuis qu'ils sont à plat, ne peuvent plus se relever. Le lichen, comme une dartre, a poussé sur ma gueule. A force de songer, je n'ai plus rien à dire.

LA CHIMÈRE

Tu mens, sphinx hypocrite ! D'où vient toujours que tu m'appelles et me renies ?

LE SPHINX

C'est toi, caprice indomptable, qui passe et tourbillonne [525] !

LA CHIMÈRE

Est-ce ma faute ? Comment ? laisse-moi !

Elle aboie.

LE SPHINX

Tu remues, tu m'échappes !

Il grogne.

LA CHIMÈRE

Essayons ! — tu m'écrases !

LE SPHINX

Non ! impossible !

Et en s'enfonçant peu à peu, il disparaît dans le sable, — tandis que la Chimère, qui rampe, la langue tirée, s'éloigne en décrivant des cercles.
L'haleine de sa bouche a produit un brouillard.
Dans cette brume, Antoine aperçoit des enroulements de nuages, des courbes indécises.
Enfin, il distingue comme des apparences de corps humains.
Et d'abord s'avance

LE GROUPE DES ASTOMI [526]

pareils à des bulles d'air que traverse le soleil.

Ne souffle pas trop fort ! Les gouttes de pluie nous meurtrissent, les sons faux [527] nous écorchent, les ténèbres nous aveuglent. Composés de brises et de parfums, nous roulons, nous flottons — un peu plus que des rêves, pas des êtres tout à fait...

LES NISNAS [528]

n'ont qu'un œil [529], qu'une joue, qu'une main, qu'une jambe, qu'une moitié du corps, qu'une moitié du cœur. Et ils disent, très haut :

Nous vivons fort à notre aise dans nos moitiés de maisons, avec nos moitiés de femmes et nos moitiés d'enfants.

LES BLEMMYES [530]

absolument privés de tête :

Nos épaules en sont plus larges; — et il n'y a pas de bœuf, de rhinocéros ni d'éléphant qui soit capable de porter ce que nous portons.

Des espèces de traits, et comme une vague figure empreinte sur nos poitrines, voilà tout ! Nous pensons des digestions, nous subtilisons des sécrétions. Dieu, pour nous, flotte en paix dans des chyles intérieurs.

Nous marchons droit notre chemin, traversant toutes les fanges, côtoyant tous les abîmes; — et nous sommes les gens les plus laborieux, les plus heureux, les plus vertueux.

LES PYGMÉES [531]

Petits bonshommes, nous grouillons sur le monde comme de la vermine sur la bosse d'un dromadaire.

On nous brûle, on nous noie, on nous écrase; et toujours, nous reparaissons, plus vivaces et plus nombreux, — terribles par la quantité !

LES SCIAPODES [532]

Retenus à la terre par nos chevelures, longues comme des lianes, nous végétons à l'abri de nos pieds, larges comme des parasols; et la lumière nous arrive à travers l'épaisseur de nos talons. Point de dérangement et point de travail ! — la tête [533] le plus bas possible, c'est le secret du bonheur !

Leurs cuisses levées ressemblant à des troncs d'arbres se multiplient.

Et une forêt paraît. De grands singes y courent à quatre pattes; ce sont des hommes à tête de chien.

LES CYNOCÉPHALES [534]

Nous sautons de branche en branche pour sucer les œufs [535], et nous plumons les oisillons;

puis nous mettons leurs nids sur nos têtes, en guise de bonnets.

Nous ne manquons pas d'arracher les pis des vaches; et nous crevons [536] les yeux des lynx, nous fientons du haut des arbres, nous étalons notre turpitude en plein soleil.

Lacérant les fleurs, broyant les fruits, troublant les sources, violant les femmes, nous sommes les maîtres, — par la force de nos bras et la férocité de notre cœur.

Hardi, compagnons ! Faites claquer vos mâchoires !

Du sang et du lait coulent de leurs babines. La pluie ruisselle sur leurs dos velus.

Antoine hume la fraîcheur des feuilles vertes.

Elles s'agitent, les branches s'entre-choquent; et tout à coup paraît un grand cerf noir, à tête de taureau, qui porte entre les oreilles un buisson de cornes blanches.

LE SADHUZAG [537]

Mes soixante-quatorze andouillers sont creux comme des flûtes.

Quand je me tourne vers le vent du sud, il en part des sons qui attirent à moi les bêtes ravies. Les serpents s'enroulent à mes jambes, les guêpes se collent dans mes narines, et les perroquets, les colombes et les ibis s'abattent dans mes rameaux. — Écoute !

Il renverse son bois, d'où s'échappe une musique ineffablement douce.

Antoine presse son cœur à deux mains. Il lui semble que cette mélodie va emporter son âme.

LE SADHUZAG

Mais quand je me tourne vers le vent du nord, mon bois, plus touffu qu'un bataillon de lances, exhale un hurlement; les forêts tressaillent, les fleuves remontent, la gousse des fruits éclate, et les herbes se dressent comme la chevelure d'un lâche.

— Écoute !

Il penche ses rameaux, d'où sortent des cris discordants; Antoine est comme déchiré.

Et son horreur augmente en voyant [538] :

LE MARTICHORAS [539]

gigantesque lion rouge, à figure humaine, avec trois rangées de dents.

Les moires de mon pelage écarlate se mêlent au miroitement des grands sables. Je souffle par mes narines l'épouvante des solitudes. Je crache la peste. Je mange les armées, quand elles s'aventurent dans le désert.

Mes ongles sont tordus en vrilles, mes dents sont taillées en scie; et ma queue, qui se contourne, est hérissée de dards que je lance à droite, à gauche, en avant, en arrière. — Tiens ! tiens !

Le Martichoras jette les épines de sa queue, qui s'irradient comme des flèches dans toutes les directions. Des gouttes de sang pleuvent, en claquant sur le feuillage.

LE CATOBLEPAS [540]

buffle noir, avec une tête de porc tombant jusqu'à terre, et rattachée à ses épaules par un cou mince, long et flasque comme un boyau vidé.

Il est vautré tout à plat; et ses pieds disparaissent sous l'énorme crinière à poils durs qui lui couvre le visage.

Gras, mélancolique, farouche, je reste continuellement à sentir [541] sous mon ventre la chaleur de la boue. Mon crâne [542] est tellement lourd qu'il m'est impossible de le porter. Je le roule autour de moi, lentement; — et la mâchoire entr'ouverte, j'arrache avec ma langue les herbes vénéneuses arrosées de mon haleine. Une fois, je me suis dévoré les pattes sans m'en apercevoir.

Personne, Antoine, n'a jamais vu mes yeux, ou ceux qui les ont vus sont morts. Si je relevais mes paupières, — mes paupières roses et gonflées, — tout de suite, tu mourrais.

ANTOINE

Oh ! celui-là !... a... a... Si j'allais avoir envie ?... Sa stupidité m'attire. Non ! non ! je ne veux pas !

Il regarde par terre fixement.

Mais les herbes s'allument, et dans les torsions des flammes se dresse

LE BASILIC [543]

grand serpent violet à crête trilobée, avec deux dents, une en haut, une en bas.

Prends garde, tu vas tomber dans ma gueule ! Je bois du feu. Le feu, c'est moi; — et de partout j'en aspire : des nuées, des cailloux, des arbres morts, du poil des animaux, de la surface des marécages. Ma température entretient les volcans; je fais l'éclat des pierreries et la couleur des métaux.

LE GRIFFON [544]

lion à bec de vautour avec des ailes blanches, les pattes rouges et le cou bleu.

Je suis le maître des splendeurs profondes. Je connais le secret des tombeaux où dorment les vieux rois.

Une chaîne, qui sort du mur, leur tient la tête droite. Près d'eux, dans des bassins de porphyre, des femmes qu'ils ont aimées flottent sur des liquides noirs. Leurs trésors sont rangés dans des salles, par losanges, par monticules, par pyramides; et plus bas, bien au-dessous des tombeaux, après de longs voyages au milieu des ténèbres étouffantes, il y a des fleuves d'or avec des forêts de diamant, des prairies d'escarboucles, des lacs de mercure.

Adossé contre la porte du souterrain et la griffe en l'air, j'épie de mes prunelles flamboyantes ceux qui voudraient venir. La plaine immense, jusqu'au fond de l'horizon est toute nue et blanchie par les ossements des voyageurs. Pour toi les battants de bronze s'ouvriront, et tu humeras la vapeur des mines, tu descendras dans les cavernes... Vite ! vite !

Il creuse la terre avec ses pattes, en criant comme un coq.

Mille voix lui répondent. La forêt tremble.

Et toutes sortes de bêtes effroyables surgissent : le Tragelaphus[545], moitié cerf et moitié bœuf; le Myrmecoleo, lion par devant, fourmi par derrière, et dont les génitoires sont à rebours; le python Aksar, de soixante coudées, qui épouvanta Moïse; la grande belette Pastinaca, qui tue les arbres par son odeur; le Presteros, qui rend imbécile par son contact; le Mirag, lièvre cornu, habitant des îles de la mer. Le léopard Phalmant crève son ventre à force de hurler; le Senad, ours à trois têtes, déchire ses petits avec sa langue; le chien Cépus répand sur les rochers le lait bleu de ses mamelles. Des moustiques se mettent à bourdonner, des crapauds à sauter, des serpents à siffler. Des éclairs brillent. La grêle tombe.

Il arrive des rafales, pleines d'anatomies merveilleuses. Ce sont des têtes d'alligators sur des pieds de chevreuil, des hiboux à queue de serpent, des pourceaux à mufle de tigre, des chèvres à croupe d'âne, des grenouilles velues comme des ours, des caméléons grands comme des hippopotames, des veaux à deux têtes dont l'une pleure et l'autre beugle, des fœtus quadruples se tenant par le nombril et valsant comme des toupies, des ventres ailés qui voltigent comme des moucherons.

Il en pleut du ciel, il en sort de terre, il en coule des roches. Partout des prunelles flamboient, des gueules rugissent; les poitrines se bombent, les griffes s'allongent, les dents grincent, les chairs clapotent. Il y en a qui accouchent, d'autres copulent, ou d'une seule bouchée s'entre-dévorent.

S'étouffant sous leur nombre, se multipliant par

leur contact, ils grimpent les uns sur les autres; — et tous remuent autour d'Antoine avec un balancement régulier, comme si le sol était le pont d'un navire. Il sent contre ses mollets la traînée des limaces, sur ses mains le froid des vipères; et des araignées filant leur toile l'enferment dans leur réseau.

Mais le cercle des monstres s'entr'ouvre, le ciel tout à coup devient bleu, et

LA LICORNE [546]

se présente.

Au galop ! au galop !

J'ai des sabots d'ivoire, des dents d'acier, la tête couleur de pourpre, le corps couleur de neige, et la corne de mon front porte les bariolures de l'arc-en-ciel.

Je voyage de la Chaldée au désert tartare, sur les bords du Gange et dans la Mésopotamie. Je dépasse les autruches. Je cours si vite que je traîne le vent. Je frotte mon dos contre les palmiers. Je me roule dans les bambous. D'un bond je saute les fleuves. Des colombes volent au-dessus de moi. Une vierge seule peut me brider.

Au galop ! au galop !

Antoine la regarde s'enfuir.

Et ses yeux restant levés, il aperçoit tous les oiseaux qui se nourrissent de vent : le Gouith [547], l'Ahuti, l'Alphalim, le Iukneth des montagnes de Caff, les Homaï des Arabes qui sont les âmes d'hommes assassinés. Il entend les perroquets proférer des paroles humaines, puis les grands palmipèdes pélasgiens [548] qui sanglotent comme des enfants ou ricanent comme de vieilles femmes.

Un air salin le frappe aux narines. Une plage maintenant est devant lui.

Au loin des jets d'eau s'élèvent, lancés par des baleines; et du fond de l'horizon

LES BÊTES DE LA MER

rondes comme des outres, plates comme des lames, dentelées comme des scies, s'avancent en se traînant sur le sable.

Tu vas venir avec nous, dans nos immensités où personne encore n'est descendu !

Des peuples divers habitent les pays de l'Océan. Les uns sont au séjour des tempêtes : d'autres nagent en plein dans la transparence des ondes froides, broutent comme des bœufs les plaines de corail, aspirent par leur trompe le reflux des marées, ou portent sur leurs épaules le poids des sources de la mer.

Des phosphorescences brillent à la moustache des phoques, aux écailles des poissons. Des oursins tournent comme des roues, des cornes d'Ammon [549] se déroulent comme des câbles, des huîtres font crier leurs charnières, des polypes déploient leurs tentacules, des méduses frémissent pareilles à des boules de cristal, des éponges flottent, des anémones crachent de l'eau; des mousses, des varechs ont poussé.

Et toutes sortes de plantes s'étendent en rameaux, se tordent en vrilles, s'allongent en pointes, s'arrondissent en éventail. Des courges ont l'air de seins, des lianes s'enlacent comme des serpents.

Les Dedaïms de Babylone [550], qui sont des arbres, ont pour fruits des têtes humaines; des Mandragores [551] chantent, la racine Baaras [552] court dans l'herbe.

Les végétaux maintenant ne se distinguent plus des animaux. Des polypiers, qui ont l'air de sycomores, portent des bras sur leurs branches. Antoine croit voir une chenille entre deux feuilles; c'est un papillon qui s'envole. Il va pour marcher sur un galet; une sauterelle grise bondit. Des insectes pareils à des pétales de roses garnissent un arbuste; des débris d'éphémères font sur le sol une couche neigeuse.

Et puis les plantes se confondent avec les pierres.

Des cailloux ressemblent à des cerveaux, des stalactites à des mamelles, des fleurs de fer à des tapisseries ornées de figures.

Dans des fragments de glace, il distingue des efflorescences, des empreintes de buissons et de coquilles — à ne savoir si ce sont les empreintes de ces choses-là, ou ces choses elles-mêmes. Des diamants brillent comme des yeux, des minéraux palpitent.

Et il n'a plus peur !

Il se couche à plat ventre, s'appuie sur les deux coudes; et retenant son haleine, il regarde.

Des insectes n'ayant plus d'estomac continuent à manger; des fougères desséchées se remettent à fleurir; des membres qui manquaient repoussent.

Enfin, il aperçoit de petites masses globuleuses, grosses comme des têtes d'épingles et garnies de cils tout autour. Une vibration les agite.

ANTOINE

délirant :

O bonheur ! bonheur [553] ! j'ai vu naître la vie, j'ai vu le mouvement commencer. Le sang de mes veines bat si fort qu'il va les rompre. J'ai envie de voler, de nager, d'aboyer, de beugler, de hurler. Je voudrais avoir des ailes [554], une carapace, une écorce, souffler de la fumée, porter une trompe, tordre mon corps, me diviser partout, être en tout, m'émaner avec les odeurs, me développer comme les plantes, couler comme l'eau, vibrer comme le son, briller comme la lumière, me blottir sur toutes les formes, pénétrer chaque atome, descendre jusqu'au fond de la matière, — être la matière[555] !

Le jour enfin paraît; et comme les rideaux d'un tabernacle qu'on relève, des nuages d'or en s'enroulant à larges volutes découvrent le ciel.

Tout au milieu, et dans le disque même du soleil rayonne la face de Jésus-Christ.

Antoine fait le signe de la croix et se remet en prières.

NOTES ET VARIANTES

Le texte de notre édition est celui de l'édition définitive (Charpentier, 1880). Toute comparaison du texte de 1880 avec le texte de 1849 et celui de 1856 est exclue de notre commentaire; elle dépasserait de beaucoup les limites de ce travail, puisqu'il s'agit en réalité de trois œuvres distinctes. C'est le texte seul de 1880 que nous étudions.

Les renvois aux variantes sont indiqués de la façon suivante :

Édition originale (1874) = Orig.
Édition Quantin (1900) = Q.
Édition Conard (1910) = C.

1. VAR. La cabane de l'ermite... (C.)

2. VAR. d'une teinte gris perle... (Q. et C.)

3. VAR. Ces raies de flamme... (Q.)

4. VAR. tout paraît dur... (C.)

5. « Encore un jour ! un jour de passé ! » Dans ce monologue initial d'Antoine, Flaubert a résumé, en le transposant du concret dans l'abstrait, tout le début infiniment plus varié, plus touffu et plus dramatique, de la *Tentation* de 1849. Dans cette première version, « la voix du démon et des fantômes autour d'Antoine, celle du cochon à ses pieds, expriment, dans le langage du grotesque et de l'ignoble, tous les sentiments d'Antoine, les reprennent sur une autre clef, dédoublent la scène, comme celle d'un mystère du moyen âge, en un haut et un bas : Quand Antoine exprime son immense ennui, c'est en ces termes que le cochon lui fait écho : « Je m'embête à outrance; j'aimerais mieux me voir réduit en jambons et pendu par les jarrets aux crocs des

charcutiers. » Le cochon, c'est, dans la première *Tentation*, cet esprit du « grotesque triste » qui hallucinait Flaubert ». (A. THIBAUDET, *Gustave Flaubert*, Gallimard, 1936, p. 169.)

On n'a pas manqué de souligner l'analogie entre ce début de la *Tentation* et le *Faust* de Gœthe. (Cf. en particulier L. DEGOUMOIS, *Flaubert à l'école de Gœthe*, p. 52 et suiv.)

6. « Tous me blâmaient lorsque j'ai quitté la maison... » Dans cette évocation de la vie de saint Antoine, Flaubert a suivi généralement la tradition. La source principale est le livre attribué à saint Athanase, *Biographie et méthode de vie de notre saint père Antoine*. Autour de ce récit, les légendes ont pullulé au moyen âge. Flaubert s'est inspiré de l'un et des autres, sans beaucoup de discernement, au moins dans les deux premières *Tentations*, où il s'appuie plus sur les documents du moyen âge que sur les textes antiques, et où, pour ce motif, les anachronismes abondent. Il a fait disparaître ces anachronismes, pour la plupart, dans la dernière version. Voir, sur cette question, l'excellente étude historique dans l'édition Conard, p. 655 à 665.

7. « Didyme », qui mourut vers 395, était aveugle; très savant dans les sciences sacrées, il dirigea l'école d'Alexandrie pendant soixante ans.

8. « le Paneum », cf. plus loin, p. 30, où ce nom est défini. Paneum, qui était le nom d'une montagne de Palestine, près de laquelle le Jourdain prend sa source, désigne aussi une colline artificielle, plantée de jardins, dans Alexandrie.

9. « Cimmériens. » Ce peuple habitait sur les deux rives du Dniéper, dans la région qui est aujourd'hui la Crimée.

10. « les Gymnosophistes du Gange », littéralement : « les sages nus », secte de solitaires, dont parlent Pline, Apulée, saint Augustin, etc., et qui vivaient dans l'*India intra Gangem*, suivant Ptolémée. On peut les considérer comme les ancêtres des brahmanes.

11. « Manès », fondateur de la secte hérétique des Manichéens. Il vécut au IIIe siècle. Originaire de Perse, il emprunta à la religion de Zoroastre la dualité des deux principes, le bien et le mal, la lumière et les ténèbres; — Valentin, hérésiarque

alexandrin du IIe siècle, qui n'admettait pas la divinité du Christ et enseignait que Dieu se manifeste par des émanations successives; — Basilide, à la même époque, professait à Alexandrie que le monde avait été créé par des intelligences successives émanées de Dieu, que Jésus avait pris la figure de Simon le Cyrénéen crucifié à sa place et que l'âme humaine se purifiait en passant dans des corps successifs; — Arius, fondateur de l'arianisme, vécut au IIIe siècle; les Ariens nient l'égalité parfaite des trois personnes de la Trinité, le Fils n'étant qu'une création du Père, qui lui reste subordonnée.

12. « Leurs discours me reviennent parfois dans la mémoire... » Flaubert a abrégé, dans la dernière version de la *Tentation*, le répertoire des hérésies, qui reste pourtant la partie la plus morte de l'œuvre. (A. THIBAUDET, *op. cit.*, 169.)

13. « Colzim », sur l'emplacement actuel de Suez.

14. « la Gnose », science d'interprétation qui s'élève au-dessus des croyances vulgaires; les gnostiques prétendaient avoir une connaissance particulière de la nature et des attributs de Dieu.

15. « le temple de Sérapis », le Sérapeum, construit à Alexandrie par Ptolémée, et contenant une riche bibliothèque. Sérapis était à l'origine l'emblème du Soleil; son culte s'était répandu dans tout l'empire romain.

16. « Athanase », né à Alexandrie en 296, disciple de saint Antoine; il combattit Arius au concile de Nicée, devint évêque d'Alexandrie en 328 et mourut en 373.

17. « Hilarion », né en Palestine, vécut au IIIe siècle, se convertit à Alexandrie, visita saint Antoine dans le désert et se retira dans l'île de Chypre.

18. « Ammon », anachorète d'Égypte, mort en 320; il fonda le monastère de Nitrie.

19. « Nitrie », contrée de la Basse-Égypte, entre Memphis et Alexandrie, qui, aux premiers temps du christianisme, fut un lieu de refuge pour les chrétiens persécutés.

20. « Pisperi », ou Pispir, monastère de saint Antoine, au

sud de Memphis; « Pabène », ou Tabène, monastère fondé en Égypte par saint Pacôme.

21. « la rivière de Canope », bras occidental du Nil, près de son embouchure; dans une île s'élevait la ville de Canope, sur l'emplacement actuel d'Aboukir.

22. VAR. Au delà, des arbres... (Orig. Q. et C.)

23. « la Vie des Apôtres », les *Actes des Apôtres ;* le texte est emprunté au chap. XI.

24. VAR. se met à rire, et en écartant... (Q.)

25. « des dariques », pièces de monnaie perses, primitivement à l'effigie de Darius; elles étaient en or.

26. VAR. de les mettre en jeu ?... (Orig. et C.) — de les mettre en jeu !... (Q.)

27. VAR. deux grandes cornes. Antoine... (Q.)

28. « Balacius », préfet de l'empereur Constance, au IIIe siècle, et persécuteur des chrétiens; saint Antoine lui prédit sa fin.

29. « Eusèbe », évêque de Césarée en Palestine (264-338).

30. « Macaire »; saint Macaire (300-390), persécuté par Valens, relégué dans une île du Nil, mourut au désert.

31. « Pacôme »; saint Pacôme (292-348), fondateur de la règle des Cénobites; il eut près de 5.000 disciples.

32. « Les Pères de Nicée », membres du fameux concile qui se tint en 325 à Nicée en Bithynie et qui condamna Arius. (Cf. la note 11.)

33. « Paphnuce », évêque de la Haute-Égypte, qui fut martyrisé sous Dioclétien. Anatole France a fait de Paphnuce le personnage principal de son roman *Thaïs*.

34. « Théophile », né dans la foi païenne : — « Spiridion », évêque de Trimithonte, dans l'île de Chypre.

35. « Ariens », cf. la note 11.

36. VAR. Mais qu'ai-je donc !... (Orig. Q. et C.)

37. VAR. des dieux... (C.)

38. VAR. Que dois-je faire ? (Q.)

39. Var. les sept Péchés capitaux... (Q. et C.)

40. « qui s'en vont à Canope », cf. la note 21.

41. « La nappe de byssus... » Le byssus, dont Flaubert parle aussi dans *Salammbô*, était un tissu précieux fait avec les filaments de certaines coquilles bivalves. Pline et Apulée l'ont mentionné. Cf. dans la *Tentation* de 1849 : « Dans les jarres de porphyre pleines d'huiles parfumées, je regardais brûler les longues mèches de byssus... »

42. Var. des nénufars... (C.)

43. Var. Ah ! Démon... (C.)

44. « des staters..., etc. » Le *stater* était une monnaie grecque, valant environ 4 francs or ; le *cycle* ou *sicle*, une monnaie babylonienne ou juive; le *darique*, une monnaie perse (cf. n. 25); l'*aryandique*, une monnaie perse frappée sous Aryandès, gouverneur de l'Égypte.

45. Var. je garderai tout, sans le dire... (C.)

46. « le lac Mareotis », lac d'Égypte, au sud d'Alexandrie; il communiquait au Nil et à la mer par des canaux.

47. « le Grand-Port et l'Eunoste. » Ces deux ports d'Alexandrie étaient situés l'un sur la péninsule de Pharos, l'autre sur le lac Mareotis. (Cf. note 46.)

48. « des barques thalamèges »; formé du grec *thalamos*, chambre, ce mot désigne de grosses barques pourvues de chambres. (Cf. Suétone, *Caes.*, 52 et Sénèque, *Benef.*, VII, 20.)

49. « le palais des Ptolémées..., etc. » Ces différents monuments d'Alexandrie dataient d'époques assez variées : le *Museum* était une sorte d'Académie, consacrée aux Muses, comprenant une bibliothèque et un musée; — le *Posidium*, nom porté par plusieurs caps de la Grèce ancienne, était un temple consacré à Poséidon; — le *Cesareum*, un temple de César; — le *Timonium*, une villa d'Antoine, à l'extrémité du cap Posidium; — le *Soma*, le mausolée d'Alexandre et des Ptolémées.

50. Var. le grincement des chars fait s'envoler... (Orig. et C.)

51. Var. du côté de l'Occident... (Q. et C.)

52. VAR. Les solitaires... (Q.)

53. VAR. il les outrage. Il éventre... (Orig. Q. et C.)

54. VAR. les solitaires... (Q.)

55. VAR. à les regarder; et à mesure... (Orig. Q. et C.)

56. « les Novatiens », disciples de l'évêque africain Novat, au IIIe siècle, refusaient l'absolution aux apostats, assassins et adultères.

57. « Meléciens », disciples de Melèce, évêque de Lycopolis, qui adhérèrent à l'arianisme.

58. VAR. les Pères... (C.)

59. VAR. entrelacés; à un bout... (C.)

60. VAR. les comtes des domestiques et les patrices... (Q.) — Ce passage est un de ceux qui justifient la prétention de Flaubert de donner, dans la *Tentation*, « une exposition dramatique du monde alexandrin du IVe siècle ».

61. « celle de la verte... » Ces factions du cirque, qui existaient à Alexandrie, comme à Rome et à Byzance, comprenaient les partisans des cochers qui se disputaient le prix des courses de chars, et se partageaient la faveur du public. Il y en avait quatre, désignées par la couleur de leurs vêtements : *albata, prasina, russata, veneta.)*

62. « Crispus », fils de l'empereur Constantin, empoisonné par son père.

63. VAR. les Pères... (C.)

64. VAR. en haillons abjects. (C.)

65. VAR. d'un autre. Jean peint... (Q.)

66. VAR. un des grands de la cour. (Q.)

67. VAR. et d'exterminations; et l'envie... (Orig. et Q.)

68. VAR. Aïe !... non ! (Q.)

69. VAR. par mes soupirs ! et nos douleurs... (Q.)

70. VAR. Quelles délices ! (Q. et C.)

71. « trois cavaliers... » Cette description évoque le souvenir de certaines fresques italiennes, par exemple de celles de Benozzo Gozzoli, *Le Cortège des Rois Mages*, au palais Riccardi de Florence.

72. VAR. chevaux pie... (C.)

73. VAR. ploie les genoux... (Q.)

74. « La reine de Saba. » Sur ce personnage célèbre, cf. dans la Bible le premier livre des Rois (X, 1). Taine admirait particulièrement cet épisode, qu'il déclarait « affriandant et troublant ». Il écrivait à Flaubert : « Où diable avez-vous trouvé ce type moral et physique, et ce costume ? Car je suis persuadé que pour cela aussi vous avez des autorités ou, du moins, des documents, des points de départ. » (Voir la lettre de Taine, dans l'édit. Conard, p. 683.)

75. VAR. de poudre bleue; (Orig. et Q.)

76. « Ah ! bel ermite !... mon cœur défaille ! » Ce discours de la Reine de Saba est cité comme un admirable exemple de poème en prose par M. René Fernandat dans une étude sur *Le poème en prose*. (*La Muse française*, 15 avril 1936, p. 169.)

77. VAR. Elle lui prend la barbe. (Orig. Q. et C.)

78. VAR. Je suis très gaie... (Q. et C.)

79. « l'empereur Saharil... fils de Kastan. » Saharil ou Sabaril est un ancien roi de Saba, suivant la tradition arabe; de même Iakhschab ou Yachdjob, Iaarab ou Yârob, et Kastan ou Kahtân.

80. VAR. plus raide qu'un pieu... (Q.)

81. « Cap Gardefan, » le cap Gardafini.

82. « du ladanon », gomme aromatique extraite d'une plante de Crète, et que l'on employait comme excitant; — « du Silphium »; on trouve aussi plusieurs fois dans *Salammbô* cette plante que l'on récoltait en abondance en Cyrénaïque : les pousses et la tige étaient comestibles; le suc et la racine étaient utilisés en médecine. D'après Pline (*H. N.*, XVII, 47) Flaubert a parlé des grenadiers arrosés de silphium.

83. « Assur », ville d'Assyrie; — « Elisa », sans doute Carthage.

84. « chalibon », ou plutôt Chalybon, du nom d'une ville de Syrie célèbre par son excellent vin, d'après Strabon.

85. « Baasa », ville d'Ethiopie.

86. « Cassiteros de Tartessus », de l'étain provenant des mines de Tartessus, île de la côte d'Espagne; — « du bois

bleu de Pandio », région du Sud de l'Inde; — « des fourrures blanches d'Issedonie », région de la Scythie, au bord de la mer Caspienne.

87. « île Palaesimonde », selon les uns, Taprobane, l'île de Ceylan; selon Pline (*H. N.*, VI, 22), nom d'un fleuve et d'une île dans Taprobane.

88. « le tachas », sorte de porc-épic fabuleux.

89. « Emath », ville de Syrie, sur l'Oronte.

90. « la Bactriane », contrée située à l'O. du Pamir.

91. « le bouclier de Dgian-ben-Dgian. » Une légende orientale attribuait à ce héros des exploits analogues à ceux d'Héraclès ou de Thésée.

92. VAR. n'y parviendrait. Embrasse-moi, je te le dirai. (Q.)

93. « Simorg-anka », oiseau fabuleux des légendes persanes.

94. VAR. Viens ! (Q.)

95. VAR. Elle se rapproche, et d'un ton. (Q. et C.)

96. VAR. Comment ! (Q.)

97. VAR. hein (Q.)

98. VAR. des chairs rebondissantes ! (Q.)

99. VAR. Regarde-les... (Q.)

100. « Si tu posais ton doigt sur mon épaule... » Cette phrase rappelle le geste de Mâtho avec Salammbô, dans le chapitre *Sous la tente* : « Comme un enfant qui porte la main sur un fruit inconnu, tout en tremblant, du bout du doigt, il la toucha légèrement... »

101. VAR. Bien sûr ! (Q.)

102. VAR. tu gémiras, tu t'ennuieras ! (Q.)

103. VAR. Mais, je m'en moque ! (Q.)

104. « trapu comme un Cabire. » Les Cabires, dont il est question aussi dans *Salammbô*, à plusieurs reprises, étaient des divinités du feu, adorées en Grèce, notamment à Samothrace et à Lemnos.

105. « Hilarion. » Sur le rôle de ce personnage, Cf. A. THIBAUDET (*op. cit.*, p. 172) : « La place qu'occupaient dans les deux premières *Tentations* la Logique et la Science est tenue

dans la troisième par Hilarion, l'ancien disciple revenu auprès d'Antoine pour figurer une de ses tentations. Il ressemble à la Science de 1849... C'est lui qui personnifie les tentations de la pensée, donne à Antoine le désir de s'instruire... » et introduit ainsi l'interminable défilé des hérésies.

106. « L'ermite Paul », anachorète du IIIe siècle, qui, pour échapper à la persécution de l'empereur Decius, se réfugia dans la Thébaïde, où il mourut à 98 ans.

107. VAR. le mois de schebar... (Orig. Q. et C.). Ce mois de l'année chaldéenne et juive correspond à février.

108. VAR. les Péchés capitaux... (Q. et C.)

109. VAR. contre un saint... (Q. et. C.)

110. « Eustates », ou Eustathes, hérésiarque du IVe siècle, qui condamnait le mariage et les agapes chrétiennes.

111. « la maison d'Arsène. » Saint Arsène, né à Rome, en 350, avait été précepteur de l'empereur Théodose; il mourut dans le désert de Thébaïde, où il s'était retiré.

112. VAR. Au Concile... (C.)

113. VAR. les Montanistes ! ils dépassent... (Orig. Q. et C.) — Les Montanistes, disciples de Montanus, qui, au IIe siècle, annonçait la fin prochaine du monde et le jugement dernier.

114. « Denys, Cyprien et Grégoire », tous les trois évêques au moment de la persécution de Decius, le premier à Alexandrie, le second à Carthage, le troisième à Néocésarée, dans le Pont.

115. « Pierre d'Alexandrie », évêque d'Alexandrie, qui conseillait aux chrétiens persécutés de racheter leur vie à prix d'argent; il fut pourtant martyrisé en 312.

116. VAR. le Concile d'Elvire... (C.) Elvire, en Espagne, sur l'emplacement actuel de Grenade, fut le siège d'un Concile qui se tint vers l'an 300, et qui condamna la recherche du martyre.

117. VAR. texte de la loi... (Q.)

118. VAR. notre soif du vrai... (Q.)

119. VAR. La religion... (Q.)

120. « Le sorcier Balaam... » Le roi de Moab avait envoyé le magicien Balaam, pour maudire le peuple d'Israël; mais un ange changea en bénédictions ses paroles de malédiction.

121. « Denys l'Alexandrin », cf. note 114.

122. Var. reçut du ciel... (Q.)

123. « Saint Clément » d'Alexandrie, l'un des premiers papes.

124. « Hermas », Père des premiers temps de l'Église qui tenta de concilier la philosophie platonicienne avec la morale chrétienne.

125. Var. « claire étoile du matin; » et tu commençais... (Q. et C.)

126. « un calame », *calamus*, un roseau à écrire sur le papyrus.

127. « Origène », le célèbre docteur de l'Église (185-254) qui donna une interprétation symbolique de la Bible.

128. Var. puis je retombe. (C.)

129. Var. comme des dieux. (C.)

130. Var. tout alentour... (Q.)

131. Var. se mêle... (Q.)

132. Var. Tu les écouteras; et la face... (Orig. Q et C.)

133. Var. Au milieu de la houle... (Orig. Q. et C.)

134. Var. chantent des hymnes... (Orig. Q. et C.)

135. Var. font les agapes, des martyrs... (C.)

136. « il en a peur. » Ici commence ce long défilé des hérésies que Flaubert a abrégé dans la dernière *Tentation*, mais qui n'en reste pas moins un peu fastidieux sous sa forme définitive. » On comprend qu'Antoine s'écrie : Grâce ! Grâce ! ils me fatiguent. » (A. Thibaudet, *op. cit.*, 172.)

137. « Procula, l'épouse de Pilate. » Ce nom ne repose sur aucune tradition sûre.

138. « Poppée, la concubine de Néron. » Poppæa Sabina était la femme d'Othon, que Néron enleva et épousa, après avoir répudié Octavie.

139. « le prophète Manès », fondateur de la secte des Manichéens. Cf. la note 11.

140. « le Splenditenens et l'Omophore », deux des cinq Êtres supérieurs, d'après la doctrine de Manès.

141. VAR. le premier homme, et il l'environna... (Q.)

142. « le corps d'un célèphe. » Célèphe, probablement de deux racines grecques, qui signifient *rapide* et *cerf*.

143. VAR. les purs... (Q.)

144. « Saturnin », philosophe du Ier siècle, disciple de Simon le magicien; il enseignait que la matière est mauvaise en soi.

145. « Cerdon », hérésiarque du IIe siècle qui professait l'existence de deux principes, le mauvais, représenté par l'Ancien Testament, le bon, dont le Christ n'était que le symbole.

146. « Marcion », philosophe du IIe siècle qui soutenait la doctrine des deux principes du Bien et du Mal.

147. « Saint Clément d'Alexandrie », cf. la note 123.

148. « Bardesanes », philosophe syrien du IIe siècle; il professait que Jésus-Christ n'a pas pris un corps humain et que l'homme ressuscitera avec un autre corps subtil et céleste, que l'âme possédait avant le péché.

149. VAR. les Hermiens... (Q.). Les Herniens ou Hermiens se rattachaient aux gnostiques; ils prétendaient que les âmes avaient été créées par les anges avec le feu.

150. « Les Priscillianiens », hérétiques espagnols du IVe siècle, disciples de Priscillien. Selon eux, l'âme, tombée du ciel sur la terre, était recueillie par le diable qui l'adjoignait au corps.

151. « Théodas », disciple de saint Paul, de qui l'hérésiarque Valentin prétendait tenir sa doctrine.

152. « Valentin », hérésiarque alexandrin du IIe siècle qui n'admettait ni l'incarnation ni la divinité du Christ.

153. VAR. en délire... (C.)

154. « des Eons, » les émanations successives de Dieu.

155. « Acharamoth », ou Achamoth, mot hébreu signifiant *sagesse*, représente un des *éons* de Valentin.

156. « Basilide », cf. la note 11.

157. « Kaulakau », nom sous lequel Basilide désigne le Christ, d'après le texte d'Isaïe, XXVIII, 10.

158. VAR. Ligne sur ligne, rectitude sur rectitude... (C.)

159. VAR. les purs... (Q.)

160. « Les Elkhesaïtes », disciples de l'hérésiarque Elkasaï, du Ier siècle, qui soutenait qu'il y avait deux Christs, l'un céleste, l'autre terrestre.

161. VAR. l'homme Jésus... (Q.)

162. « Les Carpocratiens », disciples de l'hérésiarque alexandrin Carpocras, du IIe siècle, qui niait la divinité du Christ et enseignait que le monde avait été créé par des anges.

163. « Les Nicolaïtes », ou Nicolaïstes, ainsi appelés du surnom, Nicolas, donné à saint Paul.

164. « Prounikos, » d'un adjectif grec qui signifie *lascif*, était le surnom donné à l'hémorroïdesse de l'Évangile, considérée comme une divinité.

165. « Les Marcosiens », disciples de Marcos; ils admettaient quatre personnes au lieu de la Trinité, croyaient à la puissance des mots pour entrer en communication avec la divinité, et acceptaient les femmes dans le sacerdoce.

166. VAR. les noces spirituelles... (C.)

167. « Les Helvidiens », disciples d'Helvidius, qui soutenait que Marie avait eu des enfants de Joseph.

168. « les Adamites, » secte du IIe siècle qui replaçait l'homme dans l'état d'innocence, tel qu'il était au moment de la création. Les Adamites vivaient sans vêtements. Au XVe siècle, les frères moraves ressuscitèrent les usages et les croyances de cette secte.

169. « Messaliens », secte gnostique du IIIe siècle.

170. VAR. vautrés sur des dalles... (C.)

171. « Paterniens », hérétiques du IVe siècle qui enseignaient que la chair est l'œuvre du démon.

172. VAR. Æcius (C.) — un des disciples d'Arius.

173. « Ctésiphon », ancienne capitale des Parthes, sur le Tigre, au S. de Bagdad.

174. « Tertullien », le célèbre Père de l'Église (160-230), né à Carthage, qui tomba dans l'hérésie montaniste.

175. VAR. Ils se regardent, (Q.)

176. « Priscilla », une des prophétesses du montanisme.

177. « de Montanus ! » Cf. la note 113.

178. « Maximilla », une des prophétesses du montanisme.

179. « Nous revenions de Tarse. » Tarse est l'ancienne capitale de la Cilicie, sur le fleuve Cydnus, célèbre comme centre d'instruction sous l'empire romain; saint Paul y naquit et y fut élevé.

180. VAR. Oui ! va-t-en ! (Orig. Q. et C.)

181. « Léonce », prêtre qui devint évêque d'Antioche.

182. « Sotas », évêque de Thrace, qui tenta d'exorciser Priscilla.

183. « Pepuza », ville du N. de la Phrygie qui devint au IIe siècle la ville sainte des Montanistes.

184. « Les Arcontiques », ou plutôt Archontiques, secte gnostique du IVe siècle, d'après laquelle le monde est composé de sept cieux dont chacun est gouverné par un archonte.

185. « Les Tatianiens », disciples de Tatiens, hérétiques du IIe siècle qui se distinguaient par une grande austérité.

186. « Les Valésiens », disciples de Valesius, qui enseignait que la propagation de l'espèce était un péché.

187. « Les Caïnites » se réclamaient de Caïn et de Judas contre Jéhovah, cause de tout le mal.

188. « Circoncellions », fanatiques qui, en Afrique, délivraient les esclaves, abolissaient les dettes, et s'offraient au martyre.

189. VAR. les saints... (Q.)

190. « Les Audiens », membres de la secte fondée au IVe siècle par Audée, en Mésopotamie. Ils attribuaient à Dieu la forme humaine.

191. « Les Collyridiens », hérétiques du IVe siècle qui rendaient à la Vierge un culte inspiré du paganisme.

192. « Les Ascites », hérétiques du IIe siècle qui rejetaient les sacrements; pour eux, l'outre représentait les vases remplis de vin nouveau dont le Christ a parlé.

193. « Les Marcionites », disciples de Marcion. Cf. la note 146.

194. VAR. Apelles (C.) — Apelle (Q.) — hérésiarque du IIe siècle qui proscrivait le mariage, niait la résurrection et rejetait l'Ancien Testament.

195. « Les Sampséens », secte qui vivait sur les bords de la mer Morte, au Ier siècle, et dont les adeptes professaient une religion faite de dogmes chrétiens, judaïques et païens mélangés.

196. VAR. Bardesanes. (Q.)

197. « la fausse prophétesse de Cappadoce. » Dans le premier tiers du IIIe siècle, une femme illuminée parcourut la Cappadoce, soulevant les populations, en annonçant la fin du monde; — la Cappadoce, aujourd'hui Caramanie, est une contrée d'Asie Mineure, au N. de la Cilicie, entre le Taurus et le Pont-Euxin.

198. « l'Invocation Terrible », l'annonce de la fin du monde. — VAR. Invocation terrible. (Q.)

199. VAR. hérésiarques... (Q. et C.)

200. « Sabellius », prêtre libyen du IIIe siècle, fondateur de la secte des Sabellins, qui considéraient le Fils et le Saint-Esprit, non comme des personnes divines, mais comme de simples manifestations du Père.

201. « Le concile d'Antioche. » Deux conciles se tinrent successivement à Antioche, en 264 et en 268, pour juger l'évêque d'Antioche, Paul de Samosate. Il fut définitivement condamné en 268 pour ses idées hérétiques et pour les désordres de sa vie scandaleuse.

202. « Les Sethianiens », ou Séthéens, sectaires du IIe siècle qui adoraient Seth, fils d'Adam, créé d'une pure semence, après la mort de Caïn et d'Abel.

203. « Les Théodotiens », disciples de Théodote de Byzance, selon lequel Jésus-Christ n'avait possédé la divinité qu'à partir de sa naissance.

204. « Les Mérinthiens », ou Cérinthiens, disciples de Mérinthe ou Cérinthe, hérésiarque de la fin du Ier siècle; ils croyaient que l'esprit de Dieu n'était entré dans le Christ

qu'au moment du baptême; le Christ, insensible par nature, s'était de nouveau séparé de Jésus avant la Passion.

205. « Les Apollinaristes » croyaient à l'existence de deux fils de Dieu, l'un né de Dieu, l'autre de la Vierge.

206. « Marcel d'Ancyre », évêque d'Ancyre, en Asie Mineure (Angora), qui lutta contre les Ariens (300-374).

207. « Le Pape Calixte », ou Calliste (217-222); il fut martyrisé sous l'empereur Alexandre Sévère.

208. « Méthodius », évêque d'Olympos, en Asie Mineure, combattit Origène et fut martyrisé en 311.

209. VAR. dans l'homme ! (Orig. et C.)

210. « Cérinthe », hérésiarque de la fin du Ier siècle. Cf. la note 204.

211. « Valentin », cf. la note 152. Valentin, comme Basilide, avait cherché à résoudre le problème du mal; il en cherchait la solution dans l'hypothèse d'un germe spirituel semé dans la matière. Cf. J. LEBRETON et J. ZEILLER, ouvrage cité dans notre *Bibliographie*, p. 14 à 22.

212. « Paul de Samosate », évêque d'Antioche à partir de 260, condamné par le concile d'Antioche. (Cf. n. 201; et J. LEBRETON et J. ZEILLER, *op. cit.*, p. 346-350).

213. « Hermogène », hérésiarque du IIe siècle, soutenait que la matière était coéternelle avec Dieu.

214. « la maladie bellérophontienne. » Bellérophon est le héros légendaire qui, dans la mythologie grecque, monté sur le cheval Pégase, tua la Chimère. La tradition le représente victime de l'hostilité des dieux, qui s'acharnent contre lui, et en proie à une sorte d'humeur noire.

215. « Les Encratites » rejetaient le mariage comme immoral et s'abstenaient de l'usage de la viande; même dans la célébration de la messe, ils interdisaient le vin.

216. « La prophétie de Barcouf » est un écrit de Basilide, que celui-ci attribuait à un auteur apocryphe dont il invoquait l'autorité.

217. « Les vieux Ébonites », attachés à la Loi de Moïse, rejetaient la divinité du Christ.

218. « Eusèbe de Césarée », évêque de Césarée en Palestine (265-340).

219. « Paneades », ville de Syrie, sur la route de Tyr à Damas. La ville de Césarée s'appelait elle-même *Caesarea Paneas*.

220. « Marcellina » semble avoir vécu vers 160. Elle adorait les images, mêlant le paganisme au christianisme.

221. « diaconesse », veuve ou jeune fille qui, dans l'Église primitive, s'occupait d'œuvres de charité parmi les fidèles.

222. « le mot *Knouphis* » n'est pas un mot grec, mais égyptien, qui désigne une divinité représentée par un serpent.

223. « Eloï, Iaô ! » Tous ces noms sont les différents noms du dieu d'Israël.

224. « Sophia », le dernier des Éons, personnifie la Sagesse divine dans la théorie de Valentin. (Cf. J. LEBRETON et J. ZEILLER, *op. cit.*, p. 18-20).

225. « Iabdalaoth », ou Ialdabaoth, nom donné par les gnostiques à Jéhovah.

226. « Glaucus, fils de Minos. » Flaubert semble confondre ici le fils de Minos avec Glaucus, fils de Sisyphe, qui fut déchiré par ses propres chevaux, comme le raconte Virgile (*Géorg.*, III, 267.)

227. « Ézéchias », roi de Juda qui détruisit le serpent d'airain auquel son peuple rendait un culte.

228. « les Ophites », hérétiques du IIe siècle, adorateurs du serpent.

229. « manipules », bandes d'étoffe qui entourent les bras.

230. « Petrus d'Alexandrie », Pierre, évêque d'Alexandrie. Cf. la note 115.

231. VAR. l'attendrit, — et il regarde... (C.)

232. VAR. comme Cyprien, je serais revenu... (C.) — Sur Cyprien, cf. note 114.

233. « Pionius », prêtre de Smyrne, martyrisé en 250.

234. « Polycarpe », saint Polycarpe, évêque de Smyrne. martyrisé en 166.

235. VAR. Père, père, tu dois... (Q.)

236. VAR. nous édifier par ta mort ! (Q.)

237. VAR. Il les ouvre, mais des ténèbres... (C.)

238. VAR. c'étaient tous les jours des querelles... (C.)

239. « la porte Esquiléenne », la porte *Esquiline*, du nom d'une des collines de Rome, l'Esquilin, à l'est de Rome; les Esquilies, autrefois lieu de sépulture, devinrent sous l'empire un parc impérial. La *via Tiburtina* partait de la porte Esquiline.

240. « Domitilla », patricienne romaine qui se convertit au christianisme et fut martyrisée sous Domitien (95).

241. « du pultis »; le nom latin *puls*, *pultis* désigne une bouillie de farine et de légumes qui était la nourriture des Romains avant qu'ils connussent le pain et qui plus tard resta l'aliment des pauvres; on en nourrissait les poulets sacrés et on l'employait dans les sacrifices. (Cf. PLINE, *H. N.*, XVIII, 8. CICÉRON, *Divinat.*, II, 35.)

242. VAR. ils se racontent les histoires de leurs martyrs... (Q.)

243. « un bubal », ou *bubale*, antilope d'Afrique.

244. VAR. enduit de bouse de vache; complètement nu... (Q.)

245. VAR. la figure très longue... (Q. et C.)

246. VAR. Brahkmane (orig.) Brahmane (Q.) Brakhmane (C.)

247. « Le gymnosophiste », cf. la note 10.

248. « l'oiseau Tchataka », nom sanscrit du coucou.

249. VAR. dans les matrices... (C.)

250. VAR. dans l'anéantissement... (Q.)

251. « Kalanos. » Cicéron, dans le *de Divinatione* (I, 30), a raconté l'histoire de ce philosophe indien, Callanus, qui, vieux et malade, se donna la mort, au temps d'Alexandre le Grand. Il monta volontairement sur le bûcher en présence du roi à qui il prédit sa mort prochaine.

252. « l'Étranger (Simon). » Simon le Magicien, Juif qui voulut acheter des apôtres le pouvoir de faire des miracles.

Il se donna pour le Messie, vint à Rome, où on lui éleva une statue. Il avait avec lui une femme nommée Hélène.

253. « Ennoia », nom grec qui signifie : la Pensée; c'est sous ce nom qu'était désignée Hélène, la compagne de Simon. — VAR. Ennoïa (C.)

254. VAR. Pourquoi ? (Q.)

255. VAR. Chut !... chut !... (C.)

256. « Prounikos », cf. note 164. — Sigeh, du grec Sigê, signifie le silence, l'un des trente Éons de Valentin. — Barbelo, autre Éon de la doctrine gnostique, mère de Sabaoth et de Ialdabaoth.

257. « Stésichore », poète lyrique grec, d'Himère, en Sicile (632-553 av. J.-C.).

258. « Éphraïm et Issachar », tribus d'Israël.

259. « le torrent de Bizor », au S. de la Palestine.

260. « le lac d'Houleh », lac de Palestine que traverse le Jourdain.

261. « Mageddo », vallée située entre le Thabor et le Carmel.

262. « Bostra », ville de Syrie, à 90 kil. de Damas; ancienne capitale de l'Idumée, puis de l'Arabie, sous l'empire romain.

263. VAR. Tu dois en recevoir le baptême... (C.)

264. « comme des gens qui arrivent de voyage. » Ici commence l'épisode d'Apollonius et de Damis, un des plus beaux de la *Tentation*, et qui figurait déjà dans la version de 1849. Flaubert détacha cette scène en 1857 pour la publier dans *L'Artiste*. (Numéros du 11 janvier et du 1er février.) « Avec les échos et les répons du *famulus* Damis, intermédiaire entre le Wagner de *Faust* et Sancho, c'est le meilleur morceau dramatique qu'ait écrit Flaubert. Apollonius, dont la renommée en son temps fut immense, et qui semble présenter tous les caractères d'un fondateur de religion, était le type le plus vraisemblablement indiqué pour fournir le prophète autour duquel avaient tendance à cristalliser les éléments de religiosité nouvelle en suspension alors dans le monde méditerranéen et oriental. C'est bien sous cet aspect que le Grec alexandrin, l'Asiatique ou le Romain pouvaient

attendre l'envoyé ou le fils de Dieu... Flaubert a figuré magnifiquement cet émule du Christ et cette concurrence au christianisme; l'enfance miraculeuse de beauté et de pureté, l'ascèse à laquelle est incorporée toute la sagesse orientale et grecque, les voyages et les miracles. » (A. THIBAUDET, *op. cit.*, p. 169.)

265. VAR. voici le Maître. (C.)

266. « Apollonius. » Apollonius de Tyane, qui avait vécu au premier siècle de notre ère, avait laissé le souvenir d'un philosophe pythagoricien et d'un magicien; cette réputation assez trouble se transforma au cours du IIIe siècle : le magicien fut célébré comme un thaumaturge, puis vénéré comme un demi-dieu; Caracalla, Alexandre Sévère, Aurélien lui rendaient un culte. A la demande de Julia Domna, femme de Septime Sévère, Philostrate écrivit sa vie. (Cf. note 264, et J. LEBRETON et J. ZEILLER, *op. cit.*, 211.)

267. « la fontaine Asbadée. » Le nom correct est Asmadée, nom grec d'une fontaine miraculeuse de Tyane; cette ville, patrie d'Apollonius, était en Cappadoce, sur le Taurus.

268. « les feuilles du cnyza », ou plutôt conyza, nom grec de l'*erigerum viscosum*, vulgairement nommé herbe aux puces ou encensière.

269. « une hiérodoule », ou hiérodule, esclave de la divinité, femme attachée au culte de certaines divinités grecques ou orientales. Dans les cultes phéniciens ou syriaques, c'étaient des courtisanes sacrées vouées à la prostitution.

270. « les Samanéens du Gange », philosophes indous, qui menaient une vie d'anachorètes.

271. VAR. la grandeur du désert ! (C.)

272. « la mer d'Hyrcanie », la mer Caspienne.

273. « le pays des Baraomates », région de l'Inde.

274. « Bucéphale », le cheval d'Alexandre le Grand (Pline, *H. N.*, VIII, 154); une ville de l'Inde ancienne portait ce nom.

275. VAR. mon bon Maître... (C.)

276. VAR. plus beau qu'un Dieu ! (C.)

277. VAR. qui descend vers le fleuve. (Q.)

278. VAR. avec son bâton. (Q. et C.)

279. VAR. le dieu Bélus... (Q. et C.) — Bélus était un ancien roi d'Assyrie à qui son fils Ninus fit rendre les honneurs divins et qui devint le dieu suprême des Chaldéens.

280. « une empuse », du nom grec *Empousa*, spectre envoyé par Hécate, déesse lunaire, qui fut confondue avec Artémis. La croyance populaire faisait d'Hécate une divinité infernale, redoutable, sorte de magicienne, déesse des spectres et des terreurs nocturnes.

281. « Taxilla », ville de l'Inde. (PLINE, *H. N.*, VI, 62.)

282. « Phraortes », ce nom, qui fut porté par plusieurs rois des Mèdes, est aussi le nom d'un roi indien, philosophe.

283. « l'éléphant de Porus... », Porus, roi de l'Inde vaincu par Alexandre.

284. VAR. après la mort d'Alexandre. (Q. et C.)

285. VAR. comme les gens ivres. (C.)

286. VAR. me donna un parasol et me dit : (Q.)

287. « Iarchas », sage indou, auquel Apollonius rapportait l'origine de sa doctrine et de sa puissance magique.

288. « les Cynocéphales », sorte de singes ou babouins d'Afrique dont parle souvent Pline l'Ancien. Ils doivent leur nom à ce qu'ils ont le museau allongé comme le chien. Les Égyptiens croyaient qu'ils adoraient le soleil.

289. « l'île Taprobane », Ceylan.

290. « la Région des Aromates », sans doute la Côte des Somalis; — « le pays des Gangarides », le delta du Gange; — « le promontoire de Comaria », le cap Comorin, au S. de l'Inde; — « la contrée des Sachalites », l'Arabie méridionale; — « les Adramites », peuple du Hadramaout, dans le S. de l'Arabie; — « les Homérites », ou Himyarites, peuple du Yémen.

291. « les monts Cassaniens », chaîne d'Arabie; — « l'île Topazos », ou Ophiodès, dans la mer Rouge; — « le pays des Pygmées », région du Haut-Nil, proche de l'Éthiopie, habitée par une race fabuleuse de nains.

292. VAR. un vieux mendiant (C.)

293. « A Cnide. » Cette ville, située sur le cap Triopium,

en Carie, était célèbre par un temple de Vénus, où il y avait une statue de la déesse, œuvre de Praxitèle. Cette statue fut transportée à Constantinople et détruite dans un incendie; mais il en existe plusieurs répliques, dont une fameuse au musée du Vatican.

294. « Ménippe », jeune Corinthien, aimé d'une empuse (cf. la note 290) qui avait pris la forme d'une femme.

295. VAR. En battant... (C.)

296. VAR. aux portes de Rome,... (C.)

297. VAR. la cithare de l'empereur. (Q.)

298. « Sporus », nom d'un eunuque, favori de Néron, d'après Suétone.

299. « Il a vu tuer Domitien. » Domitien fut assassiné le 18 septembre 96 dans une chambre de son palais à Rome. Voir dans Suétone (*Domit.*, 16 et 17) le récit dramatique de cette mort.

300. VAR. descendu du ciel... (Q.)

301. VAR. jusqu'à la hauteur du principe... (Q.)

302. « Thyane », ou Tyane, ville d'Asie Mineure.

303. « l'antre de Trophonius » Trophonios était le fils, non d'Apollon, mais d'Erginos, roi d'Orchomène. Ayant tué son frère Agamède, il fut englouti dans une crevasse, où l'on prétendit après sa mort qu'il rendait des oracles. Cet antre se trouvait dans la région de Livadia, en Crimée, sur le flan d'une montagne.

304. « Mithra », divinité orientale, originaire de la Perse, et dont le culte fut introduit à Rome; c'est une sorte de dieu solaire. Les pratiques secrètes de son culte comprenaient une initiation à sept degrés, avec des épreuves très longues et très rudes. Saint Jérôme a décrit cette initiation.

305. « le serpent de Sabasius. » Sabazius était une divinité d'origine thrace, apparentée à Dionysos. Son culte se répandit en Asie Mineure, et il fut assimilé au Iahvé Sabaoth des Hébreux. Le serpent figurait parmi ses attributs.

306. « les Cabires », cf. la note 104.

307. « Cybèle », ou la Mère-des-Dieux, ou la Bonne-Déesse, divinité phrygienne, introduite à Rome au IIIe siècle.

Ses attributions sont très variées; elle est notamment la déesse des moissons et des vendanges. Son culte comportait des rites secrets, des *mystères*.

308. « Samothrace », île de la mer Égée, près de la côte de Thrace; elle était le centre d'un culte de Cybèle.

309. « les hippopodes », peuple fabuleux qui vivait en Scythie et auquel l'imagination populaire attribuait des pieds de cheval. (PLINE, *H. N.*, IV, 13).

310. VAR. la plante d'Outremer... (C.); sans doute l'indigotier.

311. VAR. Nous allons au sud... (Q.)

312. « l'odeur du myrrhodion », nom forgé de deux racines grecques, myrrhe et rose.

313. « l'île Junonia. » Située à l'O. de la Mauritanie Tingitane, cette île faisait partie des îles Fortunées; aujourd'hui Palma, dans les Canaries.

314. « la plante Balis », mentionnée par Pline, avec sa propriété. (*H. N.*, XXV, 2.)

315. VAR. qui ressuscite les morts ! (Q.).

316. « l'androdamas. » Flaubert a emprunté à Pline (*H. N.*, XXXVI, 20) le nom de cette pierre précieuse, sorte d'hématite, ainsi nommée, « dompteur d'hommes », à cause de sa grande dureté.

317. « Vénus noire à Corinthe..., etc. » En réalité, Aphrodite n'avait à Corinthe qu'un petit sanctuaire, desservi par une communauté de 1.000 prêtresses vouées à la prostitution sacrée; — à Athènes, la statue d'Aphrodite sur l'Acropole n'avait qu'en partie l'apparence humaine; à Paphos, la statue du culte d'Aphrodite était un tronc de cône.

318. VAR. des dieux... (C.)

319. VAR. des dieux... (C.)

320. VAR. des dieux... (C.)

321. « l'île Éléphantine », île du Nil, dans la Haute-Égypte.

322. « Héliopolis », ville de la Basse-Égypte.

323. « dieux ithyphalliques », symbole de la fécondité.

324. VAR. comment y croire ? (Q.)

325. « Alors défilent... des idoles. » Flaubert écrivait à George Sand qu'il avait feuilleté des belluaires du moyen âge pour y chercher des animaux baroques. « Je suis au milieu des monstres fantastiques. Quand j'aurai à peu près épuisé la matière, j'irai au Muséum rêvasser devant les monstres réels... » (*Corresp.*, VI, 352.) Maurice Sand envoya à Flaubert une page de croquis de monstres qu'il avait dessinés. Voir cette page reproduite dans l'édition Conard, p. 678.

326. VAR. ces dieux... (C.)

327. « à cornes de taureaux. » Flaubert songe ici à l'idole de Moloch qu'il avait décrite dans *Salammbô*.

328. VAR. observe un nuage et jette... (Q.)

329. VAR. Brahmanes (Q. et C.)

330. VAR. trois déesses... (C.)

331. « A cheval sur des oiseaux... » Le défilé des idoles était plus long dans la première *Tentation*. « Avec sa surcharge barbare, sa fantaisie lourde et ses couleurs crues, sous le fouet de la mort, ce carnaval de l'infini a peut-être plus d'allure. » (A. THIBAUDET, *op. cit.*, p. 170.) Il y a dans ces pages une véritable hallucination de Flaubert.

332. VAR. debout dans des niches, ils songent... (Orig. et C.)

333. VAR. le Feu dévorateur. (Q. et C.)

334. VAR. le Dieu lune... (C.)

335. VAR. ces dieux... (C.)

336. VAR. Ses bras, très longs... (Q. et C.)

337. VAR. tous les dieux... (C.)

338. VAR. très bonne... (Q. et C.)

339. VAR. appelé Simon... (Orig. et C.) — Il s'agit bien du personnage dont il est question dans l'Évangile, « homme juste et craignant Dieu, nommé Siméon, qui vivait dans l'attente de la consolation d'Israël, et le Saint-Esprit était en lui... Il lui avait été révélé par le Saint-Esprit qu'il ne mourrait pas qu'auparavant il n'eût vu le Christ du Seigneur ». (*Luc*, II.)

340. VAR. des Brahmanes... (Q.)

341. VAR. et aux serpents, et les grands soleils... (Q.)

342. VAR. clignent les yeux... (Orig. Q. et C.)

343. VAR. Tous les dieux... (C.)

344. VAR. des tas d'or et des diamants... (Orig. Q. et C.)

345. VAR. brahmane... (Q.)

346. VAR. les dieux... (C.)

347. « les grains de sable des Ganges. » Le pluriel se réfère aux neuf bras par lesquels le Gange se jette dans le golfe du Bengale.

348. VAR. près de lui, tournant le dos... (C.)

349. « Oannès », dieu des Chaldéens, considéré comme ayant apporté la civilisation aux hommes.

350. « Bélus », cf. la note 279.

351. VAR. l'histoire des dieux. (C.)

352. « Zoroastre », prophète et législateur des Mèdes.

353. VAR. les dieux. (C.)

354. VAR. Oui, disent-ils... (Q.)

355. VAR. L'autre, qu'il féconde... (Q.)

356. « Gangarides », peuplade indienne, répandue sur les bords du Gange, dans le Bengale actuel. (Cf. VIRGILE, *Géorg.*, III, 27.)

357. VAR. par des bœufs; ou bien c'est un âne... (Orig. Q. et C.)

358. VAR. sous leurs bras... (C.)

359. VAR. à la déesse. (C.)

360. « Ormuz », le dieu du Bien, chez les Perses.

361. « Ahriman », le dieu du Mal, chez les Perses.

362. « Kaiomortz », ou Kéïoumers, était regardé par les Perses comme le premier roi ayant régné sur la terre.

363. VAR. l'homme-taureau (Q.) — l'Homme-Taureau (C.)

364. « Meschia et Meschiané. » Ahriman, ayant tué Keïamers, fit naître de son sang l'arbre Reiva, d'où sortirent Meschia et Meschiané; ils écoutèrent les conseils du génie du mal et doivent subir la peine de leur désobéissance jusqu'à la résurrection.

365. « Mithra », cf. la note 304.

366. « Homa », génie de la religion des Parsis que l'on identifiait à l'arbre de vie.

367. « les enfants d'Iran », les Perses.

368. VAR. Le roi... (Q.)

369. « Amschaspands, Izeds, Ferouers », génies de la religion perse : les premiers, au nombre de sept, étaient des génies bienfaisants, serviteurs d'Ormuzd; les Izeds, une sorte d'anges gardiens; les Ferouers assistaient les mourants.

370. « Caosyac », sauveur du genre humain qui combat les démons et rend la vie aux morts.

371. « La grande Diane d'Ephèse. Assimilée à la Grande-Déesse et à l'Artémis grecque, elle régnait sur les éléments et présidait à la fécondation de la terre et des animaux.

372. « en jouant des crotales. » Les crotales, sorte de castagnettes, en bois, en métal ou en ivoire, servaient à marquer le rythme des danses.

373. « La Bonne-Déesse », cf. la note 307.

374. « l'Idéenne des montagnes. » Cybèle était ainsi nommée du mont Ida, en Asie Mineure, où elle avait un sanctuaire.

375. « L'Archi-Galle », grand prêtre de Cybèle. Les Galles étaient des espèces de charlatans qui exploitaient la crédulité populaire. Mais l'archigalle, institué par l'empereur Claude, était un citoyen romain, très considéré, chef officiel du culte de la Mère des Dieux.

376. VAR. se tailladent le bras. (Orig. et C.)

377. VAR. une femme... (Q.)

378. VAR. un jeune homme... (Q. et C.)

379. « Atys », ou Attis, jeune berger pour lequel la Mère des Dieux s'éprit d'un amour insensé. Comme il résistait à son amour, elle le frappa de folie. Dans un accès de fureur, Attis se dépouilla lui-même de sa virilité et mourut de ses blessures. Cybèle le ressuscita et l'emmena dans un char traîné par des lions pour régner sur le monde. Attis devint un symbole à la fois de la génération et de la résurrection.

380. VAR. des flambeaux et des paniers... (Q.)

381. VAR. Voir sa figure, et Antoine... (Q.)

382. VAR. à la fois psalmodiant... (C.)

383. VAR. dieu pâmé... (C.)

384. « un sanglier t'a blessé... » Il semble y avoir ici une confusion entre le mythe d'Attis et la légende de Méléagre, le héros vainqueur du sanglier de Calydon.

385. VAR. une femme... (Q.)

386. « Isis », la grande divinité égyptienne, dont le culte se répandit dans tout le monde gréco-romain; elle était à la fois épouse et sœur d'Osiris. C'est la divinité civilisatrice par excellence. Puis elle incarna le dévouement conjugal et maternel.

387. « Neith », déesse adorée à Saïs, dans le delta; — — « Ammon », adoré à Thèbes; — « Ptha », dieu de Memphis, dieu Créateur; — « Thoth », dieu qui avait les mêmes attributions qu'Hermès; — « dieux de l'Amenthi. » L'Amenthi était le lieu où les âmes se rendaient pour le jugement, après la mort.

388. « triades des Nomes », groupes de trois divinités adorées dans chaque *nome* ou district de l'ancienne Égypte.

389. « Osiris », le grand dieu des Égyptiens, représentant les principes bienfaisants. Dans la vingt-huitième année de son règne, il fut assassiné par son frère Set, et son corps fut abandonné dans un coffre sur le Nil.

390. « Byblos », port de la côte phénicienne, près de Beyrouth.

391. « Anubis », dieu égyptien, assimilé par les Grecs à Hermès. Il assistait Osiris aux enfers, où il était chargé de peser les âmes. On le représentait avec une tête de chacal.

392. « Typhon », la divinité du Mal, identifié à Set; il assassina son frère Osiris.

393. VAR. avec ivresse, Dieu à cornes de taureau... (C.)

394. VAR. Monarques jumeaux (Q.)

395. « coucoupha », tête de lévrier ou de chacal qui surmontait le sceptre des rois d'Égypte.

396. « Harpocrate », ou Horus, fils posthume d'Osiris; il vengea son père mis à mort par Set-Typhon. On le représen-

tait, à côté de sa mère Osiris, sous les traits d'un enfant, un doigt sur les lèvres, sur le front une fleur de lotus ou un croissant.

397. « J'ai vu... le sphinx s'enfuir. » Rapprocher de ce passage les impressions de Flaubert lors de son voyage d'Égypte. (*Corresp.*, II, 132, 156, 309 et 320.)

398. VAR. plus d'illumination dans mon delta ! (Q.)

399. « Philæ », île du Nil, dans la Haute-Égypte.

400. « Apis », le bœuf sacré adoré à Memphis.

401. VAR. tes grands dieux... (C.)

402. VAR. Alors elle jette dans l'air un cri... (Q.)

403. VAR. haïr, et cependant... (Q.)

404. VAR. ces faux dieux ! (C.)

405. VAR. avec le vrai ? (C.)

406. VAR. ces dieux bestiaux... (C.)

407. « Au milieu du péristyle, sur un trône... » A. Thibaudet apprécie sévèrement cet épisode : « Tout le morceau qui concerne les dieux de la Grèce est froid et manqué, flotte désemparé entre Henri Heine et Leconte de Lisle. » (*Op. cit.*, p. 172). — Il est à remarquer que Flaubert a donné aux dieux grecs les noms latins correspondants, bien qu'il se piquât en général d'exactitude archéologique.

408. VAR. la peau de la Gorgone... (C.)

409. « les Mimallonéides », nom donné aux Bacchantes, peut-être à cause du nom de Mimallis, donné par certains poètes à l'île de Mélos.

410. VAR. Vénus Anadyomène (Q.) — Anadyomène, épithète d'Aphrodite, signifie : « surgie des flots », par allusion à la naissance de la déesse, née de l'écume marine qui s'était formée autour des débris d'Ouranos (le Ciel), mutilé par Kronos.

411. VAR. Vers les dieux ! (C.)

412. « les mystères de Samothrace », cf. notes 307 et 308.

413. « Aristée », héros grec, fils d'Apollon et de la nymphe Cyrène, présidait aux occupations pastorales.

414. « le symbole de Jérusalem », devenu le symbole de Nicée, le *Credo.*

415. VAR. sur le ciel des dieux. (C.)

416. « les Hécatonchires », géants aux cent mains, fils de la Terre et du Ciel, selon Hésiode; ils personnifient les vents.

417. VAR. Les dieux... (C.)

418. « Uranus », Ouranos, — le Ciel.

419. VAR. très bon, très grand... (Q. et C.)

420. « dieu des phratries. » Les phratries étaient les divisions de la tribu chez les Grecs Ioniens ou Doriens.

421. « l'Érèbe », dieu des Ténèbres, fils du Chaos et de la Nuit; par extension, son nom fut donné à l'Enfer grec et romain.

422. VAR. hécatombeon... (Q.) — le premier mois du calendrier grec, ainsi nommé parce qu'il était l'époque des grands sacrifices publics (hécatombes); il correspondait au mois de juillet.

423. « les Cercopes », peuple perfide, métamorphosé en singes par Zeus; ils furent enchaînés par Héraclès.

424. « Achéloüs », le plus grand fleuve de la Grèce, qui prend sa source dans le Pinde et se jette dans la mer Ionienne; aujourd'hui l'Aspro Potamo. Fils de l'Océan et de Thétys, il était le roi des fleuves. Comme il disputait à Héraclès l'amour de Déjanire, le héros le vainquit après une lutte acharnée. Comme tous les fleuves, Achéloüs était représenté le front armé de cornes : une peinture de vase grec montre Héraclès arrachant la corne d'Achéloüs.

425. « Amphitryonade », littéralement, fils d'Amphitryon, bien qu'Héraclès fût en réalité fils de Zeus et d'Alcmène, femme d'Amphitryon.

426. « Tityos..., etc. » Ici sont rappelés quelques-uns des supplices célèbres endurés par les coupables dans les enfers : Tityos était un géant qui avait fait violence à Latone ; — Tantale, roi de Lydie, condamné à souffrir éternellement de la faim et de la soif; — Ixion, ayant outragé Héra, fut attaché à une roue enflammée qui tournait sans arrêt.

427. « les Kères, » filles de la Nuit et génies de la Mort.

428. VAR. les Syrènes... (Orig. et C.)

429. VAR. dans les rêves... (Q.)

430. « Les Cabires », cf. note 104.

431. « le mystère de la corbeille est dévoilé ». Allusion à l'un des rites des mystères d'Éleusis.

432. « Daïra », un des noms de la déesse Perséphone; elle présidait sous ce nom aux mystères d'Éleusis.

433. VAR. la femme de l'archonte... (Q.) — Chaque année, au cours d'une fête symbolique, la femme de l'archonte-roi épousait Dionysos.

434. VAR. avant que sa vapeur inspiratrice soit complètement perdue. (Q.)

435. VAR. les trois grands dieux... (C.)

436. « Axieros, Axiokeros, Axiokersa », surnoms de trois Cabires.

437. « Samos et Télesphore », divinités secondaires associées au culte d'Asclépios (Esculape) et qui présidaient aux rêves salutaires, au sommeil bienfaisant, à la convalescence.

438. « Sosipolis », divinité protectrice des habitants de l'Élide.

439. « Doespœné », divinité tutélaire des Arcadiens.

440. « Britomartis », littéralement « riche en bénédictions; » nymphe de Crète qui inventa les filets de chasse et qui, poursuivie par Minos, se jeta dans la mer.

441. VAR. couvertes de poussière; celles des bois... (C.)

442. « Les Gelludes », sorte de vampires de l'île de Lesbos; — « les Stryges », génies nocturnes malfaisants; — « les Empuses », cf. la note 280.

443. « Eurynome », fille de l'Océan et de Téthys, personnification de l'Aurore.

444. « Orthia la sanguinaire », épithète d'Artémis, à Lacédémone et en Thrace, littéralement : qui se tient droite, rigide; — « Hymnie d'Orchomène », épithète d'Artémis, à Orchomène en Béotie; — « Laphria », surnom d'Athéna, à Patras; — « Aphia », surnom d'Artémis, ainsi que Bendis;

— « Stymphalia », divinité arcadienne assimilée à Artémis.

445. « Triopas », dieu solaire de Cnide, en Asie Mineure; — « Erichtonius », littéralement, « celui qui entr'ouvre la terre », divinité agricole.

446. « Zalmoxis », législateur et philosophe qui enseigna aux Thraces la croyance à l'immortalité de l'âme.

447. VAR. les dieux... (C.)

448. « les Cimmériens », cf. la note 9; — « Thulé », le pays le plus septentrional pour les Grecs, sans doute l'Islande, ou l'île de Mainland, la plus grande de l'archipel des Shetlands.

449. « Æsars », nom générique des dieux, en Étrurie; c'était aussi le nom d'un fleuve en Étrurie.

450. « Tagès », génie étrusque qui révéla la science de la divination aux habitants de Tarquinies; il laissa des livres sacrés appelés *tagetici libri*.

451. « Nortia », la déesse de la Fortune chez les Étrusques, d'après Tite-Live (VII, 3).

452. « Kastur et Pulutuk », noms étrusques des Dioscures, Castor et Pollux.

453. « Mais passent dans les airs avec un grand bruit d'ailes... » C'est l'avant-garde du défilé des dieux latins succédant aux dieux grecs et aux dieux étrusques. « Le petit tableau de la mythologie latine, où Flaubert n'est pas écrasé par son sujet, forme un délicat et joli tableau. » (A. THIBAUDET, *op. cit.*, 172.)

454. « Summanus », divinité populaire, représenta d'abord la foudre, puis devint le dieu des voleurs; il avait un sanctuaire près du grand Cirque, à Rome.

455. « Aliziers », ou alisiers, sorbiers des bois.

456. VAR. une femme toute nue... (Q.)

457. « le démon Virbius », c'est Hippolyte ressuscité et admis au rang des divinités inférieures; c'est aussi le nom du fils d'Hippolyte et d'Aricie. Un village près de Rome portait le nom d'Aricie.

458. « la voie Salaria », route qui partait de Rome et conduisait chez les Sabins; — « le pont Sublicius », pont

de charpente sur pilotis, construit à Rome par le roi Ancus Martius.

459. « Libitina », ancienne divinité romaine, d'abord agraire, puis qui devint la déesse des funérailles.

460. VAR. Une autre femme... (Q. et C.)

461. « Les Lémures », âmes des morts, qui reviennent sur la terre pour tourmenter les vivants.

462. « Vertumne », dieu des arbres fruitiers.

463. « Sartor », le dieu sarcleur; — « Sarrator » a le même sens et les mêmes attributions; — « Vervactor », dieu qui préside au labour des jachères; — « Collina », ou Collatina, déesse des collines; — « Vallona », ou Vallonia, déesse des vallées; — « Hostilinus », ou plutôt Hostilina, déesse qui rend les épis égaux.

464. VAR. sur des cailloux de la Sabine... (C.)

465. VAR. alternaient leur éloge... (Q.)

466. VAR. les dieux du mariage... (C.)

467. « Domiduca », est en réalité le nom donné à Junon, quand elle présidait aux mariages; — les autres divinités sont suffisamment définies par leur nom et par l'explication que donne Flaubert.

468. « Nona et Decima », divinités du neuvième et du dixième mois; — « Nixii », dieux des accouchements; leurs statues agenouillées se trouvaient au Capitole, devant la chapelle de Minerve; — « Educa, Potina », celle qui élève l'enfant et celle qui le fait boire; — « Carna », est en réalité la déesse protectrice des organes du corps.

469. « Ossipago », ou plutôt Ossipagina, déesse qui présidait à la consolidation des os de l'enfant dans le sein de sa mère; — les autres dieux sont exactement définis par Flaubert. Consus, où l'on retrouve la racine du verbe *consulere*, était le dieu du bon conseil.

470. VAR. La chambre est vide, et il ne reste plus... (Q.)

471. « Naenia », déesse des chants funèbres.

472. VAR. ses combats, et l'étroite maison... (Q.)

473. « les Feralia », fêtes en l'honneur des dieux Mânes. (Cf. OVIDE, *Fastes*, II, 569.)

474. VAR. les innombrables dieux... (C.)

475. « Crépitus », dieu qui se définit lui-même en se faisant entendre.

476. VAR. je fus un dieu ! (C.)

477. VAR. de poix (Orig. et C.)

478. « Mena », déesse qui présidait à la menstruation et aux maladies des femmes; — « Rumina », ou Rumia, présidait à l'allaitement.

479. VAR. J'ai eu mes jours d'orgueil. (Orig. Q. et C.)

480. « Claudius Drusus, » l'empereur Néron.

481. « les laticlaves », toges des patriciens ornées de bandes de pourpre.

482. VAR. un coup de tonnerre. (Q.)

483. VAR. les autres dieux. (C).

484. « allaient égorger les capitaines », allusion à Judith et à Holopherne.

485. Var. Tous sont passés.
Il reste moi !
dit
QUELQU'UN. (Orig. Q. et C.)

486. VAR. de l'univers, et mon désir... (Q.)

487. « Le diable.» A. THIBAUDET (*op. cit.*, p. 170) : « Ce diable qui annonce à Antoine son dieu à lui, l'Antéchrist, sous des couleurs à la Rimbaud, c'est le Satan d'*Une saison en enfer.* »

488. « l'antichtone de Platon », planète imaginaire qui, d'après Pythagore et Platon, tournait autour du soleil en opposition avec la nôtre et par conséquent était invisible.

489. « Philolaüs », philosophe grec, disciple de Pythagore; il rattachait toutes les planètes à un foyer central.

490. les « sphères d'Aristote », système planétaire d'Aristote.

491. VAR. comme des flambeaux ! (Orig. Q. et C.)

492. « Plus haut ! toujours ! » Il y a ici un souvenir de certaines des œuvres de jeunesse de Flaubert, notamment du *Voyage en enfer* et de *Smarh.* (*Œuvres de jeunesse*, édit. Conard,

I, 3 et II, 8. — Cf. Éd. MAYNIAL, *La jeunesse de Flaubert*, p. 141 et suiv.)

493. VAR. de poussières d'or... (C.)

494. VAR. la Nébuleuse... (C.)

495. « Admettre en Dieu plusieurs actes de volonté... » Cf. A. THIBAUDET, *op. cit.*, p. 172 : « Le cours de spinozisme que le diable faisait dans la première *Tentation* à Antoine emporté sur ses cornes par l'espace est très allégé dans la *Tentation* de 1874, et, réduit à quelques raisonnements, s'évanouit en scepticisme dans l'air raréfié de la pensée. »

496. VAR. tout cela s'en serait allé... (Q.)

497. VAR. Il pleure. (Orig. Q. et C.)

498. « le vieux Didyme », cf. note 7.

499. « Xénophane, » philosophe grec du VIe siècle avant J.-C., disciple d'Archélaüs; — « Héraclite », d'Éphèse, philosophe du VIe siècle dont l'enseignement était obscur et désenchanté; — « Mélisse », philosophe de Samos qui appartenait à l'école d'Élée; — « Anaxagore », de Clazomène, né en l'an 500.

500. « comme deux obélisques. » Flaubert avait déjà utilisé cette comparaison dans *Salammbô*, chap. XII : « Un homme était resté. Il apparaissait en noir sur le fond du ciel. La lune donnait derrière lui, et son ombre démesurée faisait au loin, sur la plaine, comme un obélisque qui marchait. »

501. « Ammonaria », cf. p. 3 de *La Tentation de saint Antoine*.

502. VAR. Tiens !... Voilà ma chair... (C.)

503. « Razias », Juif célèbre par sa fin héroïque, au temps des Macchabées, en 162 av. J.-C.; — « sainte Pélagie d'Antioche », vierge et martyre du IVe siècle; — « Domnine d'Alep », martyre du IVe siècle.

504. « les vierges de Milet », lasses de la vie, avaient résolu de se donner la mort; on menaça d'exposer nues en public celles qui auraient mis leur projet à exécution.

505. « Hégésias », philosophe grec du IVe siècle av. J.-C.; il appartenait à l'école de Cyrène et enseignait le mépris de la vie et l'impossibilité du bonheur.

506. VAR. par ton courage, librement ! (Orig. et C.)

507. VAR. Ce sera vite terminé. (Q. et C.)

508. VAR. très grasse... (Q. et C.)

509. « le faubourg de Racotis », quartier des courtisanes, à Alexandrie.

510. VAR. sous un flux de larmes douces ! (Orig. Q. et C.)

511. VAR. La vieille... (Q.)

512. VAR. La jeune... (Q.)

513. VAR. le squelette de la Mort... (Q. et C.)

514. VAR. le corps entier de la Luxure... (Q. et C.)

515. VAR. je suis l'omnipotente ! les forêts... (C.)

516. VAR. tous les pas qu'il fait, — et au seuil... (C.)

517. VAR. Mon vertige est plus profond ! (Q.)

518. VAR. mon secret ! je songe... (C.)

519. « Porsenna », roi d'Étrurie. Son tombeau était orné de pyramides qui portaient des clochettes à leur sommet. Pline l'a décrit (*H. N.*, XXXVI, 91). Ces sonnettes étaient réunies par des chaînes et remuaient au moindre vent.

520. « un mur d'orichalque. » L'orichalque, qui désigne le cuivre, était présenté par certaines légendes comme un métal précieux, intermédiaire entre l'or et l'argent.

521. « les quais de l'Atlantide », l'île fabuleuse de l'Atlantique.

522. VAR. je tombe dessus et je le déchire... (Q.)

523. VAR. Tous ceux que le désir de Dieu tourmente, je les étrangle. (Q.)

524. VAR. la lassitude les prend, et ils tombent... (Q.)

525. VAR. qui passes et tourbillonnes ! (Q.)

526. « Le groupe des Astomi », peuple fabuleux de l'Inde; les Astomi n'avaient pas de bouche, comme leur nom l'indique. (PLINE, *H. N.*, VII, 25.)

527. VAR. nous meurtrissent. Les sons faux... (C.)

528. « les Nisnas », nom qui semble forgé par Flaubert.

529. « n'ont qu'un œil... » Sur ces monstres, cf. la note 325.

Flaubert semble s'inspirer des dessins de monstres que lui avait envoyés Maurice Sand.

530. « Les Blemmyes. » Les Blemyi étaient un peuple d'Éthiopie dont parle Pline (*H. N.*, V, 46). L'imagination populaire en fit un monstre intermédiaire entre le singe et l'homme.

531. « Les Pygmées », peuple légendaire de nains mentionné par les poètes et les géographes grecs à cause de leurs luttes incessantes contre les grues. Hérodote les situe en Cyrénaïque ; d'autres écrivains, dans l'Inde ou en Afrique équatoriale.

532. « Les Sciapodes. » Le nom grec signifie : « Ombragés par leur pied » ; Pline (VII, 23) a mentionné ce peuple.

533. Var. point de travail ! — La tête... (Orig. et C.)

534. « Les Cynocéphales », cf. la note 288.

535. Var. pour super les œufs... (Orig. et C.). *Super* est une autre forme de *souper*, employé comme terme technique dans la marine : faire adhérer en aspirant.

536. Var. les pis des vaches, et nous crevons... (C.)

537. « Le Sadhuzag », ce « grand cerf noir à tête de bœuf », qui paraît déjà dans la *Tentation* de 1849, semble avoir été inventé par Flaubert.

538. Var. en voyant
Le Martichoras. (Q.)

539. « Le Martichoras », autre création fabuleuse de Flaubert.

540. « Le Catoblepas », en grec, « qui regarde en bas », espèce de taureau d'Afrique dont parlent Pomponius Mela et Pline l'Ancien (*H. N.*, VIII, 77).

541. Var. je reste perpétuellement à sentir... (Q.)

542. Var. la chaleur de la boue, en abritant sous mon aisselle des pourritures infinies. Mon crâne... (Q.)

543. « Le basilic », le *basiliscus* de Pline (VIII, 78), sorte de serpent venimeux. Les anciens croyaient qu'il exerçait par les yeux une fascination mortelle.

544. « Le griffon », animal fabuleux, moitié aigle, moitié lion.

545. « Le tragelaphus..., etc. » Sur tous ces animaux fantastiques, qui tiennent une grande place dans le bestiaire symbolique du moyen âge, cf. HUYSMANS, *La Cathédrale*, chapitre XIV.

546. « La licorne », animal fantastique qui avait le corps d'un cheval, la tête d'un cerf et une longue corne sur le front; « une des plus étonnantes créations du naturalisme mystique », dit Huysmans. C'était un symbole de chasteté.

547. « le Gouith », cet oiseau et ceux qui suivent paraissent des créations de Flaubert; le Iukneth est mentionné dans le Talmud; Caff est le nom arabe du Caucase.

548. « les palmipèdes pélasgiens », ou plutôt pélagiens, sont les oiseaux de mer.

549. « les cornes d'Ammon », ou ammonites, coquilles fossiles rappelant les volutes des cornes de bélier.

550. « les Dédaïms de Babylone », nom hébreu de la mandragore.

551. « les Mandragores », plante dont la racine avait des propriétés aphrodisiaques et était employée dans les sortilèges.

552. « la racine Baaras », plante du Liban, employée dans les conjurations.

553. « O bonheur ! bonheur !... » Cette conclusion de la *Tentation* a été suggérée à Flaubert par la lecture du livre de Haeckel sur la *Création naturelle*. Elle semble surajoutée, et n'a que peu de rapport avec ce qui précède. Flaubert avait confié à E. de Goncourt que la défaite finale du saint était due à la cellule scientifique. (Cf. *Journal* des Goncourt, IV, 352. *Corresp.* de Flaubert, VII, 153. A. THIBAUDET, *op. cit.*, 172-173.)

554. « Je voudrais avoir des ailes... » Cf. dans le livre de R. Dumesnil (*Gustave Flaubert*, p. 342) le commentaire sur cette page célèbre, empreinte d'un « pessimisme d'abord lyrique, désordonné, et qui va s'épurant, s'allégeant, mais s'assombrissant... Relisez dans les trois versions de la *Tentation* les ébauches successives de cette page qui, toutes les trois, aboutissent à ce cri de désespoir, à ce vœu d'anéantissement : « Être la matière ! » et vous verrez comment pro-

gresse en lui jusqu'au nihilisme final ce sentiment de la solitude morale et de la misère de toutes choses. Le style se dépouille à mesure que s'affermit la pensée et qu'elle se clarifie, à mesure que s'aggrave son désenchantement. »

555. « Être la matière ! » A. Thibaudet (*op. cit.*, p. 173) compare cette conclusion au poème de V. Hugo dans *La Légende des siècles*, *Le Satyre* : « La construction est inverse, parce que la vie, pour V. Hugo, correspond dans son ensemble à une réalité qui se fait, et pour Flaubert à une réalité qui se défait. »

TABLE DES MATIÈRES

Introduction I
Bibliographie XXI
Chronologie XXIII

LA TENTATION DE SAINT ANTOINE

I. 1
II. 23
III. 53
IV. 69
V 161
VI. 231
VII. 245

Notes et Variantes 277